思考的芦苇

[日] 太宰治 — 著

许诗雨 — 译

北京理工大学出版社

版权专有 侵权必究

图书在版编目（CIP）数据

思考的芦苇 /（日）太宰治著；许诗雨译. -- 北京：北京理工大学出版社，2023.4
ISBN 978-7-5763-1522-6

Ⅰ．①思… Ⅱ．①太…②许… Ⅲ．①散文集—日本—现代 Ⅳ．①I313.65

中国版本图书馆CIP数据核字（2022）第128433号

出版发行 /	北京理工大学出版社有限责任公司
社　　址 /	北京市海淀区中关村南大街5号
邮　　编 /	100081
电　　话 /	（010）68914775（总编室）
	（010）82562903（教材售后服务热线）
	（010）68944723（其他图书服务热线）
网　　址 /	http://www.bitpress.com.cn
经　　销 /	全国各地新华书店
印　　刷 /	三河市金元印装有限公司
开　　本 /	880毫米×1230毫米　1/32
印　　张 /	8.25
字　　数 /	182千字
版　　次 /	2023年4月第1版　2023年4月第1次印刷
定　　价 /	39.00元

责任编辑 /	李慧智
文案编辑 /	李慧智
责任校对 /	刘亚男
责任印制 /	施胜娟

图书出现印装质量问题，请拨打售后服务热线，本社负责调换

序

致不死的浪漫

说起作家文豪,我们总是容易陷入听过他们的名字,知道他们的一些代表作,却很少会去真的翻看他们作品的怪现象里。但在这一点上,太宰治可能算是一个例外。他的作品《人间失格》常驻图书畅销榜。而寺内寿太郎创作的那句"生而为人,我很抱歉"被太宰治借鉴了之后,因为实在是太有名,不仅成了太宰治的代言词,还成了一句流行语。跟很多人一样,我第一次知道太宰治的名字就是因为这句话。然后过了很久,我才第一次真正读到太宰治的作品,那部《人间失格》。

太宰治,本名津岛修治,出身于一个大地主家庭。他是家里的第六个儿子,在十一个子女中排行第十。在对长幼尊卑格外看重的旧时代,太宰治与父亲之间的距离,可能是我们无法想象的遥远。他在文章中也经常提及父亲,说他是个名人,会用牛奶洗脸。但也就像《人间失格》里的叶藏一样,他仰慕父亲的同时也惧怕自己的父亲。他读书时成绩很好,在十七岁时发表了自己的第一篇作品,希望成为一名小说家。因为希望被父亲认可,也因为仰慕芥川龙之介,他曾三次参加芥川赏的选考,但都因为各种原因无缘获奖。由于生活和事业的不顺，他曾经多次试图自杀，但都没有成功。太宰治在遇到自己的妻子石原美知子之后，一直颠沛流离的心终于安定了下来，写出了《女生徒》《奔跑吧梅洛斯》等优秀短篇作品。他在日本战败后发表的描写没落贵族的长篇小说《斜阳》成为日本的畅销书，"斜阳族"也一度成为流行语。在那之后，太宰治的身体状况逐渐变差，最终在1948年6月13日，他同情人山崎富荣一起投河自尽。两人的尸体于六天后的6月19日被打捞上岸，那一天恰巧是太宰治的三十九岁生日。虽然太宰治身边女性不断，又有药物依赖，大家也对他有着各种各样的争议，但我们无法否定他是一位优秀的小说家。太宰治与坂口安吾、织田作之助、石川淳一起，被称为无赖派作家，是一位典型的自我毁灭型私小说作家。太宰治用他的文字，把他所经历的人生、所看到的世界，就那样原封不动地呈现在了我们眼前。

　　大家都说《人间失格》里藏着太宰治的人生，小说的主人公叶藏也是太宰治的化身。那本书里的叶藏纤细敏感，同正处在人生低谷期的我一样，既绝望又无助。我至今仍能回忆起在读到"弱虫は、幸福をさえ恐れるものです。綿で怪我をするんです。（软弱的人，连幸福都会令他害怕，连棉花都能让他受伤）"时体会到的震撼，怎么会有人能够如此敏锐地洞察人性？这种敏感，大概也是给他带来不幸的根本原因。而《人间失格》里的那种极致的"丧"，也成了人们对太宰治的刻板印象。

　　小说家都会在作品中投射一些个人属性，毫无疑问，"丧"的确是太宰治的一部分。但正如一个人的人生不可能永远幸福一样，一个人的人生也不可能完全不幸。太宰治如此，我们这些普通人亦如此。

他在《正义与微笑》里投射的影子，让他更像是一个普通人，一个会哭、会笑、会高兴、会沮丧，怀揣梦想，有着浪漫情怀的不甘平凡的人。

《正义与微笑》是一部日记体小说，主人公芹川进在开篇的时候刚刚十六岁。正如所有十六岁的少年一样，他自命不凡，觉得自己不应该在这里和一群笨蛋交流，觉得这简直就是对生命的浪费。但他又会偶尔感到沮丧、迷茫，不知道自己的未来会是怎样一副模样。他会信誓旦旦地立下目标，说我明天一定会努力学习。结果到了第二天，日记内容就只剩下"阴天。大风。今天什么都没做"。相较于叶藏的阴暗，芹川进要阳光许多。就算失败，他也会努力听前辈、兄长的教导，读信仰的《圣经》中的文字来自我安慰。小说里芹川进对于歌舞伎的追求，就像是现实中太宰治对芥川赏的追求，他们都希望自己的才华能够得到认可，他们身上都有着那种向前的执着。在这里你能够看到太宰治那种对自己的高要求，对于梦想的锲而不舍。他在小说中写"自古以来的天才们，都在学习上付出了十倍于常人的努力"，写"生而为人，必须要认真生活"。这里的太宰治是积极的，是想要努力过好人生中的每一天的。毫无疑问，他是一位文豪，但更加毫无疑问的是，他也是一位普通人。也正是他的这一面，让芹川进这个少年的形象更加生动鲜活，也让我觉得自己与他之间的距离不再那么遥远。如果对于叶藏这个角色，会有人非常感同身受，也会有人毫无触动的话，我想对于芹川进这个角色，大家应该都能在他身上找到自己的影子。

我也很喜欢太宰治在文章里的一些有趣描写。在《追忆善藏》

里,他明明知道来卖花的农妇是个骗子,却还是无法把拒绝的话语说出口,买下花之后又不甘心,期望着有一天那个农妇会再次出现,让他能够知道自己没有错付。可惜事与愿违,他再也没能见到那个农妇。我本以为这件事就会以他的的确确被欺骗了感情告终,未曾想到结尾处他用了一段和朋友的对话,让事情转瞬间变了一副模样。这个结尾就像是他给所有被欺骗过的、错信过别人的人的一场美梦,是他内心深处隐藏着的浪漫情怀。生活或许会欺骗他,但他永远必怀温暖,相信善良。

《维庸之妻》里面的那个大谷作家和他的妻子说"我自出生起就光想着死亡这件事了",这大概也是太宰治的一句自白。虽然这句话听起来特别的绝望,但我很喜欢的一首歌——中岛美嘉的《我也曾想过一了百了》里有一句歌词,我觉得大概可以解释太宰治为什么会这样:"总是会想着死亡这件事,一定是因为对活着这件事太过认真了。"正因为太宰治能够细微地感知这世间的很多事情,会去思考许多的事,所以才会比常人有更多对生的敬畏,对死的执着吧。

太宰治的文章中经常会提到日本东京的三鹰市,这是他最后居住过的地方,也是他最终自杀的地方。很巧的是,这也是我上学、居住了数年的地方,我学校的位置和他住过的地方相距不远。虽然时代早已经从昭和变成了令和,但能够站在太宰治生活过的地方,那感觉还是令我激动不已。而他当年跳河自尽的那条玉川上水,如今的水流却不再像当年那般湍急。隔着七十多年的时空,当年他留下的那些痕迹可能会逐渐消失在这座城市里,但他写下的文字却历久弥新,依旧被大家喜爱着。他的那些爱与恨,他的那些经历,他文字中蕴含的温柔与浪漫，也令他成为一个传奇，一个独一无二的太宰治。

在翻译的时候，我时常会被太宰治接连不断的长句困住。他的文字就像他的思绪，滔滔不绝永不停歇。如何把那酣畅淋漓的描述转换成合适的中文，是我经常会碰到的问题。除此之外，他在《思考的芦苇》这篇由许多短篇连载组成的文章里，又像是在与自己对话，细说着一些旁人不太能够理解的内容。我实在有太多次因为一句话拿不清了，便反复推敲，不断琢磨，只求能更精准地传达作者的精神。对于译文中的不足之处，还望大家能够给予批评和指正。在这里也要感谢一直陪伴我的编辑姐姐，感谢她对我译文的检查与指正，也感谢她一直温柔地包容我。

很庆幸自己能够在最难过的日子里读到太宰治的文字，那些穿越时空温柔拥抱我的文字给了我莫大的安慰。也很开心自己有机会翻译他的文字，希望能够把这份温柔的浪漫传递给更多的人。

永远相信好事多磨，浪漫不死。

许诗雨
2020年末于东京

目录

思考的芦苇 — 001

正义与微笑 — 047

追忆善藏 — 207

维庸之妻 — 227

思考的芦苇
——理所应当地讲述理所应当的事

序言

我想以"思考的芦苇"为题,在日本浪漫派文学的机关杂志上,用大概一年的时间写连载的理由,有以下几点。

"因为我要活下去。"我必须通过工作来养活自己。这是非常简单的理由。

过去的四五年间,我有七篇小说是免费发表的。免费的意思就是我没有稿费收入。但是这七篇小说,每一篇都有着我写作生涯中小说样本的作用。在当初发表它们的时候,我的确是有着一股豁出去的劲头的,但如果从结果上来看的话,我只不过是在媒体上发表了七篇样本而已。它让我的小说有了买主,助我卖了自己的小说。我在卖掉作品之后开始思考,我还是不要写免费的小说了。我已经有了赚钱的欲望。

"人这一生,只能写出同一水准的作品。"我记得这是谷克多①的一句话。今天的我再一次把这句话当作了挡箭牌。面对这个总是烦人地说着"再让我们看看你别的作品吧""再写一篇新的作品吧"的市场,我想要这样回答:"再怎么写都是一样的。——给我表演的舞台

---

① 让·谷克多,法国诗人、小说家、剧作家、设计师、编剧、艺术家和导演。谷克多的代表作品是小说《可怕的孩子们》(1929年)、电影《诗人之血》(1930年)、《可怕的父母》(1948年)、《美女与野兽》(1946年)和《奥菲斯》(1949年)。

吧。——你们是喜欢我的作品的不是吗？——如果你们喜欢的话就来看看吧。不过是我从袋子中拿出七篇样本给你们再过目一遍罢了。我不会同你们讲我为了这七篇小说所付出的心血。因为你们一看便知我已经具备了被选中的资格。"但是，如果没人要买可如何是好。

我已经有了赚钱的欲望，对一切都变得小气抠门起来，虽说不甘心没有报酬地发表小说，但万一没有人来买我的作品，过不了多久，我的名字就会慢慢被大家遗忘，他们会在昏暗的关东煮店里讲些我应该是已经死去了之类的流言。这样一来，无论是我赖以为生的事业还是别的什么，都将不复存在。在历经一番思考过后，我最终决定以"思考的芦苇"为题，每个月或者是隔月写五六张稿纸的文字。为了不被大家忘记，偶尔也要让大家来看看我勤奋的样子，这是我心里的卑鄙小算盘。

名利场

笛卡儿[①]的《论灵魂的激情》一书名气很大却没什么意思，毕竟他说"所谓崇敬，就是希望收获有益于己的感情"。这让我觉得笛卡儿是不是没有思考出什么来。"所谓羞耻，就是期望通过许愿来获得益处"，又或者是，"所谓轻蔑，就是为了获得益处而如何如何"。就算我把这种随口胡诌的情感填充到为了获得对自己的益处这个句型中

---

① 笛卡儿：指勒内·笛卡儿，法国哲学家、数学家、物理学家，西方近代哲学创始人之一。

去，也没什么显而易见的问题。要么就干脆说"无论什么感情，都是因为利己才会产生"，乍一听上去似乎还有些道理。什么奉献啊、谦让啊、侠义啊这些所谓的美德，都将"为了自己"的欲望像男性的蛋蛋一样，一个劲儿地往深处藏。因此就算是被说"你是为了自己"，说不定还能让人毫无畏惧地坦然面对。所以在我看来，笛卡儿并没有讲出什么与众不同的真知灼见。人就是那种只要听了软弱、风趣的话语，就会连肩头上风呼啸而过的痕迹都认为是真实的，并且会大加赞赏的生物。但我觉得，比起专门狙击人的弱点，明明知道对方的弱点在哪里却故意绕开那里狙击，让对方察觉到自己可能是知情的，但却佯装不知地自言自语说"我失败了呀"，又让他忍不住猜想你是不是真的不知情，这不也很有趣吗？名利场的荣光就在于此。聚集在这名利场之内的，都是像贪婪抢食的肥猪和发情的狒狒，没有谁比住在这个名利场里的人更期望凡事皆有利于自己了。但他们又喜欢显示自己拥有奉献、谦让、侠义等美好品质，没有谁比住在这个名利场里的人更擅长伪装出凤凰、极乐鸟的优秀与华丽了。虽然我这样说着，但其实我也不例外。我装出一副病人模样，看上去对于世间言论满不在乎，但内心却如同夜叉，为了能够在言语上击败对手，我可以做到付钱给私家侦探，让他把那要击败的对手的生平、学问、为人处世、病情和失败统统给我查个清楚，再以其为参考来确定自己该怎么与他辩论。正所谓因果报应。

"我爱这变幻无常、愚蠢至极的名利场。我毕生都要住在这名利场中，做各种各样的无谓努力，直至死亡。"

在我像虚荣的孩子一样一点儿一点儿把思绪厘清的过程中，遇到了最棒的伙伴,他就是安东尼·范戴克①。他二十三岁时的自画像,刊登在《朝日俱乐部》上面,旁边附有儿岛喜久雄②的解说:"背景颜色是他一贯使用的暗褐色。浓密的金色卷发垂于前额。视线向下,小心拘谨地掩藏着他那蓝色的眼睛里敏感尖锐的目光,搭配他性感诱人的樱桃色嘴唇。我们能够透过他如同女性般光滑细腻的肌肤,看到里面蔷薇色般的艳丽鲜血。黑褐色的衣服搭配雪白的领口与袖口,外面雅致地披着一件浓郁蓝色的丝绸披风。这幅画作于意大利,他斜搭在肩上的那条金色锁链据说是曼切华侯爵送给他的礼物。"随后还写道:"他的作品常常是以完成后被赞赏为目的来创作的,这是他的虚荣心鞭策着他瘦弱的身躯而诞生的结晶。"他这样堂而皇之地把自己的容貌描绘成美丽到虚假的地步,而且他之后大概率把这幅画以一个相当高的价格卖给了一位贵妇人——一想到这位二十三岁的小青年,竟然毫无畏惧,如此厚颜,我便佩服得五体投地。

败北之歌

有句话叫"被抓之人唱的小曲儿③",指的是骑在瘦马背上被带

---

① 安东尼·范戴克:比利时弗拉芒族画家,是英国国王查理一世时期的英国官廷首席画家。查理一世及其皇族的许多著名画像都是由范戴克创作的。他的轻松高贵的绘画风格,影响了英国肖像画将近150年。他还创作了许多《圣经》故事和神话题材的作品,并且改革了水彩画和蚀刻版画的技法。
② 儿岛喜久雄:白桦派画家,美学、美术史研究者。
③ 被抓之人唱的小曲儿:『引かれ者の小唄』,原意是做了坏事被抓的人假装毫不在乎地唱着歌,引申为嘴硬逞强不认输。

向刑场的死刑犯,死到临头也不能让你们看见我落魄的一面,为了假装自己满不在乎而在马背上低声哼唱的歌。这句俗语有嘲笑死鸭子嘴硬、愚蠢逞强的意思。我觉得,文学未尝不是如此。话不多说,就让我们从身边的伦理问题开始说起。我觉得如果我不讲这些内容,恐怕也不会有其他人来讲了。我下面说的这些理所当然的事情,可能听起来像是英雄式的话语。我要说的第一件事,是我讨厌我的老母亲。虽然是自己的生身母亲也喜欢不起来,我受不了她的无知。然后,我必须要说我是对《四谷怪谈》①里的伊右卫门抱有同情的人。说真的,他的老婆头发都掉了,整张脸肿胀流脓,走路一瘸一拐,每天从早到晚无休止地哭泣,在疲惫的时候面对这样的妻子,就算我不是伊右卫门,也会想要把蚊帐当掉出门走走吧。然后我要说友情与金钱的相互关系,再然后是我对师生间打招呼方式的看法,再然后是我对军队的看法。虽然我还有很多很多话可以讲,但我还不想现在就被关进牢里,所以就点到为止吧。我在这里想说的是,我是个没有良心的人,打从一开始就不存在那玩意儿,人们把对悬在头顶的皮鞭的恐惧'换句话说是怕遭世人厌恶',还有对牢房的憎恶,叫作"良心的谴责",从而自我宽慰。只论这种自我保护的本能的话,拉车的马和看家的狗也有。但佯装不知地继承这种基于日常伦理之上世人皆知的荒唐,也正是这世间令人眷恋之处。同住在一起的上班族劝我不要意气

---

① 《四谷怪谈》:《四谷怪谈》是由日本元禄时代的真实事件改编而成的怪谈,由第四代鹤屋南北在1825年写成的歌舞伎剧,本来的名称为《东海道四谷怪谈》,被认为是日本历来最著名的怪谈。四谷怪谈被拍成电影超过三十次,至今持续影响着日本的恐怖文化。

用事。我重新振作起来，在心里这样说道：不，我要树立新的伦理。我要创造一个以美和智慧为基准的新伦理。美丽的、聪明伶俐的东西都是正确的，丑陋和愚笨的东西则要去死。然而在它树立起来之后，接下来我能做些什么呢？杀人、放火、强奸，就算我战栗地憧憬着这些事情，我也一样都没法做。我站了起来，然后又摔倒在地。那个上班族又出现了，他开始向我描绘放弃和懈怠的好处。姐姐因为担心母亲，给我寄来一封愚蠢至极的信，劝我好自为之。过不了多久我就要开始发狂了。如果做些什么都好，我会不假思索地做些别人说不能做的事情。踮起脚尖旋转、旋转、疯狂地旋转，旋转的尽头是自杀和住院。然后，我的"小曲儿"也将会在那之后响起。被逮捕的人，身体在那瘦弱的马背上摇曳，悠然自得地哼着歌："我是神的继子。我讨厌事情还未解决就去等待神的裁决。无论何事我都想要自己想个透彻明白。神未曾帮助过我，我不相信自己与神的感应。我是理性的匠人，我是怀疑的名人，偶尔故意把文章写得乱七八糟，又偶尔写得单调无趣，是个不害怕神明、无依无靠的孩子。我对这一切清楚到不能再清楚。从这里往下看，就能看到大家愚蠢又肮脏。"歌词内容热热闹闹的，大致如此，哎呀，行刑场已经近在眼前了。"这个男人也同样'在创造之余，肯定会既可怜又勇敢地走向没落'"。查拉图斯特拉①漫不经心地出现，添加了一句不必要的注释。

---

① 查拉图斯特拉：该人物出自《查拉图斯特拉如是说》，是德国哲学家尼采假托古波斯袄教创始人查拉图斯特拉之口于1885年写作完成的书，是哲学史上最著名的哲学著作之一。

某个实验报告

人不能影响他人,同时也不会受他人影响。

老年

我被别人推荐,开始读《花传书》①。"三十四五岁。你的能②的水平,应该处在你演员生涯的巅峰。至此,你应该整理你所学会的各种各样的知识,将它们钻研到极致、成熟,自然而然地你就能够稳定地发挥,大家也都会认可你,收获名声和人望。但是,如果这个时候你还没有被大家认可是一位优秀的能演员,同时也没能收获自己想象中的那种名望的话,无论你的能的表演是多么优秀,你都必须要知道自己不能被称为是钻研透了这本质之花③的人。如果你知道了这一点,却仍旧没有努力进一步去提升自己的能的水平的话,那么结果就会是你的能的水平会从你四十岁左右时开始下滑。也就是说,一个人的能的水平的上升期截至他三十四五岁,过了四十岁,人的能的水平一般都会下降。因此,到四十岁还没有被世人认可的人,很难去想继续

---

① 《花传书》:世阿弥所著的能剧理论书,也是世阿弥留下的21部书中最早的作品。此书以亡父观阿弥的教导为基础,加上世阿弥自身领会的对技艺的理解著述而成。
② 能:日本传统艺能能乐的一个种类,在江户时代以前被称为猿乐,到了明治维新之后才同狂言一起被统称为能乐。
③ 本质之花:是指即使自己这棵树不断枯萎,也会在角落里一直绽放的花。指只有自己这个人才有的本质之花。这个概念由世阿弥在《花传书》(又称《风姿花传》)中提出。

提升自己的能的水平。云云。"他还说:"四十四五岁,到了这个时候,你应该大幅度地改变自己对于能的表演方式。就算是你被世人认可成了能界的名人,自己也觉得掌握了能,即便如此,配角还是要跟在一个好的主角旁边才行。到了那个时候,就算能的演出水平本身没有下滑,你的力气也会逐渐变小,随着岁月的流逝,你自己身体里的花、观众眼中映出的花,都会逐渐消失。首先从基本层面来说,如果你是难得一见的美男子的话那我们姑且不论,但就算你的容貌还算是比较不错,那么不用面具只用自己原本的脸来演出的猿乐,不应该由上了年纪的人来演给观众看,所以还是不演为好。到这时你就必须要知道,在这些演员中,会有人要消失不见。同时到了这个时候,你不能够再做那种精细的表演了。基本上你会选择适合自己的演出风格,只做那些不需要特别费力就能够简单完成的表演,努力为主角的表演增光添彩,为了让主演能够毫不费力地配合自己的表演,你的动作必须尽可能地少之又少。就算是没有主角的表演,在那种场合下你更加不应该逞能去逼迫自己的身体展示纤细的技艺。云云。"他接下来又说,"五十有余,到了此时,没有比什么都不演更好的选择了。正所谓'骐骥之衰也,驽马先之'[①]。云云。"

接下来是藤村说的话。"芭蕉[②]享年五十一岁。(中略)这使我

[①] 骐骥之衰也,驽马先之:出自《战国策·齐策》,意思是骐骥劳累了,驽马也能够把它超过去,说明人的能力总有一定限度,超过了限度,再强壮的人也会感到无可奈何。

[②] 芭蕉:指松尾芭蕉(1644—1694),是日本江户时代前期的一位俳谐师的署名。他公认的功绩是把俳句形式推向顶峰,被誉为日本"俳圣"。

大吃一惊。我从少年时代起就一直以为芭蕉是位老人,这使我不得不转变自己的思考方式。(中略)马场君也说'在四十岁左右的时候,芭蕉就已经以一个老头的心态在生活了'。(中略)总之,我心中的惊讶已将我一直以来在自己心目中描绘的芭蕉的形象年轻了十几二十岁。云云。"

最近总有人批评露伴①的文章如何如何,能说出这些话的人都没有读过露伴的《五重塔》和《一口剑》等佳作吧。

《玉胜间》②里也有下面这段话:"如今的世人之所以会认为供奉神明的神社是寂静安逸的地方,是因为他们不知道古时候神社热闹喧嚣的样子,只看这现如今世上大多的古老神圣的神社都在衰败荒废,便得出了古老神圣的神社本来就是这副样子的结论。"

就我而言,只有一点是很佩服老人的。在某个黄昏时分的钱汤③里,在冲水区的角落有一位独自冲洗的老人。定睛一看,他正在用简陋的日式剃须刀刮着胡子。没有镜子,在光线微弱的昏暗处,他就那样沉着冷静地刮着胡子。就在那一刻,我忍不住为他拍手叫好。那成千上万次积累下来的经验,教会了这位老人在不用镜子的情况下也能轻松地刮干净胡子。那种经验累积的程度,是我们无论怎样努力都没法战胜的。在那之后,我用心观察了一下,发现我家那位六十多岁的老爷子也是什么都知道。比如只能在梅雨季节移种盆栽,如何才能够

---

① 露伴:指幸田露伴(1867—1947),本名为幸田成行,日本小说家,以《五重塔》和《命运》等作品确立了在文坛的地位。
② 《玉胜间》:江户时代的日本国学学者本居宣长所著随笔。
③ 钱汤:一种日本特有的公共浴池。

治理蚁害云云，相当博学。我也遇见过四十多次夏天，赏过四十多春的樱花，总之，他是比我多领略了二十多次春夏秋冬的人。但对于艺术来说却不见得是这样。像书法里那种"写点三年，画棒十年"之类有些悲壮的修行规矩，不过是旧时候手艺人缺乏智慧的英雄主义罢了。打铁要趁热，赏花要在满开时，我不认为有大器晚成的艺术。

难解

"太初有道，道与神同在，道就是神。这道太初与神同在。万物都是借着它造的；凡被造的，没有一样不是借着它造的。生命在它里头。这生命就是人的光。光照在黑暗里，黑暗却不接受光。云云。"[①] 我觉得这篇文章、这种想法是非常难解的，所以我向各种各样的人请教关于它的看法。

但我在某个时刻突然开窍，换了一种角度去思考，才发现它描述的不过是非常平凡的事情罢了。打那之后我这样想，在文学领域里不存在"难解"，"难解"也只是在"自然"中的一种存在。我们从各自不同的角度出发，对那难解的自然进行猛烈的剖析，所谓的文学，不就潜藏在那值得夸耀的锋利刀口上的鲜艳之中吗？

[①] 引用自《新约圣经·约翰福音》。

尘中之人

我读了《寒山诗集》①，它没有经文有趣，其中有这样一句：

悠悠尘里人，

常乐尘中趣。

云云。

虽然我觉得"悠悠"是不太可能的，但这个"尘里人"让我不禁开始思考。

《玉胜间》里也这样写道：

"他们说博学之人，还有世间追求学术之人，都喜欢住在远离人群的安静山林之间。我无论如何都做不到和他们意见相同，我只喜欢有人情味的热闹街区，远离尘世让我觉得寂寞，感觉心花也枯萎了。云云。"

只要健康及金钱方面允许，我也想住在银座正中央的公寓里，应该每日每日都说些无法挽回的话、做些无法挽回的事吧。现在我落到了这白砂青松之地，随意躺卧在藤椅之上抓痒，超出常人地深切感知到这世间的难以生存之处，是名副其实的受难之子。佐藤春夫②、井伏鳟

---

① 《寒山诗集》：唐朝著名诗僧寒山所著诗集。寒山约活跃于唐德宗至唐昭宗年间，巨鹿郡人（今邢台人）。寒山、拾得、丰干一起隐居于天台山国清寺，被誉为"国清三隐"。

② 佐藤春夫：日本小说家、诗人。

二[①]、中谷孝雄[②]，一想到他们现在也做不到出家遁世，仍旧在这滚滚红尘中苟延残喘——不对，这不是能够隔岸观火的事。

关于向别人询问自己作品的好坏这件事

自己作品的好坏自己最清楚。如果自己能够千里挑一地选出一部作品，就不会有更胜于此的作品了。各位，要多问问你的内心。

书信集

什么？比起你的作品集，你更在意书信集？——作家垂头丧气回答道："对，我迄今为止写了很多愚笨的信，寄给了许许多多的人。（他深深地叹了口气）我成不了大作家。"

这不是令人发笑的话。我没有觉得很不可思议。在日本，厉害的作家过世之后出版的作品全集中，一定会添有一两封书信收在其中。我隐约记得有的作家的书信集甚至比作品的数量要多得多，但这或许另有隐情。

作家的书信、笔记本的碎片，还有作家每到几十岁写的文章、小时候的涂鸦。请把这些都给我吧。我同这位已故作家生前是非常亲近的朋友，现在因为太仰慕他，想要将他的嬉闹之作做成一部文集，出

[①] 井伏鳟二：日本小说家。
[②] 中谷孝雄：日本小说家。

版之后分给亲近的亲朋好友，这又是另外的事了。这不是毫无干系的旁人应该多言的事。

我从一位读者的立场出发，就算是作为契诃夫①的读者，我也没能从他的书信集中有任何的发现。我只找到了他的作品《海鸥》中特里果林这个人物散落在他书信集各个角落中的独白。

读者们可能是想要通过读各位作家留下来的书信集，找寻作家不经意间展露的本色进而获得满足。但他们在那里能够找到的不过是这个作家也是一日食三餐，那个作家喜欢行房事等非常俗气的生活记录罢了。这些都是再显而易见不过的事了，说出来非常俗气。即便如此，读者也不会松开这已经到手的庸俗谈资，比如"歌德②好像身患梅毒""就算是普鲁斯特③不也再三恳求过出版社吗""孤蝶④和一叶⑤是何种交情呢"之类的。然后，他们轻视作家付诸心血写出来的作品集，将其当作文学入门之物，只把日记和书信集拿来反复翻阅。所谓

---

① 契诃夫：安东·巴甫洛维奇·契诃夫，19世纪末俄国的世界级短篇小说巨匠、作家，其剧作也对20世纪戏剧产生了很大的影响。
② 歌德：指约翰·沃尔夫冈·冯·歌德，出生于神圣罗马帝国法兰克福，戏剧家、诗人、自然科学家、文艺理论家和政治人物，为魏玛的古典主义最著名的代表；而作为戏剧、诗歌和散文作品的创作者。他是一名伟大的德国作家，也是世界文学领域最出类拔萃的光辉人物之一。
③ 普鲁斯特：指马塞尔·普鲁斯特，法国意识流作家。他最主要的作品为《追忆似水年华》，该书于1913年至1927年出版。许多作家及文学评论家认为他是二十世纪最有影响力的作家之一。
④ 孤蝶：指马场孤蝶，日本明治到昭和时期英国文学研究学者、评论家、翻译家、诗人、庆应义塾大学教授。
⑤ 一叶：指樋口一叶，原名樋口奈津或樋口夏子，是日本明治初期主要的女性小说家。樋口一叶是日本平安时代一千余年后出现的第一位女作家。

"射人先射马"。他们更是不听文学评论,走到哪里都热衷于讨论人物的月旦评①。

有人身为作家却无法置这种现象于不顾,从而把自己的作品放在次要地位,将心思都放在了制作自己的书信集上。就连寄给有十多年交情的亲友的信,也要身穿裤裙②,手拿折扇,考量将来活字印刷时的效果,一字一句地斟酌着写出来。为了将来他人能够读懂自己的文章而过度地添加一些不必要的注释,到了令人厌烦的程度。怪不得他们一部像样的作品也写不出来,反而戏谑般地因为擅长写信而名声远扬,真是世界之大无奇不有啊。

如果你有制作书信集的钱,还不如去好好装订自己的作品集。那些你预料到要发表的,或者没有预料到要发表的暧昧不清的书信以及日记给人的感觉和抓到一只青蛙差不多,那并不是什么令人心情愉悦的东西。不如干脆决定选择哪一种,即使如此都比装腔作势的感觉要好。

曾经我喜欢读的,既不是书信也不是日记,是一部有大约十篇诗文、十篇译诗的优秀遗作集,是一位叫富永太郎③的人的作品,其中两篇诗文和一篇译诗至今仍在照亮我灰暗的内心。它是独一无二的,是不朽的,是绝不存在于书信集中的。

---

① 月旦评:月旦评,东汉末年由汝南郡人许劭兄弟主持的对当代人物或诗文字画等品评、褒贬的一项活动,常在每月初一发表,故称"月旦评"或者"月旦品"。
② 裤裙:日语写作袴(はかま),是日本男性传统礼服的下衣。袴本来指裤子,但现代日语中这个字既有裤子的意思,也指部分款式的裙子。因此在中文中也称裤裙。
③ 富永太郎:日本诗人、画家、翻译家。

兵法

文章中的某个部分是删掉比较好,还是保留着比较好?如果你对此犹豫不决的话,那就必须删掉才行。想在那个地方再增加一些内容的想法则更是荒唐。

In a word

我应该是在久保田万太郎①或者小岛政二郎②的文章中读到过一段访谈,不过也有可能是我的错觉。说早前芥川龙之介总是在论战中接连使用"总之"来使对手难以作答。是久保万还是小岛氏说的,我完全没了印象,总之那个人说这话的语气很悠闲。"他这么一发问呀,让我们都无话可讲了",大致就是用这种口吻在叙述。大概是因为不知道该如何是好,芥川才会想要为了掌握这个"总之"而拼尽了全力,杀红了眼睛,最终落得个照顾病人的护士、带小孩的妇女都能够轻易做到的服毒自杀的下场。曾经我也为了追寻"总之"而拼命奔跑,义无反顾、勇往直前地追寻。所以我不懂得闲庭信步的乐趣所在,不明白循环小数的奇妙之处。我只想用这只手立刻就将那亘古不变的、久远的真理牢牢抓住。

"总之,你不努力学习不行啊。""哎呀,彼此彼此。"在经过一番通宵达旦的激烈议论之后,两个人精疲力竭地瘫倒在地,互相调

---

① 久保田万太郎:日本大正到昭和时期活跃的小说家、剧作家、俳句诗人。
② 小岛政二郎:日本小说家、随笔家、俳句诗人。

侃，当时我觉得这样就很好了。

我好像一不小心陷进了一个非常难以攻克的问题当中。其实我最开始没打算聊这些。

我本来想要以"In a word"这个小标题，来描述世人用一句话便将舍斯托夫①的作品断为赝品，用驽马②两个字来定义横光利一③，用寥寥数语去指斥怀疑世人说的矛盾之处，说纪德④的小说是二流作品将其一刀斩首，丝毫不知日本浪漫派⑤的困苦艰辛就对它落井下石，甚至像在《读卖新闻》⑥上写专栏评论文章的人一样，努力将一篇小说（我的《猿之岛》）压缩成一行讽刺的文字、一句格言等这种种杀气腾腾的行为。但不知是不是秋高气爽的缘故，我一下子缓过神来，发觉自己变得有些奇怪。这是一次显而易见的失败。

---

① 舍斯托夫：指列夫·舍斯托夫，俄国存在主义思想家和哲学家。
② 驽马：指资质较差、不出众的马。日语中也有庸才、蠢材的意思。
③ 横光利一：日本小说家、俳句诗人、评论家。1935年左右被誉为"文学之神"，与志贺直哉一同被誉为"小说之神"。
④ 纪德：指安德烈·保罗·吉约姆·纪德，法国作家，1947年诺贝尔文学奖得主。纪德的早期文学带有象征主义色彩，直到两次世界大战的战间期，逐渐发展成反帝国主义思想。
⑤ 日本浪漫派：指在1930年代后期，以保田与重郎为中心，以批判近代、歌颂古代为思想支柱，提倡"回归日本传统"的文学思想，亦指刊登此类文学的机关杂志（1935年创刊，1938年3月停刊）。同时，也指有这种理念和文风的相关作家。
⑥ 《读卖新闻》：日本的一家全国性报纸。

关于带病之躯写下的文章与它的不利之处

的确,我现在正在恃宠。家人还是把我当作病人来对待,读着这篇滑稽文章的读者们,应该也都知道我的病情。因为是病人,所以他们会带着苦笑原谅我。

你要保持身体健康,作家可不能在他的传记中留下登上社会新闻的内容。

追记。文学杂志《散文》的十月刊中所刊载的山岸外史的《颓废论》,是篇精雕细琢的文章,如果你想读点儿好东西,就读这个吧。

送给《衰运》的话语

> 如今湖水冰冷清澈,
> 又有几人可知,
> 是喷发过火的山的痕迹。

上面这段文字是生田长江①的诗歌。如果它能成为给《衰运》的各位读者的一个暗示的话,那便再好不过了。

你再过一个月就二十五岁了,你要好好地爱自己,差不多也该去走前人未走过的路了。然后,坚忍不拔地建立起属于自己的高塔,让未来百年里途经这个高塔的旅人们都能够向世人诉说:"这里曾经有

---

① 生田长江:日本评论家、翻译家、剧作家、小说家。

一位男性……"我今夜所言之语，你定要全盘接受。

关于 Das Gemeine[①]

大约是两年前左右的时候，我读到Koeber[②]老师的《席勒[③]论》，不，是被迫读了。席勒在那个作品中把Das Gemeine（卑俗）的一面从人性中驱逐出去，让它回归到Wool stand（本来的样貌）。在这个过程中，才诞生了真正的自由。我在这本书里读到了这样的论点。Koeber老师摆出圣洁的表情，轻叹一口气说道："我们都很难走出这名为'Das Gemeine'的沼泽……"我也轻轻地叹了口气，"Das Gemeine"这个想法的悲哀之处，一直萦绕在我的脑海之中。

现在在日本，或多或少可以算得上与Wool stand相近的文人墨客，有白桦派[④]的贵公子们、葛西善藏[⑤]、佐藤春夫等。就佐藤和葛西

---

① *Das Gemeine*：太宰治的短篇小说。
② Koeber：指Raphael von Koeber，德裔俄罗斯人，哲学家、音乐家。
③ 席勒：指弗里德里希·席勒，18世纪著名诗人、哲学家、历史学家和剧作家，德国启蒙文学的代表人物之一。席勒是德国文学史上著名的"狂飙突进运动"的代表人物，也被公认为德意志文学史上地位仅次于歌德的伟大作家。
④ 白桦派：白桦派是日本现代文学中的重要流派之一，因创刊于1910年的文艺刊物《白桦》而得名，由以该刊物为主要阵地的作家与美术家形成。该流派主张新理想主义为文艺思想的主流。作家主要有武者小路实笃、有岛武郎、有岛生马、志贺直哉、木下利玄、长与善郎、里见弴等人。受白桦派的影响而成长起来的知名人士有剧作家仓田百三、诗人千家元等。
⑤ 葛西善藏：日本小说家。在作品中描绘自身的困苦与疾病等人生的辛劳，以及酒精与女性、人际关系中的复杂之处，被誉为"私小说之神"。

这两个人而言，与其说他们是自由自在，不如说他们是少见的玩世不恭之人，我觉得这种说法更能够表达他们的自由程度之高。说到Das Gemeine的代表人物，就是菊池宽[①]了。而且无论是Wool stand还是Das Gemeine，在这里立刻断定他们的优劣，是非常荒谬的。有人一清二楚地看到了菊池宽氏的Das Gemeine的可悲之处，却不加评论，这让我觉得难过。无论如何，我的小说 *Das Gemeine* 在发表之后数日，我就收到了下面这枚寄出人不详的明信片：

现在活着的这具身体上，

描绘出你的模样，

少女的画，

今日心中沉闷，

满是悲伤。

右边写着《以春花秋叶和与之不相上下的美为题》，不知这位读者为谁。

给我报上名来！我因为这一首诗歌，在那七八天里一直心神不宁，坐立不安。我既没有Wool stand，也不是Koeber老师。是不是到头来，我只是一个多愁善感的人罢了。

---

① 菊池宽：日本小说家、剧作家以及记者，文艺春秋的创办企业家。

关于金钱

终于,金钱对我来说不再是最重要的东西了。现在的我就算有了一千日元巨款,如果你想要的话,我也会毫不犹豫地给你。现在的我只剩下像是永恒不变的蓝天般纯洁的爱情,和残酷且有耐性的复仇心。

关于精神恍惚

被森罗万象的美刺伤、践踏,舌敝唇焦,胸口焦灼,男子一个人步履蹒跚地在某个夜里,以为找到了一条散发着微弱光亮的路,便一跃而起,奔跑了起来。他一直不停歇地奔跑。那是一个瞬间的事。我想称这个瞬间为"精神恍惚之美"。这绝不是Das Damonische①的缘故。这是人类力量的极致。我从不相信鬼神,我只相信人类。在华严瀑布②干涸的时候,我并没有特别地为之感到惋惜。但是我没法不去为演员羽左卫门③的身体健康而祈祷,我也希望柿右卫门④的作品能不受一

---

① Das Damonische:像是有鬼神依附在上面一样与众不同的、超自然的、如恶魔一般的。
② 华严瀑布:华严瀑布是位于日本栃木县日光国立公园内的一条瀑布,出自中禅寺湖,其下接驳至鬼怒川的其中一条支流大谷川。华严瀑布是因中禅寺湖水压很大,造成湖底漏水,水便流下山谷所形成。华严瀑布有"日本三大瀑布之一"之称。1931年被定为日本国家名胜,2007年入围日本地质百选。
③ 羽左卫门:第十五代市村羽左卫门是日本大正到"二战"前的昭和时代的歌舞伎代表演员之一。
④ 柿右卫门:酒井田柿右卫门,是一位日本陶工。早年即学习陶艺,作品努力吸收中国技艺,后博采众长,自成一家,以制瓷而闻名于世,并在日本制造了首个五彩瓷。

丝伤害。从今往后大家都应该用"人工之美"来描绘它们。无论是怎样的天衣，要是无缝的话肯定会变得脏兮兮的无法入眼。

附加一句。花费精力的副作用都会在精神恍惚过后朝你袭来，那种猛烈的倦怠感你是否也曾有所体会。

处世的秘诀

适可而止。适可而止。

绿雨①

保田君说："我近来在读绿雨的书。"绿雨曾经自号"正直正太夫"。保田君，你是被他那果敢的勇气吸引了吗？

说回书信的事

我没有去见朋友，一个人住在乡下闲居独处，写些令人羞耻的书信的机会也多了起来。但前两天，我批评说作家的书信集、日记、鸡零狗碎的记录都是无趣之物，我现在仍是那么想的。好，接下来就让我自己来发表我能够容忍的自己的书信。下面附上两封。（如果文章中有用错的助词，还请多多包涵。）

---

① 绿雨：指斋藤绿雨，日本明治时代的小说家、评论家。

保田君：

　　我现在也是步入二十岁的人了。舌敝唇焦，胸口焦灼，正在听那高空飞过的大雁之声。今夜风寒，无处安身。书不尽言。

还有一封。
（因为半夜失眠，便提笔给一位年长的熟人写了封信。）

　　对于悲伤的事，就算是那样，也不过是妄语罢了。我把额头撞在墙上，想要结束这生命。可悲，这也不过就是"文章"罢了。我已经做好心理准备了。我的艺术，与那玩具所拥有的美并无半分差别。与那拨浪鼓的美。
　　（空出一行）布谷鸟临死前的最后一句话是"至死都要巧言令色"。

　　除此之外还有三封信，我念念不忘，就等过些日子有机会再说吧。（也有可能没有机会了。）

　　追记。文学杂志《非望》的第六号所刊载的出方名英光的《天空吹来的风》是篇很有看头的作品。如果我因为那篇文章，而写出了比现在的作品更加隐秘而残酷的作品的话，实在是很抱歉。

任性这件事

为了文学而任性,是件好事。如果对这个社会来说,连二三十日元的任性都做不到的话,还谈什么文学。

百花缭乱主义

福本和夫[①]、大地震、首相遭暗杀,以及乱七八糟的事还有几千件。我在少年时期、青年时期,用这双眼睛看尽了这所谓"不应该看的事物",用这双耳朵听尽了这样的事情。以二十七八岁为界限,年龄在界限以下的人都轻视了那无法诉说的、不为人知的苦楚。我应该置身何处?对此我全然不知。

这有一条无法跨越的又粗又黑的线。时代啊,舞台啊,都在逐步发展变化。我能够感受得到它们那种与我完全不同的严肃的悲伤,不止如此,就连它们的呜咽之声,我也能感受得到。我们都走过了漫长的旅程,走投无路了,才将那旅途中小憩时枕边的一朵鲜花唤作日本浪漫派。我们的一心一意,竹林七贤看了也会从竹林中出现,一副险些饿死的样子,却自赞"善哉"。"如果我得到了花,我就会去种花。我现在仍不知何为时机恰当。Alles oder Nichts[②]。"

又说。"策略之花,可也。修辞之花,可也。沉默之花,可也。

[①] 福本和夫(1894—1983):社会思想家、马克思主义理论家。战前日本共产党干部,共产主义运动的理论指导家。

[②] Alles oder Nichts:德语,意为孤注一掷、听天由命。

理解之花，可也。模仿之花，可也。放火之花，可也。我们要永远坚信自己所言之语的责任。"

这花园中的妖精啊，真是可悲。

要问这花园不可思议的美因何而来，那个像花一般的种花之人唤来一阵秋风，不曾作答。"我们什么时候都可以赴死。"只此一言，多说一句都会脏了这花园。

花朵散乱在这里，一朵朵都饱满地盛开着，叽叽喳喳地说着"要爱那活着的事物""我不新，但我也绝不会变旧""若是赌上性命，一切皆尊贵""到最后，人都不值一谈""让人费解的是藤村的表情""不，对那件事，我是这么想的""不，是我，是我""人不应该嘲笑别人"云云。

日本浪漫派要团结，这是不对的。日本浪漫派，还有他们的支持者们都有各自的个性，我觉得这才是非常了不起的，我不允许有人污蔑他们。同时他们每个人的生活方式，还有他们作品的特殊性，都有着至死不渝的骄傲。尽情地百花缭乱吧！绽放在这个国度的每个角落。

所罗门[①]王与贱民

我出生的时候，先父当时正处在仕途的巅峰，他那时是贵族院

[①] 所罗门：天主教汉译为撒罗满，阿拉伯语称为苏莱曼。根据《希伯来圣经》记载，所罗门是以色列王国第三位国王，大卫家族第二位国王，是北方以色列王国和南方犹大王国分裂前的最后一位君主。在《古兰经》中，则视之为先知。据《希伯来圣经》记载，所罗门王是大卫王与拔示巴的儿子。

的议员。父亲用牛奶洗脸,而他的遗孤生活却江河日下,一日不如一日,现在竟然到了要写文章换钱的地步。

所罗门王那深不见底的忧愁,还有贱民的那种污秽肮脏,这两者我都是知晓的。

文章

就文章而言,的确优劣有别,是不是有点儿像人的面貌、姿态呢?没办法,这是它的宿命。

感谢生命的文学

在日本,有个词叫"轻忽害死人",总是把人看得落魄又渺小。就艺术水平来说,努力到了一定水平之后,就绝不再会向上追求,但也不会水平下降。如果有人质疑我的这种说法,看看志贺直哉、佐藤春夫等人便知。我觉得他们那样算是好的了。(关于藤村,我准备在别处写。)欧洲的大作家们不论是年过五十还是年过六十,都会写很多的文章。那些文章不过都是机械重复的技法堆积罢了。荞麦面也好,凉粉也罢,只要将它们盛上一大碗,大家就会觉得真是厉害啊。就这一点而言,藤村可能也是个欧洲人。

但我只不过是为了感谢,又或者是为了金钱,又或者是为了孩子,又或者是为了遗书,费尽心力在书写罢了。在不知不觉中,那些不好的文学作品会被人们遗弃。其中也不乏能够写出别具一格的优秀作品,做好自己该做的事,晴耕雨读,每日每日都活在当下的优秀作家;曾经被祝福的人;能够经历了但丁①的《地狱篇》之后还想要品味《天国篇》的人;还有假装自己是《浮士德》中的墨菲斯托想要复仇,却连葛丽卿②的存在都忘了的作家。我虽然没有办法审判他们中的任何一方,但我学到了这些。《打开窗户》《老实人夫妻》《出人头地》《蜜橘》《春》《结婚为止》《锦鲤》《罗汉柏》等,这些对生机勃勃的生命充满感谢的小说,方拥有不朽的灵魂。

审判

在审判别人的那一刻,是能够在自己身上感受到尸骸与神明的一刻。

无间地狱

世间有一扇无论是推还是拉都岿然不动的门,就连波澜不惊地进入地狱之门的但丁,都避谈这扇门。

---

① 但丁:指但丁·阿利吉耶里,著名的意大利中世纪诗人。他是现代意大利语的奠基者,也是欧洲文艺复兴时代的开拓人物,他的史诗《神曲》留名后世。但丁是欧洲最伟大的诗人,也是全世界最伟大的作家之一。但丁、彼特拉克、薄伽丘是文艺复兴的先驱,被称为"文艺复兴三巨星",也被称为"文坛三杰"。

② 葛丽卿:《浮士德》中与贵族青年浮士德相爱的村姑,怀孕后不幸酿成杀婴的悲剧而最终入狱。

闲谈

这里有篇以《鸥外与漱石》为题的文章,与鸥外的作品应该被好好赞赏相反,俗中之俗的夏目漱石的全集正被世间大众追捧,这让我不甘心到快要落下泪来。我翻阅了许多可参考的书籍和笔记,却还是对《我是猫》感到失望,它没能成为一部好作品。这一夜,我没能入睡。到了早上,我终于找到了解决的办法。这办法就是,交给时间。待到日后回想起此事,便可大谈他们二十七岁那年冬天曾如何如何。

要不我干脆和各位记者一起围在炉边,一起聊聊新闻报道的可悲之处吧。

我每天早上都会在报纸上看到各位老兄未署名的文章和照片,觉得很可悲。(有时还会有些不愉快的事情。)这些文字读过就被丢弃,看过就被忘记,让我觉得它们就是一次性的,我觉得自己是在读转瞬即逝的文字。但是如果有人感叹"这就是人生啊",我甚至觉得自己会点头赞同,就好比流水一去不再回,像变化无常这个词。大家都应该明白,降生到这个世界上,也许便是所有错误的开端。

Alles oder Nichts

源自易卜生①戏剧中的这句话,经过欧洲人的口耳相传,逐渐传播

---

① 易卜生:指亨里克·约翰·易卜生,是一位影响深远的挪威剧作家,被认为是现代现实主义戏剧的创始人。

开来，直到如今还会出现在报纸上刊载的长篇小说中。我随手翻阅了一下，那一瞬间感觉自己被嘲弄了，让我不由得怒上心头。因为我思维深处的那条潺潺溪流也同样是这个词汇。

我在小学和中学的时候，都在班里名列第一。进到高中之后，我的成绩下滑到第三名。我甚至故意耍了些手段让自己的成绩滑到了班里的最末尾。进了大学之后，因为我不擅长法语①，我预感到自己会在学业上饱受屈辱，所以便不怎么去学校上课。在文学上，我也不允许别人轻视我。如果我一旦意识到在这件事上我会失败，就算是文学，我也可以放弃。

但我作为某个文学奖项的候选人，不仅一句通知都不曾收到，而且这个奖项在公布结果的时候，连同我是如何被从获奖候选人中剔除出去的过程也都发表了出去。你要知道，每个人都有自己坚不可摧的自尊心。然而在我通读了获奖者的作品之后，说句实话，我的心默默地放了下来。我没有输，我还可以继续写下去。就算没有人认可我，我也坚信自己依旧可以继续走我自己的路。

我自小就被非常严厉的父亲和长兄不断敲打，我自己也有些生而为人的顽固之处，信奉文学是绝对的利己主义，就连十年交情的亲友，也不会轻易地原谅，最终导致他身亡，而我也能够感受到右手高举旗帜、咬牙切齿地蹒跚走过街巷的自身的恶业。某个清晨，对生活自暴自弃走投无路的我，伴随耳边震耳欲聋的声响一起，或许我就同

---

① 太宰治1930年进入东京帝国大学法文科就读。但他只是憧憬法国文学，并不擅长法语。

酒井真人①一样，都不是在《文艺放谈》而是在《文艺粪谈》上谋生，无论多么艰难，我们应该都能活下去。高材生间贯一②放弃了勤勉求学，转而立志于收入富足的贷款行业，比现如今的许多报纸小说更能现实地为我们展现社会的另一面。

我想让你知道我现在独自在你觉得可悲的草纸上，写着一首饱含心血的诗。这是一篇我从不轻易给别人看的未发表的诗。

附加几句。不要因为我写在草纸上就觉得我只用草纸写作，我是因为读了你奋笔疾书了两张稿纸的信，就感受到了什么叫出自烂纸篓里的莲花。你也是因为克莱斯特③的困苦而困苦，因为逐渐衰弱的波德莱尔④的姿态而感到心中焦灼，因此我推测你可以同我一样，应该会写出一两部优秀的作品。但是我这话只写这一次，我不想同任何人交好。

热爱/因果/射击游戏/大头娃娃般的/弟弟。

哥哥/无论何时/都可以将生命/献给你。

---

① 酒井真人：日本大正、昭和时期的小说家、电影评论家。
② 间贯一：尾崎红叶所著的明治时代的代表小说《金色夜叉》中的主人公。
③ 克莱斯特：指贝恩德·海因里希·威廉·冯·克莱斯特，德国诗人、戏剧家、小说家。
④ 波德莱尔：夏尔·皮埃尔·波德莱尔，法国诗人，象征派诗歌之先驱，现代派之奠基者，散文诗的鼻祖。代表作包括诗集《恶之花》及散文诗集《巴黎的忧郁》。

芦苇的自我警惕

其一，你只需将目光对准这世间。当你觉察到自己沉浸在自然风景中的姿态时，就诚实地说"我已经上了年纪"，承认自己的失败。

其二，越是熟悉的话语，就越要反复咀嚼不要轻易说出口。

其三，"尚且可以。"

关于感想

谈什么感想！那不是仁者见仁、智者见智吗？伪装成习惯低头的樱桃小口的样子，这是连刚刚二楼那个从平原来的原始人都能够做到的简单模仿。对我来说，唯一真实的东西就是我自己的肉体。我这样躺下，望着自己的十指，动一动右手的食指，再动一动左手的小指，这个也会动。望了一会儿手指之后，我会发现"啊……原来我是真实存在的啊"。其他的一切，无论什么念头都化作细碎飞沫变成了飘浮的云，连是生是死都无法判断。真是不容易啊，不容易，还敢谈感想。

有一位男子从远处眺望着这个状态的我说道："其实再简单不过了，自尊心，仅此一点而已。"

就连这个也……

读过《金槐集》①的人应该知道,在源实朝②的和歌当中,有一句"就连这个也……"。虽然我记不清它的前后句了,大概是写就连可悲的兽类也云云的内容。

我二十几岁的时的心情,无论如何都应该被称为"就连这个也……"。一直以来的努力,让我想要将这句话说出口。对于源实朝了解最深的真渊③,基于保护国语的意图,并没有把这个句子收录到他的和歌集中。时至今日,他的和歌集无论哪首都是好作品,我并没有怨恨真渊的意思。

慈眼

"慈眼"是亡兄的遗作(是尊奇怪的佛像),这个名字是哥哥亲自取的。这个长约二尺左右的青色佛像,现在还摆在我房间的角落里,这件他人生中最后的作品,是他二十七岁时创作的。他死在了二十八岁的那年夏天。

说起来,我现在刚好二十七岁,而且还穿着他的遗物——一件灰色竖条纹的和服睡觉。两三年前,我对无辜的人施暴,将他踢到一

---

① 《金槐集》:全名《金槐和歌集》,是日本镰仓时代前期的源实朝亲自编纂家集性质的和歌集。
② 源实朝(1192—1219):镰仓幕府第三代征夷大将军。
③ 真渊:指贺茂真渊,日本诗人。

旁，像一匹惊马一样在巷子里横冲直撞。那种疯狂现在偶尔也会突然爆发，让人做出无法挽回的事。算了，随它去！只要每天朝后躺下满足地睡上一觉，慈眼的眼波就会落到我身上，它静默不语，微微笑着，满是慈祥。就算是我，也会变得像个婴儿。

这件事，仅此而已，读者们请不要为它赋予什么不必要的道理。

重要的事

博才多学，不见得是最好的事。人的智慧是有限的，上至某某氏，下到某某氏，你要知道，他们相差无几。

重要的应该是力量。米开朗琪罗是明明不必做这种事就可以过很好生活的人，但他却不借助任何人的力量，亲力亲为将大理石块从山上搬运到城镇中的工作地，也因此他的身体状况变得很差。

附加一句。听说米开朗琪罗就是因为这样讨厌别人，才会被别人那样讨厌。

敌人

能够真正否定我的人，（我望着十一月的大海思考）是黎民百姓。只有起自十代之前的贫民百姓，只有他们。

丹羽文雄[①]、川端康成、市村羽左卫门，还有一些人，他们对我吹

[①] 丹羽文雄：日本小说家。

一丝风都会使我在意。

追记。在一本杂志的连载中,我读了同乡朋友今观一君的《海鸥之章》,那畅快淋漓的行文,让我的胸膛都忍不住欢呼雀跃。我确信,展望那篇优秀文章未来的人,绝不止我一个。

健康

一个人处于什么都不想做的无意志的状态,说明那个人是健康的,至少是无痛感的状态。但前有拿破仑、米开朗琪罗,后有伊藤博文[①]、尾崎红叶[②],他们所做的事情,不都是在疯狂的状态下出现的吗?毋庸置疑,健康就是感到满足的猪,感到困倦的狗。

K君

他战战兢兢,像是刺探什么重要的秘密一般,以非常夸张的姿态询问我:"你,喜欢文学吗?"我保持沉默没有作答。他是个面相冷肃却没什么学识的十八岁少年。对我来说,他是唯一一个让我不知道该如何对待的人。

[①] 伊藤博文:日本近代政治家,首任日本内阁总理大臣,明治维新元老,中日甲午战争策划者,日本首任朝鲜统监府统监。
[②] 尾崎红叶:日本小说家。

造型

有的人分明一开始就是空虚的,却涎皮赖脸地说:"我故意装出空虚的样子。"

美术明信片

在这一点上,我和山岸外史①有些不同之处。比起印着深山中的花田、初雪的富士山的山峰、一望无际的千本松原,又或是红叶若隐若现的清姬瀑布图案的明信片,我更喜欢印着浅草仲店②的明信片。拥挤的人群,喧闹的街市,是前世有缘才能够在此处相聚,巧上加巧被拍进这张相片中。尽管生来就被宿命所操纵,我仍然思考如何才能开拓自己的命运,不断前行。就我而言,我不允许有人嘲笑这千余人中的任何一位,他们每个人肯定都在努力生活。他们每个人的家园、父母、妻子、孩子,我审视着他们每个人的表情和身材,想象着他们的生活,在那两个小时里忘记了时间。

不虚伪的申告

一直沉默的被告,突然站起来说道:

"我见闻广博,也想知道更多的东西。我是个直率的人,想要直

---

① 山岸外史:日本评论家。
② 仲店:神社、寺院内的商店街。

率地陈述一些事情。"

裁判长、旁听者、律师们听了,全都哄堂大笑,畅快极了。被告依旧坐在那里,一整天里一直用双手掩面。夜里,他咬断了舌头,身体变得冰冷。

烧断乱麻

如果小说评论像现在这样混乱的话,我想用一言以蔽之:法国是诗人的国度;十九世纪的俄罗斯是小说家的国度;日本是《古事记》①《日本书记》②《万叶集》③的国度,并不是长篇小说的国度。想成为小说家的你,首先要成为一个异国人。这个也要,那个也要,有这种功利心的话,是不可能写出好作品的。既能够做你的兄长,也能够做

---

① 《古事记》:日本和铜四年(711年)9月18日,日本元明天皇命太安万侣编撰日本古代史。和铜五年(712年)1月28日,太安万侣将完成的内容《古事记》献给元明天皇,为日本最早的历史书籍。内容大略可分成本辞、帝纪两个项目,以及上卷、中卷、下卷三个部分。全书采用汉文写成。

② 《日本书纪》:是日本留传至今最早之正史,六国史之首,原名《日本纪》,舍人亲王等人所撰,于公元681年至720年(养老4年)完成。记述神代乃至持统天皇时代的历史。全三十卷,一卷和二卷讲神代,三卷到三十卷从神武天皇讲到持统天皇,采用汉文编年体写成。系谱一卷,如今已亡佚。

③ 《万叶集》:是现存最早的日语诗歌总集,收录由四世纪至八世纪四千五百多首长歌、短歌,共计二十卷,于七世纪后半至八世纪后半编辑完成,按内容分为杂歌、相闻、挽歌等。

你的朋友的人，有普希金、莱蒙托夫①、果戈里②、托尔斯泰③、陀思妥耶夫斯基④、安德烈耶夫⑤、契诃夫，这不是一下子就能数出快十个人嘛。

最后的看台游戏

在我翻阅达·芬奇的评论性传记时，一下子被一幅插画吸引，就是《最后的晚餐》这幅画。我不由得肃然起敬。这幅画宛如地狱的写实，呈现出嘈杂烦乱、震天动地的混乱景象。不对，这是人世间最可悲的修罗场。

十九世纪的欧洲文豪们肯定也是自幼就看过这幅画，听过关于那残酷可怖内容的说明。

"背叛我的人，就在这里。"耶稣这样叹息道。他毫不犹豫地

---

① 莱蒙托夫：指米哈伊尔·尤列耶维奇·莱蒙托夫，俄国作家、诗人，被视为普希金的后继者。
② 果戈里：指尼古莱·瓦西里耶维奇·果戈里-亚诺夫斯基，俄罗斯作家。果戈里是俄国现实主义文学的奠基人之一，也是"自然派"的创始人。
③ 托尔斯泰：指列夫·尼古拉耶维奇·托尔斯泰，19世纪中期俄国批判现实主义作家、政治思想家、哲学家，代表作有《战争与和平》《安娜·卡列尼娜》《复活》等。
④ 陀思妥耶夫斯基：指费奥多尔·米哈伊洛维奇·陀思妥耶夫斯基，俄国作家，代表作为《罪与罚》。
⑤ 安德烈耶夫：指列昂尼德·尼古拉耶维奇·安德烈耶夫，又称安特莱夫，俄国小说家，剧作家。他早期的作品继承了陀思妥耶夫斯基和契诃夫的传统，描写现实生活中的小人物的心理。而在后期的《红笑》《七个被绞死的人》中，则放弃传统叙事手法，具有浓重的象征主义和表现主义色彩。

放弃了所有的希望转身离去,那一刹那的身影让我觉得非常震撼。达·芬奇深知耶稣那深不见底的忧愁,以及投身于肃静时那脑海中无限的慈爱。并且,他熟知十二门徒每个人基于利己主义的崇敬之情。好,我决定拜托日本浪漫派的各位朋友们,以此为原型来进行一场演出。会是谁来扮演精悍无比,所向披靡的彼得①呢?谁来扮演焦急得只想自证清白的腓力②?谁来扮演慌张大叫的雅各③?谁来扮演在耶稣的前面,脑袋低垂仿佛睡着的小鸽子一样的约翰④?最后,会是谁来扮演因为悲伤到了极致反而露出一丝欣然表情的耶稣呢?

山岸可能会主动站出来想要扮演耶稣,究竟会表演成什么样子呢?同时我们也不能忘了还有中谷孝雄这位优秀青年的存在。在这之上,隐藏着一只没有耳朵、没有眼睛的叫"日本浪漫派"的混沌怪物。我们来看犹大,他的左手好像在防御有什么恐怖的东西出现,右手紧紧地攥住钱袋。无论如何,请把这个角色让给我,因为我是最爱"日本浪漫派"的人,同时也最憎恶它的人。

---

① 彼得:基督教创始者耶稣所收的十二门徒之一,初代教会的核心人物之一。
② 腓力:亦译"斐理伯",耶稣最早亲自选召的门徒之一。
③ 雅各:雅各是《圣经》里的一名族长,他的故事可见于《创世记》,名字意思为"抓住"。他用"一碗红豆汤"买了哥哥以扫的长子名分,为舅舅拉班劳动超过二十年,以换取妻子拉结。在他与神摔跤后,被改名为以色列,他是以色列人的祖先。
④ 约翰:耶稣十二门徒之一。传统上认为,约翰是《新约》中《约翰福音》、三封书信和《启示录》的执笔者,被认为是耶稣所爱的门徒。在天主教和东正教都公认他为圣人,其圣日为12月27日。

关于冷酷这件事

严酷和冷酷，是从根本上就不同的两种事物。在严酷的最深处，全部都是属于人类本来的温暖关怀。而冷酷就像粗糙的玻璃器皿，这里没有任何鲜花盛开，仿佛生来与就与温暖绝缘。

我的悲伤

夜里走在路上的时候，我能听到草丛中有窸窸窣窣的声响，那是蝮蛇逃走的声音。

关于文章

作为一个文人，你的文章不可以不精妙。一篇好文章，指的是"饱含情感，妙笔生花，讴歌出人心的真实"这种状态。饱含情感云云，请参考上田敏[①]年轻时的文章。

突然发现

什么鬼？大家都在说同样的话。

---

① 上田敏：日本作家、诗人、翻译家。

Y小姐

那低声细语中蕴藏着真挚情感的回响,就只有两次而已,其余的皆令我困扰。

"我好像说了不该说的话。"

"我也是有自己的个性的,但是被你说中了,我除了沉默还能怎么办呢?"

语言的奇妙

"笨嘴拙舌""巧舌如簧""瞠目结舌""舌灿莲花"。

漫才①

我所说的双人漫才,指的是例如下面的这种情形。

问:你到底是为了打扮给谁看,才把嘴唇涂红,牙齿涂黑?

答:为了给大家看,也为了给你看。

这不是那种嘿嘿一笑就能过去的问答,但如果打人的话又会脏了自己的手,即便在你的心中!

---

① 漫才:漫才是日本的一种喜剧表演形式,前身是日本古代传统艺能的万岁。受到爱知县尾张万岁与三河万岁的影响,在日本关西地区渐渐发展出这种表演形式。在大正年间,为电影配音的辩士形成了漫谈这种表演方式。在1933年,吉本兴业将这种表演方式改称为漫才,并推广到全日本。

我的神话

旧习惯里,因幡之白兔①中的小兔子的毛被拔了下来,它将身体在海水里浸泡,之后再在太阳下晒干。这是痛苦的开始。

旧习惯里,稻田里的小兔子用淡水把身体洗净,将香蒲叶铺成窝,把身体埋进那软绵绵的窝里睡着了。这是安乐的开始。

最稀疏平常的事

"我是男性。"这是他发现家人是"女性"之后,第一次发现自己是"男性"。这是他们同居的第七年。

关于螃蟹

阿部次郎②在一篇散文中描写道,有一只小螃蟹从自家厨房横着飞了过来。在我思考"螃蟹也会飞吗"的时候,发现自己已经流下了眼泪。那篇文章中只有那段描写深得我心。

我家也会偶尔有螃蟹到访。你见过芥子粒大的螃蟹吗?当我看

---

① 因幡之白兔:在《古事记》中登场的白兔。它从淤岐岛渡到因幡国,欺骗海里的鲨鱼让它爬上岸,却被最后一条鲨鱼拔光了毛。大国主神的八十个兄弟神骗它用海水洗浴,再迎风晒干,结果白兔全身都受了伤。后来大国主神帮助它治好了皮肤,白兔做出"八十神得不到美人八上比卖,你虽然背着袋子走在最后,却能够抱得美人归"的预言。
② 阿部次郎:哲学家、美术家、作家。

到一只芥子粒大的螃蟹在同另一只芥子粒大的螃蟹拼了命地争斗的时候,我在旁边屏气凝神,一动也不敢动。

我的时尚

"吾儿,亦有汝焉?①"

曾经是否也有一个人,能够饱尝这世间的艰辛呢?在我人生中最重要的那个瞬间朝我放冷箭的人,一定是我此生最信赖的人。那箭"嗖"的一声就朝我射来。

刚刚我在友人保田与重郎②的文章当中,发现了一句关于芭蕉的好句子:"朝颜花、同那白昼深锁的重门石墙。"原来如此,就是这个。但是,……也,……不对。就是这个,就是这个!

关于《晚年》

我为了这册短篇集,花费了十年光阴。这十年来,我都没能像其他人一样闲适地享用过一次早餐。为了这册书,我失去了安身之所,自尊心不断被伤害,饱受凄风苦雨的摧残,终日在街上彷徨。我浪费

---

① 吾儿,亦有汝焉:"Et tu, Brute?"是一句拉丁语名言,被后世普遍认为是凯撒临死前对刺杀自己的养子布鲁图说的最后一句话。凯撒是罗马共和国的将军、执政官、独裁官,战功显赫,后期走向独裁。罗马元老院对其日益膨胀的权力不满,于是谋杀了凯撒,凯撒的助手、挚友和养子布鲁图也参与其中。也译作"还有你吗,布鲁图?"这句话被广泛用于西方文学作品中,代表背叛最亲近的人。
② 保田与重郎:日本的文学评论家,发表过多部作品,曾用笔名汤原冬美。

了数万日元的金钱,面对兄长吃过的那些苦,我羞愧得抬不起头来。我唇焦舌敝,心急如焚,我故意把身体损坏到无法康复的地步。我将上百篇小说撕碎丢弃,那是五万张稿纸啊。最后留下来的,勉勉强强才凑出来这些,接近六百张稿纸,而我的稿费全部算起来不过六十日元。

但我相信,随着岁月的流逝,《晚年》这部短篇集会愈发地有韵味,它会渗透到你的眼睛里,你的心里。我是为了创造这本书而降生在这个世界上的。从今往后的我只是一具行尸走肉,就这样度过我的余生。如果我还会活很多年,而且在这之后我不得不再出版短篇集的话,我会把它取名叫《歌留多①》。"歌留多"原本是种游戏,而且是一种赌钱游戏。滑稽的是,如果我活得更久一些,能出第三本短篇集的话,我必须得叫它《审判》。对所有游戏都提不起兴趣的我,除了一点儿一点儿地写没有活力的自传,好像没有其他的路可以走。旅行者啊,别选这条路走。我要登上那名为审判的灯塔,严肃又拼命地告诫世人,这条路实在是太过空虚。但今夜的我,不想活那么久。比起弄脏自己的人字拖,我更想把船锚绑在身上跳入水中。

不管怎样,你一定会喜爱《晚年》到手不释卷,直到它被你的双手摩挲到油光发亮,一想到这里,我就觉得自己很幸福。

人在一生当中,能够真正体会到幸福的时间,就是这一瞬间,比那百米冲刺十秒零一的时间还要短得多。有声音说:"你撒谎!如果写作真的让人那么不幸,不写便是。"我回答道:"我是这世间无与

---

① 歌留多:又称"歌牌",是日本人正月过年时会玩的一种纸牌游戏。

伦比的美丽，就仿佛美第奇的维纳斯。为了把现世真正的美留给这个世界，我才要写作。看啊！那维纳斯羞耻得形诸于色的样子，便是我不幸的开始。同时，无论春夏秋冬我都是裸体，永远沉默不语还带一丝清冷，（美人多薄命）我才会用那高雅的眼神悄声告诉你，上天那冷酷至极的嫉妒之鞭。"

关于不安这件事

据我所知，惦念这件事，有黑白两种，分别是浪花曲①的"我所等待的宝船"和普希金的"我明天会被杀死"，在让人心跳加速这一点上，他们可能相差无几。但我深思熟虑半日，明白了他们确实是黑白分明的两种存在。

作业

《关于check与chack》《所谓策略》《论语言的绝对性》《论沉默是金》《野性与暴力》《时尚小论》《论奢侈》《论出人头地》《论羡慕》《论感动》……虽然我很小气，但我可以向大家透露，像这样能做标题的句子，除了上面这些，我还有不下十七八个。我一点儿一点儿地把它们写在笔记本上，积累起来，这次有人邀请我为《文艺杂志》的创刊号写点儿什么，所以我搬出两三个笔记本，翻阅有没

---

① 日本的一种说唱艺术，表演方式为一个人说唱，并以三味线来伴奏。

有合适的内容，这一翻就从黄昏翻到了天亮。这篇不好，那篇不行，都没能打动我，没一篇合我心意。就在我边喝牛奶边读早报的时候，我突然明白了。

我的心正羁绊在千里之外的海边，掀起的海浪奔腾飞溅。我第一本书即将出版了。这样一来，所有的事情都讲得通了。这其实是我自己的作业，就算我没有刻意那样想，我也应该把手里的这一棒交到砂子屋书店的老板山崎刚平氏手上。我的书能卖出去多少本呢？装订进行得顺利吗？这是潮水与海鸥与浪花之间的关系。

附记。这篇一半以上的内容，都是为了宣传我的书而写的。我从昭和十一年起就没有收过稿费，不然我也要按小说一篇五日元、其他各式文章一篇三日元来收费的。

写这些是因为今年正月那期杂志中编辑的那封信，其中融入了我的心血。又或是因为，自从去年正月约好为这本杂志写稿之后，一年来我都在一字一句地笔耕，终于承诺供稿了，我却把自己逼得快精神错乱了。也为了那总是和颜悦色地给我安慰、文意高华的编辑的来信，还有其他的一些原因。总之，有很多我不得不写的理由，于是便写下这些只言片语，大概有二十几篇文章。我主动拒绝了这次稿费。

"虽然人们都将自己的工作放在第一位，但偶尔也会装作不知情的样子，悄悄地温暖旁人那悲伤又坚定不移的自尊心。"

正义与微笑

纵我脚力羸弱，止步高峰险坡，
但可常居山脚，吟唱快乐之歌，
亦能感动世人，存志天高海阔。

——赞美歌 第一百五十九首

四月十六日　星期五

大风天。东京的春天总是刮干冷干冷的大风，叫人很不舒服。灰尘卷进房间，不仅给书桌蒙上一层厚厚的灰，就连脸蛋都蹭上了灰尘，真让人不爽。写完这段我就去泡澡，我感觉连后背上都沾满了灰尘，真受不了。

我决定从今天起开始写日记。我隐约感觉到，最近这段日子会是我人生中非常重要的一段时光。"一个人的人格，是在他十六岁到二十岁这段时间里被塑造的。"我忘了这句话是卢梭还是谁说的。到底是谁说的，其实无关紧要。

我已经十六岁了。虽然我的成长变化有蛛丝马迹可循，但旁人终究是不会注意到的。毕竟，这就是所谓的形而上的变化。实际上，在十六岁的我的眼里，不管是高山大海、花草行人，还是悠悠蓝天，看起来都不再与以往相同。就连对人性之恶，我都好像了解了几分，也隐约猜到，在这个世界上，复杂难解的问题其实数不胜数。也正因如此，我最近整日闷闷不乐，动不动就发脾气。人们似乎一尝到智慧的果实，就会失去了笑容。我以前很喜欢搞笑，故意装傻充愣，用憨憨笨笨的样子来逗家里人开心。但我现在觉得，那种故意出洋相的小丑样子实在是蠢，只有卑屈的男子才会去做。扮成小丑博取同情的行为实在是太寂寞、太空虚了，生而为人，必须要加倍认真地生活才行。男人不应当摇尾乞怜，男人要做的是努力获取别人的尊敬。

在这段时间里,我一改往日的天真活泼,变得一本正经起来。或许是因为实在过于严肃,昨天晚上,哥哥终于忍不住来劝我了。

"小进,你最近也过于老成持重了吧?仿佛一下子老了好几岁。"吃过晚饭后,哥哥笑着对我说。我回答说:"那是因为我最近思考的问题都很深刻,人生中颇多难题,从今往后我要同它们不停做斗争。比如,关于学校的考试制度……"我话刚说到一半,哥哥就忍不住笑了出来。

"好了好了,我明白了。但你也没必要整天摆出一张苦瓜脸,一副苦大仇深、咬牙切齿的样子吧。你看你这段时间都瘦了,等下我读《马太福音》的第六章给你听吧。"

他的确是个好哥哥。四年前他考入帝国大学①英文科,直到现在还没有毕业。虽说复读过一年,但哥哥对此毫不介意。那次高考失利绝不是哥哥的耻辱,不是因为哥哥脑筋不够聪明,是因为他有正义之心才失败的。对,就是这样。在哥哥看来,学校肯定是很无聊的地方,因为他每天晚上都在彻夜写自己的小说。

昨天晚上哥哥给我读了《马太福音》的第六章第十六节以后的内容。那真是很有深度的思想。听了之后,我不禁为自己的不成熟而感到羞愧,脸颊涨得通红。趁自己还没有忘记,我要把这个教诲郑重地写在这里:

---

① 帝国大学:简称帝大,是指日本明治维新之后到第二次世界大战日本投降前所设立的九所国立综合大学。"二战"后,本着消除军国主义思想的目的,九所帝大的官方名称中均被废除了"帝国"二字。

汝等在断食之时，断不可如同伪善者一般面带愁容。他们使自己面色难看，是为了向世人彰显断食之事。真诚告知汝等，他们已得到了应得的赏赐。汝等在断食之时，要涂抹发油，清洁面庞。不可将断食之事展露于人，只叫那暗中的父看见，你父在暗中观察，自会赐予回报。

　　这真是种复杂又微妙的思想。与这种思想相比，我可以说是单纯得不值一提。我真的是个浅薄的愣头青。反省！反省！！

　　"连微笑也要贯彻正义！"

　　我想出这样一个不错的座右铭，要不要把它写下来贴在墙上呢？啊，不行，我怎么偏偏又想把"不要展露于人"贴在墙上展示呢？可能我是个极度伪善的人吧，对此必须多加警醒才行。不是有"十六岁到二十岁这段时间是塑造人格的时间"这种说法嘛，所以现在这段时间对我来说至关重要。

　　我从今天开始写日记。一是为了帮助自己统一混沌的思想，提供日常生活反省的材料；二是为了记录我令人怀恋的青春年华，等到十年、二十年后，我长成仪表堂堂的大人时，能轻捻胡须，笑着回顾这本日记。

　　但这日记又不能写得太过死板，太过"深刻"也是不行的。

　　"连微笑也要贯彻正义！"这是句明朗的口号。

　　以上就是我日记开卷的第一页。

　　以后我想一点儿一点儿记录下学校里发生的一些事，但我现在真的、实在、完全受不了了，灰尘太重，嘴里感觉像在吃土。我要去泡澡了，反正以后我会慢慢地写下去。但一想到没有人会看到我写的东西，我就忍不住地失落。永远不会被人看到的日记，就算装模作样地写了，留下的也只是寂寞吧。智慧的果实不仅教会了我愤怒，还教会了我孤独。

今天放学回家的路上，我和木村一起去吃了红豆年糕汤。算了，这件事还是明天再写吧。木村也是个孤独的男人。

四月十七日　星期六

虽然今天的风相比昨天的小了一些，但从早上开始，天就阴沉沉的。中午下了点儿雨，之后天空渐渐放晴，到晚上已是皓月当空。

今天晚上，我先回顾了一下昨天的日记，看完之后觉得很不好意思。我写得实在太糟糕了，不由得红了脸。昨天的日记一点儿也没有描写出我十六岁的苦恼。不光文章写得乱七八糟，写作之人的思想也很幼稚。真是糟糕透了。

刚刚我突然想到，为什么我要选择从"四月十六日"这个前不着村后不着店的日子开始写日记呢？这简直不可思议，就连我自己也不知道原因。没准是因为我从很早以前就想写日记，正巧前天哥哥教了我一些好句子，我听了之后抑制不住兴奋之情，就决定"从明天开始写日记"。十六岁的十六日，《马太福音》第六章的第十六节，这些都不过是巧合，但我却为了这种无聊的偶然而开心不已，实在是不成体统。让我更有深度地思考一下吧。对啊！我似乎懂了！这其中的秘密会不会并非"十六日"这个日期，而是"星期五"呢？我是一个对"星期五"有执念的男人,这个毛病由来已久。我觉得这个日子让人非常难为情。星期五对于基督教来说,是非常不幸的一天,正因如此,很多外国人都讨厌星期五,将其视为不吉之日。我并没学老外那样,对星期五抱有迷信的想法。但不知为何,我就是无法平静地度过这一天。看样子,我应该是喜欢这个日子的。我发现自己隐约有一种喜欢不幸的心理倾向。肯定是这样!虽然这听来无足轻重,但对我来说却是个重大发现。这种憧憬不幸的癖好,将来可能会成为我主要人格中的一部分。想到这里,我的心里不由得涌上阵阵不安,预感到似乎有坏事即将发生。我的思考使我得到了一个无聊的答案。但事实如此,我也无可奈何。真理的发现并不一定会给人带来快乐,智慧的果实是苦涩的。

那么,今天我必须要写关于木村的事,但我已经不想动笔了。简单来说,我昨天对木村是真的钦佩不已。木村是这个学校有名的小混混,他考了很多次大学都没考上,应该已经有十九岁了。本来我一直都没有机会和木村这样闲聊谈心的,但昨天木村非要拉着我去红豆年糕汤店,我们就这样一起去吃了红豆年糕汤,第一次聊到了各自的人生观。

让我很意外的是,木村居然是个非常勤奋好学的人,他现在在学习尼采的理论。而我则因为哥哥还未曾教过我这些,所以什么都不懂,只能羞愧地红着脸听他讲解。纵然我也谈论了关于《圣经》和德富芦花①的事,但是完全比不上他。最厉害的是,木村的思想已经真真

---

① 德富芦花(1868—1927):日本小说家、散文家。著有小说《不如归》《黑潮》,散文集《自然与人生》等。

切切地被他运用在生活当中。用木村的话说，希特勒的行动也与尼采的思想有关。至于究竟有怎样的关联，虽然木村给我解释了很多有关哲学的内容，但我其实一句也没能听懂。木村明年好像要报考陆军士官学校，看来这与尼采主义也有关系。但是陆军士官学校非常难考，我觉得他可能考不上。

"我觉得还是放弃比较好。"我小声说道。结果木村听到之后猛地瞪了我一眼，真是吓了我一跳。我心里想，我不能输给木村。我也要开始学习，暗下决心要背一千个英语单词，然后再从头学一遍代数和几何。虽然我的确钦佩木村思想之强大，但不知怎的，我并没有想要去读一读尼采的书。

今天是星期六。我在学校一边听着修身课的老师讲课，一边望着窗外发呆。窗外，曾经盛开到装满整个窗口的樱花也凋谢得所剩无几，现在只留有黑红色的花萼，像是在故意捉弄人。我看着这幅景象，默默地思考着。前天，我和哥哥说"人生中难题颇多"，但随后的一句"比如，关于学校的考试制度……"让哥哥直接看穿了我的想法。的确，我最近的忧虑可能并不为其他，只是因为明年一高[①]的入学考试。唉，我讨厌考试。考试用仅仅一两个小时的短暂时间，就决定了一个人的价值如何，真是太恐怖了。这简直就是在亵渎神明，监考官们最终可能都是要下地狱的吧。虽然哥哥总是喜欢说些安慰我的话，什么"没问题的，你升上四年级了就肯定能够考上"之类的，而

[①] 一高：即第一高等学校。明治27年（1894年）改组为高等中学，实际上是帝国大学预科。

我却一点儿自信都没有。不过,因为我已经开始厌倦中学生的生活,所以就算我明年考不上一高,我也会选个气氛开明的大学去读预科。在那之后,我就需要确立一个自己能够毕生为之奋斗的目标。这对我来说是个大难题,我一点儿头绪都没有,每日面带愁容,为此烦恼。从小学开始,老师就教导我说"要成为一个伟大的人",但我觉得没有比这更冠冕堂皇的话语了。这话让人听完之后还是一头雾水,感觉自己被人当成了傻瓜,真是句不负责任的话。我已经不是小孩子了,也逐渐有点儿开始明白在这人世间生活的不易。就像有些人虽然有一份中学教师的工作,但其实他的生活可能过得很凄惨。夏目漱石的《哥儿》里不是也写到了这一点嘛。有些人靠借高利贷来维持生活;有些人会被妻子大声呵斥;也有让人觉得像是可怜的人生失败者一样的老师,甚至会让人感觉他也不太有学识。就是因为有这样无用的老师在一直喋喋不休地重复着自己都不确定的、听上去冠冕堂皇却实际上毫无意义的说教,让我们这些做学生的深深地讨厌起了学校。要是老师们能稍微教给我们一些更平易近人的道理,我们不知道该有多么受益。如果老师能不加修饰地讲讲自己曾经的失败经历,我们肯定会很有感悟,但他们却总是一直在讲同样的话,讲什么是权利与义务,讲大我与小我的区别,重复地说着大家都懂的那些大道理。今天的修身课的内容更是分外无趣。虽然主题是大英雄与小人物,但金子老师却只是一味地称赞拿破仑和苏格拉底,说生活悲惨的升斗小民的坏话。白费这些口舌,岂不是毫无意义?并不是人人都能成为拿破仑和米开朗琪罗,平常人在日常生活中的努力和奋斗也应该被尊重才对。金子老师的话总是这样肤浅,一无是处。他正是那种俗不可耐之人。

想来他的思想应该也是很老旧的吧，毕竟是五十出头的人了，这也是没有办法的事。唉，做老师做到被学生同情，实在是无可救药。直到今天为止，这些人真的是什么都没能教给我。我明年就要选择今后是学文科还是理科了，事态非常严峻。我也不知道该如何是好，实在是很迷茫。在学校里呆呆地听着金子老师的这些没有意义的话语，不禁让我想念起了去年离职的黑田老师。他在的那段日子像是凝结在了琥珀里，温柔得让人怀念。在这位老师身上，我看到了一些不一样的东西。他既聪明，懂得如何为人处世，又做事利落爽快，非常有男子气概。说他是当时我们整个中学最受尊敬的人也不为过。在某节英文课上，黑田老师静静地翻译完了李尔王的那章内容之后，冷不防地说起了他要离职的话。语气也非常不同，大概"深思熟虑过后的肺腑之言"说的话就是那种语气吧。总之，那是一种非常生硬的腔调。而且，他没有任何铺垫地就说出了这番话，把我们这群学生吓了一跳。

"我只能陪伴大家到这里了，时间过得真快啊。实际上，老师和学生之间的感情是非常脆弱的。老师只要一辞职离开，就会和学生变成陌生人。这并不是你们的过错，是老师们不够好。实际上，所谓的老师都是一群蠢蛋，无论男女，都是无知的蠢蛋。虽然不应该和你们讲这些，但是我实在是无法继续忍耐下去了。那充斥在教员办公室里的空气，正是不学无术，是利己主义！他们并不爱自己的学生。我已经在这样的教员室里撑了两年，实在撑不下去了。在被开除之前，我要先辞掉这份工作。此时此刻，我在这里的工作就结束了。虽然我可能再也见不到你们，但希望我们彼此今后都能努力学习。学习是件好事。可能有人觉得，对于代数、几何的学习，在今后的人生中不会发挥任何作用，但我要告诉你们，这种想法大错特错。无论是植物学还是动物学，物理还是化学，我们都应该在时间允许的范围内努力去学习。正是这种不会在日常生活中直接起作用的学习，才会帮助你们在未来确立自己的人格。你无需夸耀自己所掌握的知识，学习知识，然后再轻易地忘记也是很好的。记住知识不是最重要的，最重要的是陶冶情操。所谓修养，不是指背会许多公式和单词，而是指拥有宽广的胸襟。也就是说，你懂得如何去爱。学生时代不学习的人，即使到了社会上，也可能是一个极端的利己主义者。学问这种东西，是可以一边记住一边忘记的。但即使你把它们全部忘记，在经历不断训练的、记忆的最深处，肯定会有一捧大浪淘下来的金，这就是最珍贵的东西。所以我们必须要学习，并且不能因为学会的知识无法直接在生活中发挥作用而着急。我们要一步一步、从容不迫地成为一个有修养的人！我想说的就是这些。我再也不能和你们在同一间教室里学习知识了，但我会把你们的名字铭记一生。你们也要偶尔记起我哟。虽然是这么不尽兴的告别，但我们男人之间就这样简简单单地告别吧。最后，祝福你们未来身体健康。"他脸色有些发白，不带一丝笑意，作为老师给我们这些学生鞠了一躬。

听完这段话，我好想一把抱住黑田老师，狠狠地大哭一场。

"敬礼！"班长矢村带着哭腔发出号令。全班六十个人，谁也没有出声，我们就在这庄严肃穆的气氛中，发自内心地向老师鞠了一躬。

"大家不用担心这次的考试。"老师说完这句话，脸上终于浮现出了一丝微笑。

"老师，再见了！"留级生志田小声地说道。随后，六十个学生异口同声地喊了出来："老师，再见了！"

　　我好想放声大哭。

　　如今的黑田老师在做什么呢？没准他已经上了战场。现在已经是深夜，快到十二点了。哥哥在隔壁偷偷地写着小说，听说写的是长篇小说，已经写了两百多张稿纸了。哥哥的生物钟日夜颠倒，每天要到下午四点左右才起床，然后一定会写个通宵。我觉得他这样做对身体不好，反正我已经是困到不行了。我打算读一会儿芦花①的《我的回忆》就去睡觉。明天是星期日，可以过一个慵懒的早上。对我来说周日的乐趣就在于此。

四月十八日　星期日

　　天晴了又阴。我今天上午十一点起床，没什么新鲜事。这也是理所应当的。如果你觉得因为是周日就会有什么好事，那你可想错了。人生是再平凡不过的了。明天又是周一，从明天开始又是上学的一周。我的性格相当消极，无法把周日当作周日来享受，总觉得周一带着坏笑藏在周日的暗处。周一是黑暗，周二是血，周三是白色，周四是茶色，周五是光亮，周六是老鼠，然后周日是红色的危险信号，让人心里空落落的。

　　我今天从中午开始就埋头于英语单词和代数的学习。天气热得让

---

① 芦花：即德富芦花。

人生厌。我用一条毛巾裹住身体当作家居服，不顾形象如何只顾着学习。晚饭过后的茶水很好喝，哥哥也说这茶好喝。酒的味道是不是也是这样呢？

那么今天晚上写些什么好呢？没什么好写的，就写一件我家里人的事吧。我家现在有七个人。母亲、姐姐、哥哥、我、在我家做工读学生的木岛先生、女佣梅姨和上个月来到我们家的护士杉野小姐，这七个人。父亲在我八岁那年就去世了，他还在世的时候好像是个小有名气的人。父亲毕业于美国的一所大学，信仰基督教，好像是当时的新兴知识分子。与其称他为政治家，不如称他实业家更合适。他晚年步入政坛，为政友会工作不过是四五年的时间，在此之前，他是生活在市井中的普通实业家。听说父亲在进入政界之后的五六年里，花光了大部分的财产。可能我在这里讲财产有点不够格，但听说母亲当时为此吃了很多苦。我们家也在父亲去世后没多久，就从位于牛迂的大房子搬到了现在这个位于麴町区的家里。母亲也病倒了，直到现在还卧床不起。但我一点儿也不憎恨父亲。父亲总是叫我"小子、小子"。在我的记忆中，关于父亲的片段并不多。但有一点我记得很清楚，他每天早上都要用牛奶洗脸，应该是个非常时髦的人吧。挂在客厅中的照片里，父亲的脸庞也是英俊又端庄的。姐姐应该是最像父亲的。我的姐姐是个很可怜的人，今年已经二十六岁了，终于要在这个月的二十八号出嫁了。姐姐这些年为了照顾卧床的母亲和我们这两个弟弟，一直没能出嫁。母亲得了脊椎骨疽，在父亲去世后就倒下了，已经在床上躺了快十年了。母亲虽然是个病人，但她十分聒噪，又十分任性，就算雇了护士也会被她赶跑。只有姐姐能够忍受这一切。即使是这样，哥哥还是在今年正月里逼着母亲同意了姐姐的婚事。哥哥生气的时候特别厉害。眼看着姐姐的婚事近在眼前，上个月我们家请来了杉野护士，她照着姐姐教的那样一步一步地开始了照顾母亲的工作。母亲虽然嘴上还是嘟囔着不愿意姐姐离开，但也没有办法，只好断了这个念想，开始接受杉野护士的照顾。看来母亲也无法赢过哥哥。母亲，就算姐姐不在家里了，也请不要失落。为了哥哥和我，也要打起精神来。姐姐都二十六岁了，实在是很可怜。啊啊，不行，我这话说得也太早熟了些。但是，结婚的确是件人生大事，尤其是对女人来说，可能结婚就是她们人生中唯一的大事。不要害羞，认认真真地考虑吧。

姐姐是位令人尊敬的牺牲者，说她把自己的青春都奉献给了家务事和照顾生病的母亲也不为过。但我觉得长年累月的吃苦耐劳对于姐姐来说，绝不是件徒劳无功的事。姐姐肯定有着我们无法与之比拟的明辨是非的能力。吃苦能够磨炼人的理性。姐姐最近的眼神分外干净清澈，即使快要结婚了，她说话还是平常的样子，没有兴奋到得意忘形，真的很厉害。姐姐应该会以平静的心情步入婚姻生活吧。

结婚对象铃冈先生，是位四十来岁的公司董事，听说是柔道四段。虽然我觉得他鼻子又圆又红是个缺点，但他为人亲善，所以我对他既说不上讨厌，也说不上喜欢，毕竟归根结底，他还是个外人。但哥哥说有这样一位姐夫还是让人心安不少，可能真的就是那样吧。但我并不打算与这位姐夫交好，我只是希望姐姐能够收获她的幸福。姐姐走了之后，不知道这个家该有多冷清，就像是火焰熄灭了一样。但我们会忍受这一切，只要姐姐能够幸福就足够了。姐姐应该会成为一位优秀的妻子吧。对于这一点，我作为姐姐的至亲之一能够挺起胸膛负责任地向你保证，我敢把姐姐作为最棒的妻子推荐给别人。姐姐真的为我们操劳了很多，如果当时不是有姐姐在我们身边，真的不知道我们会变成什么样。姐姐清楚地知道两个弟弟的性情，温柔地把我们抚养长大。姐姐同我与哥哥，是以某种高度精神化的纽带连接在一起的神圣的同盟。因为姐姐比我们更加理性，所以总是在不知不觉中领导着我们。我相信，姐姐肯定能在她的婚姻生活中孕育出属于她的安宁的幸福。即使遭受黑暗的侵袭，姐姐肯定也有能够让他们夫妇的幸福不受伤害的能力。姐姐，恭喜你！你今后的人生一定会很幸福。虽说介入过深有些失礼，但姐姐你还不知道夫妇间的爱情为何物吧？（但其实我对此也是一无所知。）但是，如果这世间当真有"夫妻之爱"，姐姐你一定会得到最好的夫妻之爱吧。姐姐！请千万不要打破我这美丽的幻想。

那么，去吧！去平安无事地生活吧！如果这就是永远的离别，愿你永远平安顺遂！

以上就是我以给姐姐写悄悄话的心情写下的文字。姐姐可能永远都不知道我写下的这些秘密的告别，因为这是我一个人的私密日记，但是姐姐看到这段应该会笑出来吧。

我没有把这段临别赠言直接说给姐姐听的勇气，实在是很没出息，很可悲。

明天就是星期一了，是黑暗之日。睡了。上帝啊，请不要忘了我。

四月十九日　星期一

算是个晴天吧。其实今天我的心情不是很好，我已经开始思考要不要退出足球部了。就算不退出，我也已经厌倦了运动，今后就随便陪他们玩玩吧。那帮家伙球踢得也是挺随便的，实在是拿他们没办法。我今天揍了那个姓梶的球队队长，梶是个下流的人。

今天放学后，足球部全部成员都在球场上集合，开始了本学年的第一次练习。今年的队员和去年相比，无论是气势还是技术，都要逊色很多。就现在这个状况来看，本学期我们能不能和其他学校一起比赛还是个问号。我们虽然召集齐了队员，但是团队合作完全不行，归根结底还是队长不行。梶这个人是没有资格做队长的。他因为没能考上理想的学校落榜，凭借着年长才当上了队长。我觉得想要领导好一个队伍，人格魅力是比球技更重要的。而梶品格欠佳，即使在团队训练的时候，他也只顾着讲一些下流笑话，根本不认真。不光是梶，其他队员也都在浑水摸鱼，松散得不像样子。看到他们这样，我真的忍不住想一个一个揪着他们的衣领，把他们丢到水里去。训练结束后，大家和往常一样去附近的一家叫"桃之汤"的钱汤洗澡。在更衣室里，梶突然开始说一些下流话，而且说的是关于我身体的。那话的内容无论如何我也不想写出来。我就那样赤身裸体地站到了梶的前面。

"你还算个运动员吗？"我问道。

旁边有人说："算了！算了！"

梶把脱了一半的上衣又穿了回去："喂，你是要打架吗？"他扬起下巴，轻蔑地笑了。

我朝着这张脸一巴掌扇了过去。

"如果你还算个运动员,就有点儿羞耻心!"我朝他说道。

梶"咚"地跺了一下地板,说了声"可恶"就哭了起来。

我对他的反应很意外,原来他是个没骨气的东西。我径直走向钱汤的冲洗区,清洗身体。

赤身裸体打架实在不是什么值得赞扬的事。现在我已经厌倦运动了。有句谚语说"健康的躯体中存在着健康的灵魂",但是这句话的希腊原文则是"如果健康的躯体中存在着健康的灵魂的话",是包含了说话人的愿望和叹息的。我之前不知何时听哥哥说过,如果健康的躯体中存在着健康的灵魂,那将是一件多么美好的事呀,但现实中很难实现。这才是这句话的本意。梶有着一副健壮的体格,但可惜他只是金玉其外,如果那副健壮体格中能有一个明朗的灵魂该多好!

入夜后,我听了海伦·凯勒女士的电台广播,真想让梶也听听。凯勒女士虽然失明失聪,有一副让人绝望的、不健全的身体,但是她仍旧凭借自己的努力学会了如何说话,能够听懂秘书对她讲的话,写出了自己的著作,还取得了博士学位。我们真的应该给予这位妇人无限的尊敬。在听广播的时候,时不时可以听见听众如潮般的掌声。这些听众们的敬仰之情直击我的内心,我不禁眼泛泪花。我读了一些凯勒女士的著作,其中很多都是和宗教相关的诗歌。可能正是她的信仰,才使她重获新生。我深深地感受到信仰的力量之强大。所谓宗教,就是相信奇迹的力量。理性主义者是无法理解宗教的,因为宗教正是相信非理性的力量。正因如此,"信仰"所拥有的这种特殊的力量——啊啊,不行,我搞不懂了。关于这方面的知识,我还是再去问问哥哥吧。

明天是星期二，真是讨厌，讨厌！有句话说"男子只要出了家门去到外面就会遇到七个敌人[1]"。这话说得真是没错。并不是我自己粗心大意或者别的什么，而是去上学这件事就如同闯进上百位敌人中一样。我不想输给别人，然而如果想要胜出就必须拼命努力，这实在是很讨厌。这就是胜利者的悲哀吗？不会吧。梶啊，明天就让我们轻轻一笑，握手言和吧。真的就像你在钱汤里说的那样，我的身体实在是太白了，让人忍不住讨厌的那种白。但我并没有什么与他人不同的地方，你却把我当作傻瓜取笑。今天晚上就读读《圣经》睡觉吧。

不必担心，是我，不要害怕[2]。

四月二十日　星期二

晴，但也没有晴到万里无云的地步。大部分时间还算晴朗，这么说可能更准确吧。今天一早我就与梶和解了。我讨厌那种一直惴惴不安的心情，所以我主动去了梶的教室找他，坦率地向他道了歉。梶看起来很高兴。

　　　　对于朋友笑容下隐藏的寂寞，

---

[1] 男子只要出了家门去到外面就会遇到七个敌人：这里引用了一句日本谚语「男子家を出れば七人の敵あり」，意思是只要男性在社会上活动，就会遇到很多敌人。

[2] 引自《圣经·马太福音》。

> 我也笑着，还以寂寞。

但是我还是同以前一样瞧不起梶这个人，这一点实在是无法改变。梶用好像很有思想的，或者好像很信任我一样的低沉声音说：

"我有一件事，一直想要和你商量一下。这次进来足球部的一年级的新人足足有十五个，他们都踢得不怎么样。让很多这样无趣的人进来，只会导致整体水平下降而已，就连我也无法拼尽全力，帮我想想怎么办吧。"虽然他这么说，但在我听来却十分滑稽。梶在为自己辩解，他把自己的没出息说成是新生们的错。他终究还是一个卑鄙的家伙。

"人多点儿也没什么啊，带着他们拼命训练，跟不上的人自然会掉队，优秀的人也自然会留下来。"听我这么说，他大声反驳道："就是做不到那样啊！"说完无缘无故地大笑了起来。为什么做不到那样，我是不明白的。总之无论如何，就我自己而言，对于足球部已经没了以前那样的热情。你们爱怎么样就怎么样吧，说不定会搞出来一个魔芋队伍。

在从学校回家的路上，我去了趟目黑电影院，看了《前进吧龙卫兵》。这电影好无聊，真是部烂片，不仅白白浪费了我三十块钱，还浪费了我的时间。都是因为学校里的不良少年木村一个劲儿地推荐我说"非常好看，你一定要去看才行"，我才带着期待去看了这部电影。结果看了才发现，这电影就是那种配上口琴的伴奏会很合适的、带着便宜润发油味道的作品。木村到底是喜欢这部电影哪里啊，真是搞不懂。那家伙不会就是个小孩子吧？看见马跑起来都会很开心的那种小孩子。那家伙说的尼采什么的，都让我觉得不可信了起来，说不准是什么口香糖·尼采之类的。

晚上姐姐接到铃冈先生打来的电话，出门去了银座。这就是所谓的婚前交往。两个人可能也就是一本正经地在银座逛逛街，或者去资生堂买杯冰激凌苏打水喝吧。当然也可能去看了场《前进吧龙骑兵》，然后互相交流了感想。明明结婚典礼近在眼前，却还是这么悠闲。算了，还是不说为好。就在刚刚，母亲又发起了脾气。母亲叫嚷说，给她洗身体的那盆水太烫了，便把水盆打翻在地，弄得杉野护士哭了起来，也害得梅姨忙里忙外地处理这一切。家里一片混乱，哥哥装作什么都不知道的样子埋头学习。我也没有参与进去的心情。要是姐姐在家，肯定会把这一切处理好，就像什么都没发生过一样。杉野护士一直在楼下抽泣着，而书生木岛用哲学家一般庄重的腔调，不知道跟她说着些什么安慰的话，场面有些好笑。木岛好像是我母亲的远房亲戚，大概是五六年前从乡下的高等小学毕业后来到了我们家。之前为了接受征兵检查，他回过一次乡下，但很快又回来了。他因为有很严重的近视，所以被征兵检查判定为丙种[①]。虽然他睡觉时打呼声很响，但他长得不差。听说他的理想是当政治家，可他这人根本不学习，估计是当不上了。他在外面管我父亲叫"伯父"。他算是个没什么坏心眼儿、爽朗的人。但是，也就是这样了。他可能打算一辈子就这样寄居在我们家。

[①] 丙种：日本在直到第二次世界大战结束之前，全体成年男性公民都有接受征兵检查的义务。征兵检查的结果分为五个等级，分别是"甲种，乙种，丙种，丁种，戊种"。丙种为"身体有重大缺陷的人"，不服现役，但可以服国民兵役。

姐姐终于回来了,现在是十点零八分。

我准备开始做大概三十道代数题,现在的我累得有点儿想哭。有个叫罗伯特还是什么氏的人说:"总有一个讨厌鬼缠在我们身上,它的名字叫正直。"而芹川进氏说:"总有一个讨厌鬼缠在我们身上,它的名字叫考试。"

我想去没有考试的学校念书。

四月二十一日　星期三

多云,晚上下了雨,仿佛是阴霾永远无法散去。我开始厌烦起了写日记这件事。今天在上数学课的时候,狸猫穿着略有些破旧的橡胶雨鞋进到教室里来,问班里有谁从四年级开始准备考学,有的人请举手。我不假思索地举了手,结果举完才发现举手的只有我一个人。就连班长矢村都留了一个心眼儿没有举手,他低着头扭扭捏捏的样子真是个胆小鬼。狸猫说着"原来是芹川啊",轻笑了一下。我感到十分尴尬,好像一瞬间全世界都变成了黑色。

"你准备考哪儿?"狸猫完全是那种蔑视别人的语气。

"还没有定下来。"我回答道。我实是没有脱口而出"一高"的勇气,太可悲了。

狸猫用手摸着胡子,哧哧地笑。我实在是不爽。

"但是,大家也要听好了,"狸猫重新摆出一副严肃的表情,看着在座的大家说,"如果想从四年级就报考学校的话,一定不能有那种开玩笑似的、去考考去试试的心态,而是要下定决心自己一定要考上才行。如果用随便试试的心态去参加考试，一旦你没考上，就会染上落榜的坏毛病。即使五年级再去参加考试，大概率还是考不上。大家一定要慎重再慎重地思考过后再做决定。"他这种说法，仿佛把我的存在整个抹杀掉。

我想杀了狸猫，同时觉得有这样不懂得尊重别人的老师的学校，也该被一把大火烧光了才好。无论如何，我都要在四年级之后去别的学校了，怎么还能在这样的学校待到五年级，那样我的身体要腐烂掉的。相较于我的语文成绩，我的数学成绩的确不是很好，但是正因如此我才没日没夜地在努力学习。唉，可能我没法考上一高，会让狸猫大跌眼镜。不知为何，我有点儿不想接着学下去了。

放学路上我去了武藏野馆电影院，看了《罪与罚》。这部电影的配乐十分不错，我闭上眼睛静静地聆听音乐，眼泪不知不觉地流了下来。我想要堕落。

回到家我没有学习，作了一首长诗。诗的大意是：我在昏暗的深渊里徘徊，但我没有绝望。不知道从什么地方，隐隐有一束光照下来，但我却不知道那光束究竟为何。我不由得伸出手，用掌心接住这束光，可还是没能理解这束光的意义。我只是一直焦躁不安。不可思议的光啊。我这样写道。我要找个机会让哥哥看看我的这首诗。哥哥真好啊，有才华。按照哥哥的说法，才华这种东西是会在你对某种事物有着异于常人的兴趣，并且沉浸其中的时候出现的。可是像我这样，每天都在憎恶别人、生别人的气、伤心地哭泣，能让我沉浸其中的也都是些乱七八糟的事情，才华连显现的时机都没有。这可能也反过来证明了我是个无能之人吧。啊啊啊，有没有谁能告诉我，我到底是个什么样的人,是傻瓜还是聪明人,又或是说谎者;是天使,还是魔鬼,又或是俗物;是殉教者,还是学者,又或是大艺术家。要不要自杀呢,我现在真的有想死的心。我从没有像今夜这样痛感失去父亲的悲伤。真是不可思议,平时竟然能够完完全全地忘记这件事。"父亲"是个非常伟大又温暖的存在。我好像明白了为什么基督教徒在悲伤到极致的时候,会大声呼喊"阿爸,父亲啊"。

比母亲的爱更加厚重,
比大地的根基更加深远,
耸立在人类的思想之上,
比天空更加广阔。

——赞美歌 第五十二首

四月二十二日　星期四

阴。没什么特殊的事,所以不写了。今天上学迟到了。

四月二十三日　星期五

雨。晚上木村带了吉他来我家玩,我叫他弹来听听,结果他弹得很烂。因为我一直沉默不语,木村丢下了句"那我走了",就回家了。在这种雨天里,特意抱着吉他来我家玩的人真是个笨蛋。累了,今天早睡。九点半，睡觉。

四月二十四日　星期六

晴。今天我一大早就逃课了。这么好的天气去上学简直是太浪费了。我去了上野公园，坐在公园的长椅上吃了便当。下午一直待在图书馆，借了《正冈子规》①从第一卷到第四卷的全套图书，随便翻着读了读。天暗下来之后就回了家。

四月二十七日　星期二

雨。很烦躁。睡不着。已经是深夜一点了，隐约能听见建筑工地传来的施工的声音。他们在雨里无声地劳作着。我只能听见铁锹和砂石发出的有规律的声音，一声号子声也没听见。明天就是姐姐的结婚典礼了，今天晚上是姐姐最后一晚睡在这个家里。她现在是种什么心情呢？别人的事情就随他去吧。结束。

四月二十八日　星期三

明朗的晴天。早上，我端坐整齐，郑重其事地给姐姐行了礼，就

---

① 正冈子规（1867—1902）：日本明治时代著名诗人、散文家，以俳句革新家的身份享誉日本文坛。

匆忙地出门去学校了。姐姐见我给她行礼，说了声"小进"就立刻哭了起来。"进啊，进啊"，母亲在屋里喊我的名字，但我连鞋带都没系就从玄关飞奔出去了。

五月一日　星期六

还算是晴朗。最近没怎么写日记。也没什么理由，只是因为我不想写。因为我刚刚突然想写了，所以现在正在写。今天我让哥哥给我买了吉他。晚饭过后，我和哥哥去银座散步，在路过一家乐器店的时候，我走到橱窗旁望着里面的商品随口说道："木村有个和这个一样的。"

哥哥听了便问我："想要吗？"

"你真的会给我买吗？"

我突然有点儿害怕起来，不禁打量了一下哥哥的脸色，却见哥哥一声不吭地走进店里，买下了那把吉他。

哥哥，要比我寂寞十倍啊。

五月二日　星期日

雨过天晴。明明今天是周日，我却很少见地八点就起了床。起来之后，我用布擦拭了吉他。堂哥小庆今天来我们家做客，这是他考上商科大学之后第一次来我们家。他身上穿着新买的衣服，看上去很是耀眼。

"连人种都变了啊。"我说了句客套话。他听了嘿嘿笑了,真是不像样子。就算考上商大,怎么可能连人种都变了。还穿个赤缟纹的衬衫,总让人觉得有点儿装腔作势。"身体胜过衣裳①"这句话,他到现在都还没读过吗?

"德语实在是太难了。"他说着类似的话。哦哦,是这样吗?果然上了大学就是不一样啊。我心烦意乱起来,只想要弹吉他。虽然他邀请我去银座,但我拒绝了。

我现在根本没有学习,什么都没做。Doing nothing is doing ill.什么都不做就是在做恶。我可能是嫉妒小庆,真是俗不可耐,该好好反思一下了。

五月四日　星期二

晴。今天足球部在学校大厅举行了迎新会,我去瞥了一眼立刻就回家了。最近我的生活里可能连悲剧都没有。

五月七日　星期五

阴。晚上下起了雨,是温暖的雨。深夜里,我撑着伞偷偷出门去吃寿司,和一个醉得很厉害的女服务员,一个没醉的女服务员,一起慢慢地品尝着寿司。醉得很厉害的女服务员对我说了很没礼貌的话,

---

① 引自《圣经·马太福音》。

但我没有生气，只是苦笑了一下。

五月十二日　星期三

晴。今天的数学课上，狸猫出了一道应用题，答题时间是二十分钟。

"有谁做出来了？"

谁也不举手。我虽然觉得自己能做出来，但不想要和三周前的星期三一样让自己在众人面前出丑，所以装作不会的样子。

"怎么，没人能做出来吗？"狸猫嘲笑道，"芹川，你来试试。"

为什么他会想要点我做这道题呢？我走向前去，开始在黑板上写了起来。这两边都做平方的话，是讲不通道理的，所以答案是0。我写下"答：大概是0"，结果狸猫哈哈哈地笑了出来。

"芹川，看来你不知道答案啊。"他边摇头边说道，就算我回到了自己的座位上，他还是盯着我的脸，"在老师办公室里，大家都说你很可爱啊。"他毫无顾忌地说道。话音一落，全班同学都笑了起来。

我很不喜欢他这样，这比上次那个星期三的事还要让我感到不愉快。我尴尬到不敢看在座的同学们的脸。无论是狸猫的神经，还是老师办公室里的气氛，都已经是我无法忍受的那种无礼、极度恶俗的情况了。回家的路上，我下定决心要退学。我想要离开家里，成为一名电影演员，自己养活自己。我清晰地回忆起，哥哥之前就说过，进有做演员的天赋。

但是，晚饭的时候有了下面这段对话，退学的念头就不了了之了。

"我不想去上学了，我实在受不了了。我想要自己独立生活。"

"学校就是这样惹人讨厌的地方。但是我觉得一边想着它很讨厌，一边完成学业，是不是也有其珍贵之处呢？听上去像是潘多拉魔盒一样，学校就是为了憎恨而存在的。我也特别讨厌学校，但我从没想过中学就中断自己的学业。"

"这样啊。"

我连一小会儿都没能坚持自己的想法。啊啊，人生好单调！

五月十七日　星期一

晴。我又开始去踢足球了。今天是我们与二中的比赛。我在前半场得了两分，后半场得了一分。比赛结果是三比三。我在比赛结束之后和前辈去目黑喝了啤酒。

我开始觉得自己是个低能儿。

五月三十日　星期日

晴。明明是周日，我的心情却十分低沉。春天也要结束了。早上接到了木村的电话，他问我要不要去横滨，我拒绝了。下午去了神田，买齐了考试要用的参考书。我准备在放暑假之前做完代数研究的上下册，放暑假之后从头到尾复习平面几何。晚上整理了书架。

黯淡。抑郁。我朝山上望去，救我的人来自何方①。

六月三日　星期四

晴。本来学校组织了一个从今天开始为期六天的修学旅行。这六天里大家会一起在旅馆里瘫睡在地上，会排成长队缓慢地参观名胜古迹。但我不想去，就没有参加。

我想要读小说来度过这六天，从今天开始读夏目漱石的《明暗》。这是本阴暗的、非常阴暗的小说。这种阴暗，是只有生在东京、长在东京的人才能明白的，那是让人束手无策的地狱。想必我们班的那群人现在正在夜行的汽车内睡得正香吧。真是无忧无虑的家伙们。

勇士，在单枪匹马时，最为强大。——弗里德里希·席勒（是他说的吧？）

六月十三日　星期日

阴。今天足球部的前辈大泽和松村两个人，大摇大摆地来到了足球部，接待他们这件事真的让我觉得实在是太蠢了。他们情绪高亢地说着今年足球部的夏季集训大概要泡汤了，这可是件大事。我本就不打算参与今年夏天的集训，所以取消对我来说反倒是件好事，但可能

---

① 引自《圣经·诗篇》。

对大泽、松村两位前辈来说，生活的乐趣又少了一种，所以自然是颇有微词的。好像是因为梶队长在算账的时候出了差错，导致学校不给足球部出合宿费用了。松村前辈怒气冲冲地说，他必须要把梶给免职了才行。总之，大家都是笨蛋。真想让他们早点儿放我回家。

晚上我难得地给母亲做腿部按摩。

"无论什么事，都要多忍耐——"

"好。"

"兄弟姐妹间要好好相处——"

"好。"

母亲的口头禅是"多忍耐"，还有"兄弟姐妹要好好相处"。

七月十四日　星期三

晴。从七月十日开始，我迎来了本学期的期末考试。还有一天本学期就结束了。然后再过一周，老师会公布考试成绩。在那之后，就是期盼已久的暑假了。好开心，真的是好开心，我忍不住想兴奋地啊啊大叫。考试成绩什么的无所谓。这学期里我对自己的理想十分迷茫，可能成绩也下降了很多。但是国语、汉文、英语、数学这四门课，我感觉我还是有进步的，但成绩还没出来所以无法断言。啊，终于要到暑假了。一想到这里，我就忍不住嘴角上扬。即使明天还有考试，我却已经忍不住想写日记。最近一直没能好好记日记，也是因为生活平淡无奇，又或是因为我自己没有内涵吧。不，可能是因为我深深地绝望过吧。我变得十分狡猾，已经不喜欢把自己正思考的事情全都分享给别人了。我不想让别人知道我现在的想法，我能说的只有一句："我未来的目标，不知在何时就已经定了下来"。除此之外就无法告知了。明天也是考试，学习，学习。

一月四日　星期三

晴。元旦、二号、三号、四号这几天我是玩过来的。不分昼夜，全都在玩。虽然我一直在玩，也不是说玩得什么都忘记了，而是一边想着好厌烦、好无趣，却忍不住被玩乐吸引过去。玩过之后心头涌上一股难以名状的寂寞，这又是与众不同的、极度的寂寞。我深切地感觉到我该去学习了。我感觉自己这一个月以来一点儿进步都没有，内心焦虑得不行。我今年真的要全力以赴地学习才行。去年我每日每夜心情都在摇摆不定，就仿佛骑着一辆破旧不堪的自行车一样焦躁不安。但是到了今年，我不知为何心情愉悦，就像是有什么好事即将发生一样，仿佛我只要伸出手，就能抓住那不可名状的温暖。

十七岁。是个有些令人讨厌的年纪。我感觉自己终于开始认真了起来。但也觉得，自己突然就成了一个普通人。可能我已经长大成人了吧。

今年三月，我就要迎来自己的升学考试，实在是很难不紧张。我果然还是想考一高。而且，一定要考文科！去年因为被狸猫反复说教，我已经对理科断了念想。哥哥也赞成我的想法。"芹川家的人啊，与科学家无缘。"他笑着说。那么问题来了，我就算选了文科，我在文科这个领域是否有和哥哥一样的才华呢？首先，我没有考上一高英文科的自信。虽然哥哥安慰我说没问题、没问题，但大概是因为他自己很容易就考上了，所以才会觉得别人肯定也能轻松地考上吧。哥哥似乎不觉得人与人是有差别的，他默认大家和他有同样的能力。所以有时候哥哥会让我做些我根本就做不到的事情，无意识地说些残忍的话。果然哥哥可能还是个公子哥吧。说实话，我没有信心，我觉得应该是考不上一高了。要是没考上，去R大学[①]也行。我实在是不想在学校待到五年级，让我再在狸猫手下忍受他一年的戏弄，还不如让我去死。R大学是所基督教会的学校，在那里应该可以学到关于《圣经》的更深刻的知识吧，感觉那里会是个明亮的好学校。

一号、二号这两天，我们做了手势游戏。开始还挺有趣的，但是二号我就厌烦了。家住镰仓的小圭出了个好主意，他、哥哥、家住新宿的小豆，还有我，朗读起了《父亲归来》[②]。果然还是我读得最好。哥哥扮演的"父亲"给人的感觉太过沉重，效果不是很好。三号那天，我们四个人决定来一场冬季的徒步旅行，我们去爬了高尾山，被冻得不行。我走得太累了，回程的电车上，我把头枕在哥哥的肩膀上睡了一路。小圭和小豆昨天晚上也住在了我们家。

今天，他们两位回家后，木村和佐伯来我们家做客。我本来都已经下定决心不再和这种无聊的中学生一起玩了，但还是没能拒绝。

[①] 立教大学（圣保罗大学）（Rikkyo University/Saint Paul's University）：位于日本东京都丰岛区池袋以及埼玉县新座市的一所日本知名一流难关私立大学，校属基督教会。

[②] 《父亲归来》：日本独幕话剧，菊池宽早期代表作。描写了投机商人黑田宗太郎抛家弃子二十年后晚年归家，家人对他既恨又爱的情感故事。

我们玩了扑克牌，玩的是"二十杰克①"。木村赢得太过不择手段，让我瞠目结舌。木村这个人，去年年末的时候从家里拿走了两百日元，去横滨、热海游玩，把钱花光之后什么都没想就来到我家。我立刻打电话通知了木村的家人。听说木村的家人报警寻找他的下落，所以直到现在，他家人还认为我是他们家的大恩人。虽说木村的家庭也不太好，但木村也是个笨蛋。果然，他就是个单纯的小混混，尼采知道了都要哭的。就连佐伯也是个笨蛋，最近我开始愈发觉得他讨厌。他是大资本家的公子，身高接近六尺却十分纤细。大抵是因为身体虚弱，所以他读到中学就不读了。起初，他给我讲了很多关于外国文学的知识。我如同当初听木村讲尼采时一样兴奋得不行，所以对他十分感激，觉得我的朋友就是佐伯这个人了。后来我去他家做客，结果发现他这个人实在太过柔弱。他在家要穿五六件小孩子穿的那种很大的碎百花纹的和服，吃饭时还会说"吃饭饭"这种话，让人直起鸡皮疙瘩。随着交往的深入，我们之间越来越话不投机。我甚至分不清他是男是女，他的表情总像是喝醉了酒，口水都要流出来了。他之前十分温文尔雅地说因为自己身体虚弱不能上大学，所以想要在家里和芹川君一起学习文学云云。我是万分不情愿的，我朝他丢下一句"你还是再想想比较好"。

在招待木村和佐伯两个人的过程中，天不知不觉地黑了，我们一起吃了年糕饼。他们两个回家之后，一点女士就来了。我真是提

---

① 二十杰克：游戏名称为Two Ten Jack，是一种起源于日本的纸牌游戏，是以2、10、J为最高分的一种玩法。

不起精神来。这位女士是我父亲的妹妹,也就是我的姑姑。她芳龄是四十五岁还是四十六岁来着?总之年纪已经相当大了。未婚,是养花大师,好像还是某个妇女协会的干部。哥哥说,一点女士是我们芹川家族之耻。"一点"这个名字,是哥哥去年创造的。在姐姐的婚宴上,这位姑姑坐在哥哥的旁边,旁边的绅士向她敬酒,她忸怩作态:"不好意思,我喝不了酒。"

"就喝一杯。"

"啊哈哈哈,那就恭敬不如从命,来上一点儿吧!"

真是下流!哥哥说他实在是受不了这种羞耻,想要愤然离席回家。俗话说以一知万,从这点就可以看出来这位女士实在是过于装腔作势,令人反感。今天晚上她也是看着我的脸,大惊小怪地说:"哎哟!小进啊,你鼻子下面都开始长黑毛啦!你要好好打理自己才行呀!"她真是愚蠢,不端庄,还粗鲁,蛮不讲理,的的确确是我们一家之耻。我拒绝和她坐在一起。我悄悄地同哥哥点头会意,一起出了家门。银座街上人很多,我一想到大家可能和我们一样,都是因为家里气氛阴沉才这样出门来到银座,就觉得毛骨悚然。我和哥哥坐在资生堂里喝咖啡,哥哥嘟囔了一句"芹川家可能流淌着淫荡的血液"。我听了大吃一惊。之后我们坐在回家的巴士上,讨论了关于"诚实"的事。哥哥最近也消沉得不行,因为姐姐不在家,所以哥哥一方面不得不照看家里的事,另一方面他的小说也进展欠佳。

回到家已经是十一点了,一点女士早已经离开。

从明天起,要打起精神充满希望地向前进。我已经十七岁了。我向上帝发誓,明天六点起床,努力学习!

一月五日　星期四

阴天。大风。今天什么都没做。大风天总是提不起劲头来。起床时已经是下午一点了，感觉自己比去年还要懒散。起床之后正迷迷糊糊地无所事事之际，婚后住在下谷的姐姐给我打来电话："来我家坐坐吧。"姐姐对我说。而我却犹豫了起来，虽然我还是像往常一样优柔寡断，但还是硬着头皮回答了"好"。我真的讨厌铃冈先生的家，实在是太过俗套。姐姐也跟着变了。虽然姐姐婚后还是时常回到家里来看看，但姐姐已经变了。她变得干瘪了，之前丰满的样子不见了，成了一个地道的家庭主妇，我很是诧异。那个时候姐姐才出嫁不到十天，手指甲却已经脏得不行。从那之后，姐姐变成了令人讨厌的处事精明的利己主义者。虽然姐姐在努力掩饰这一切，但我清楚得不能再清楚了。现在的她，已经完完全全是铃冈家的人了。我甚至开始觉得她的脸也开始长得像铃冈先生了。说到脸，我一想到俊雄君的脸就变得语无伦次。俊雄君是铃冈先生的亲弟弟，去年他从乡下的中学毕业，考上了庆应的文科，现在和姐姐他们住在一起。虽然这样说不太合适，但是俊雄君真的是我从没见过那种丑男子，奇丑无比。就算我长得也不好看，而且我也不想评价别人的长相，但是俊雄君的脸实在是丑陋不堪，丑到让人无语。并不是说他的鼻子怎样丑、嘴巴怎样丑，而是他的脸整体长得乱七八糟，也不让人觉得幽默。我一与那个人见面，就会忍不住浮想联翩。某种意义上来说，他的长相可以算得上是万里挑一。这种说法会让我自身也不愉快，同时这话也是不能说出去的，但这的确是事实，我也很无奈。那种长相，世间罕见。我之前一直坚信，对于一个男性来说，无论长相如何，只要思想纯洁就可以，就可以在这个社会上做出一番事业来。但像俊雄君这样既年轻，又在庆应文科这样优秀的地方上学的人，却有着那样一张脸，他想必一定吃了很多苦吧。事实上，我一见到他，就开始觉得人生难过了起来。他真的是丑得很过分。那个人在今后漫长的人生里，永远会因为这张与生俱来的脸，一次又一次地被人指指点点，被人在背地里说闲话，被人敬而远之。我一想到这些，就会对现代社会机构产生怀疑，觉得这世间可憎。我讨厌这世间的冷漠，不由自主地对此气愤不已。如果俊雄君将来能找到一份合适的工作，不必为生计发愁，那是再好不过、可喜可贺的了。但是在结婚这方面，又会怎么样呢？如果他有喜欢的女性，却因为自己丑陋的长相而没法结婚的话，他该有多痛苦啊。他会大声地发出痛苦的呻吟吧。唉，俊雄君的事让我忧愁不已。虽然我从心底里同情他，但还是不太情愿看见他，毕竟他太丑了，是我无法形容的那种。我尽可能地不去看他。我果然还是同世间的其他人一样，既冷酷又无情。越思考越让我语无伦次。我从去年到现在，只去过两次姐姐在下谷的那个家。虽然我很想见到姐姐，但她的丈夫铃冈氏总是摆出一副大哥的样子，"哥儿、哥儿"地叫我，我实在是受不了。是该说他有豪杰气质吗？但我还是认为"哥儿"这种叫法有些过分。十七岁还被人叫"哥儿"，我实在是没有办法回应"是"。我本想着不理他然后怒气冲冲地朝他发火，奈何对方是柔道四段，我实在是不敢造次。那么自然而然地，我开始变得低声下气。一见到俊雄君我就语无伦次，而一见到铃冈氏我就战战兢兢。我一去下谷姐姐家，整个人就都不好了。虽然我今天被姐姐问要不要去他们家玩，终于答应了说"好",但是我在那之后还是犹豫了很久。毕竟无论如何我也不想去他们家。最终,我决定找哥哥商量一下。

"姐姐邀请我去他们下谷那个家做客,我不想去。今天风这么大,过去也好麻烦。"

"但是你答应人家要去的,不是吗?"哥哥有点儿故意刁难我,他看穿了我的优柔寡断,"你必须得去。"

"哎呀呀呀,我突然肚子好痛。"

哥哥忍不住笑了起来,"如果你那么不想去的话,一开始就跟人家说不去不就行了嘛,现在人家正等着你呢。你呀,总想不得罪任何人,这样是不行的啊。"

我被哥哥说教了一通。我讨厌被说教,就算是哥哥说教也讨厌。迄今为止,我还没有因为被说教而改过自新过,也从不觉得说教别人的人很了不起。所谓的说教,不过是自我陶醉,任性的装腔作势罢了。真正了不起的人,是只会微笑着看着我们失败的人。但那笑容干净得纯粹,就算他什么都不说,我们也会在心里感受到他想表达的内容,接着灵光一现,恍然大悟,这才能让人真正地改过自新。说教实在是很讨厌,就算是哥哥的说教也很讨厌。我生起哥哥的气来。

"那我只要干脆利落地拒绝就行了吧?"我说道,带着少许怒气给下谷那个家打了电话。不料,是铃冈氏接的电话。

"是哥儿呀,新年快乐。"

"嗯,新年快乐。"毕竟对方是柔道四段。

"你姐姐正在等你呢,快点儿过来吧。"他非要说我姐姐做什么。

"那个，我肚子痛。"我不好意思起来，"代我跟俊雄君问好。"还说了句不必要的客气话。

我没脸见哥哥，就那样回了自己的房间。在房里一直待到天黑，胡乱翻了翻克尔凯郭尔的《基督教的训练》，一行也没读进去。我盯着这些铅字，心里想着些不得要领的事。

今天是愚蠢的一天，下谷姐姐家的事很难处理。一想到姐姐在那个家里幸福地笑着或者做着别的事，我就不知道该如何是好。晚饭时，我问哥哥："夫妻之间，都会谈论些什么事啊？"哥哥听了，满不在乎地回答道："谁知道呢，可能什么也不说吧。""可能是吧。"

哥哥果然聪明，他是明白下谷姐姐家的无聊之处的。

夜里，我嗓子很痛，想早点儿睡觉。我现在半睡半醒地在写日记。母亲最近很有精神，如果她能安然无恙地度过这个冬天，病情应该就会开始好转吧，毕竟这个病很棘手。不过这件事先放一边，我能不能拿到五日元呢？我得还钱给佐伯，把钱分文不差地还给他然后和他绝交。就算是借人家的钱，我也不能丢了自己的骨气。要不把旧书卖了凑凑？算了，还是问哥哥要吧。

《圣经·申命记》中有云，"不应从你的兄弟处收取利息"。向哥哥要还是安全些。我可能是个抠门的人。

外面的风依旧很大。

一月六日　星期五

晴。严寒。每天只是下定决心却是什么都没做，这让我觉得羞愧。虽然我的吉他弹得越来越好了，但这没什么好骄傲的。唉，想要过不留遗憾的日子。我已经厌烦起了正月。虽然我的嗓子已经不痛了，但头又开始痛起来。我什么都不想写了。

一月七日　星期六

阴。新的一年终于过了一周了。我从早上开始一个人吃了快一箱的橘子，手心都变成了黄色。

要知耻啊，芹川进！你这家伙最近的日记处处充斥着懒散，哪里还有一点儿知识分子的样子？必须要振作起来。你是不是已经忘了自己远大的理想？你已经十七岁了，是时候成为一位真正的知识分子了。你瞧瞧你现在像个什么样子！你小学的时候，哥哥每周都带你去教会学习《圣经》，这些你都忘了吗？你应该领悟到了耶稣的夙愿才对。你和哥哥约定要成为一个像耶稣一样的人，你都忘了吗？"耶路撒冷啊，耶路撒冷啊，你常杀害先知，又用石头打死那差遣到你这里来的人。我多次愿意聚集你的儿女，好像母鸡把小鸡聚集在翅膀底下。"[①]你读到这里没忍住哭出声来的那个夜晚，你也忘记了吗？每日每日，你都只空有漂亮的决心，直到今天，你已经像个傻瓜似的玩了一周了。

---

① 引自《圣经·马太福音》。

今年三月你还有升学考试。纵然考试不是人生的最终目的，但就像哥哥说的那样，与考试不断战斗过后你才能够明白学生生涯的珍贵之处。就算是基督教徒们也要学习知识，他们仔仔细细毫无遗漏地研究过当时的圣典。自古以来的天才们，都在学习上付出了十倍于常人的努力。

芹川进，你真是个大笨蛋！日记什么的，不要再写了！笨蛋用自己的任性写成的流水账日记，连猪都不会买账。你这家伙，是为了写日记而生活的吗？自命不凡的流水账日记，还是别写为好。不管你怎么反省，怎么整理，都没有用。把这些絮絮叨叨地写出来，真是滑稽之极。你的日记根本就没有意义。

"我之所以忏悔自己的小错，是为了让世人相信我并无大错。"——拉罗什富科①

你瞧瞧你自己的样子！

后天就要迎来第三学期了。

用尽全力，前进！

四月一日　星期六

天有点儿阴。风很猛烈。今天是决定我命运的日子，是我这一生都无法忘却的日子。我去看了一高的录取榜单，没考上。我感觉自己

---

① 弗朗索瓦·德·拉罗什富科：法国公爵，又称马西亚克亲王，17世纪法国古典作家。他在参加文艺沙龙活动时，把沙龙游戏中的机智问答作为箴言记录下来，集成一部庞杂的著作。

的胃肠一下子都消失了，身体里空荡荡的。我没有觉得遗憾，只是大脑停止了运转。芹川进是个无能的人，但又觉得考不上是理所应当的。

我不想回家。我的头好重，耳边"吱吱"作响，喉咙也干渴得不行。我去了银座，站在四丁目的拐角处，边被风猛烈地吹着边等信号灯。就在这时，我第一次流下了眼泪，差点儿哭出了声。也不是不能理解，毕竟是我出生以来第一次落榜，一想到这些，我就更加忍耐不住悲伤。我不明白我为什么在走，前面有两个人回头看我。我上了地铁，坐到了浅草雷门站。浅草这里，街上的人很多。我已经不哭了，我觉得自己就是拉斯柯尼科夫①。我走进了牛奶会馆②，这里的餐桌上蒙着一层白色的灰尘，我感觉我的舌头因为这灰尘而变得发涩，连呼吸都变得困难。落榜生，这可不是个好词。双脚乏力到仿佛要从我的身体里脱离出去，眼前浮现出现了清晰的幻觉。

落日给罗马城的废墟染上一抹金黄，透露着一股悲凉的气息。身上裹着白衣的女子低着头，走进石门之中，身影消失不见。

我的额头上出了许多冷汗。除了一高，我还考了R大学的预科，不会连这个也……但是，不对，我到底该如何是好。我就算去了R大学，反正也只是把学籍挂在那里而已吧，我没有想过从那里毕业。我要从明天开始自己养活自己，我从去年快要放暑假的时候就已经下定决心了。我要告别有闲阶级③，像我这种寄生在有闲阶级的身上过日子

---

① 拉斯柯尼科夫：小说《罪与罚》的主人公。
② 牛奶会馆：日本明治、大正时期街上常见的饮食店。
③ 有闲阶级：经济学名词，指有资产，不需要拥有固定职业，生活休闲，以娱乐社交为主的阶级。

的人，曾经是何等的凄惨。骆驼穿过针的眼，比财主进神的国还要容易①。这难道不正是一个上好的机会吗？从明天开始，我再也不要受家里的照顾了。暴风雨啊！灵魂啊！从明天开始，我就要独自谋生了！这时，我的眼前又浮现出了幻觉。

是鲜艳到让人恐惧的绿色。泉水不断涌出来，流到绿草之上。我能听见哗哗的水声。鸟儿飞向天空。

幻觉消失了。我的桌子旁边坐着一位穿洋装的正在发呆的丑女孩，面前放着一个空的咖啡杯。她拿出粉饼开始补妆。她的表情像一个白痴。她的腿很细，穿着很薄的丝绸袜子。有个男人来了。那男的看起来像是把发蜡从头涂到了脸上一样。女孩子轻轻一笑，站起来。我把脸别了过去。就像这样的女性，基督也会爱她吗？离开家门的我，会变得能和这样的女性谈笑风生吗？我感觉自己看到了不好的东西。喉咙很干，再喝一杯牛奶吧。我未来的妻子就会如同那个嘴唇凸出的妇人，我未来的亲友也会如同那个全身涂满发蜡的散发恶臭的绅士。这个预言会应验的。餐厅窗外，人来人往，大家是不是都有能够回去的家啊？

"哎呀，你回来了，今天回来得好早啊。"

"嗯，工作正好告一段落。"

"那挺好的。你要不要去泡澡？"

那平淡无奇的、能够安静休息的家，我没有能回去的家。落榜生，多么不光彩的头衔。一直以来，我不知道有多么瞧不起落榜生，

---

① 引自《圣经·马太福音》。

我一直觉得自己和他们是不同的人种。万万没有想到，有一天我的额头上竟然也会被清清楚楚地印上"落榜生"三个字。我是落榜界的新人，还请多多指教。

诸位在四月一日的夜里，在浅草的霓虹灯森林里，有没有见过一位像丧家犬一样徘徊的中学生的身影？见到了吗？如果见到了的话，为何不说声"哎，小伙子"来叫住我？我一定会看着你的脸说："请和我交个朋友。"这样，我们肯定会一起在猛烈的风中彷徨，反复互相发誓要拯救贫困穷苦的人！在这广阔的世界里，得到一位未曾预想过的志同道合的朋友，对你我来说都是一件可遇而不可求的好事。但是谁也没有向我搭话。我摇摇晃晃地回到了位于麹町的家。

我接下来要写的事更加可憎。我向神发誓，在我以后的生命中，再也不会做这样的坏事——我打了哥哥。

晚上十点钟，我悄悄地回了家，正摸黑在玄关脱鞋的时候，灯一下子亮了，哥哥走了出来。

"结果怎么样？考上了吗？"哥哥的声音很悠闲。我没有说话，脱了鞋站在门口，勉强挤出一个笑容回答道：

"这不是显而易见的吗？"我的声音像是被卡在了嗓子眼儿。

"欸！"我哥哥瞪大了双眼，"真的吗？"

"都是你不好！"我冷不防地伸手打了哥哥的脸。我的这只手啊，腐烂吧！我没来由的愤怒！我明明已经丢脸丢到恨不得找个地缝钻进去，而你们却高高在上，若无其事地生活着，去死吧！一股怒气突然涌上心头，我动手打了哥哥。哥哥则像个小孩子一样哭丧着脸。

"对不起，对不起，对不起。"我抱着哥哥的脖子号啕大哭。

书生木岛把我扶进了我的房间，一边帮我脱下外衣，一边小声说道："你太勉强自己了，你才十七岁啊，太过勉强自己了呀。如果你父亲还活着就好了。"他好像误会了什么。

"我们没有吵架。笨蛋！不是在吵架。"我哭着说了好多遍。木岛还是不理解。在他给我盖上被子后，我沉沉睡去。

我现在还趴在床上，写着"最后"的日记。我受够了。我要从这个家搬出去，从明天开始自己养活自己。我要把这本日记作为我的"遗物"留在这个家里。哥哥读了这本日记会不会哭呢？他是个好哥哥。我八岁那年父亲去世，哥哥自那时起就代替父亲照料、疼爱我，指导我学习。如果不是因为有哥哥，我可能早已经是个社会上的小混混了。哥哥这样可靠，父亲在那个世界也会放心吧。母亲也是，最近病情大有好转，让人觉得她的病是不是马上就要好了，真令人高兴。就算我不在了，也请您不要消沉，相信我一定会成功的，开心地过日子吧。我一定不会自甘堕落。我一定会战胜这世间的种种困难。总有一天，我会让母亲为我感到骄傲和喜悦。永别了。书桌啊，窗帘啊，吉他啊，圣母像啊。大家，永别了。不要哭泣，笑着祝福我前路光明吧。

至此。

四月四日　星期二

晴。我现在在九十九里海滨的别墅里，非常幸福地生活着。昨天，哥哥带我来到了这里。昨天下午一点二十三分，汽车离开两国，我像出生以来第一次旅行一样欢欣雀跃，忍不住一次又一次地眺望窗外的风景。离开两国之后，窗外的景色变成了单调的工厂。当我以为只有工厂的时候，发现在工厂与工厂之间，还有贫穷的小房子像蟑螂一样密密麻麻地聚集在一起。就在我还沉浸在思考当中的时候，窗外的视野突然一变，可以看见工薪阶层的红砖房中漏出星星点点的绿地。我开始好奇这些住在垃圾里一样的郊外人们的生活。说到民众的生活，那是一种既让人眷恋又让人觉得可悲的生活。我觉得自己吃的苦还远远不够。我们在千叶等了十五分钟大巴，坐上了去胜浦的车，傍晚到达片贝。到了才发现，已经没有巴士了，最后一班巴士已于三十分钟之前出发。我们去问出租车司机能不能载我们到目的地，但司机说他生病了，不肯载我们。

"我们走着过去吧？"哥哥看起来很冷的样子，缩着脖子问我。

"好吧，我来拿行李。"

"好。"哥哥笑了起来。

我们向海边走去，沿着岸边走相对近一些。虽然夕阳照在沙滩上呈现出一片美丽的金黄色，但是强风拍打着我们的脸颊让人很是寒冷。我已经四五年没有来过这个位于九十九里的别墅了。这里离东京太远，别墅的位置也很偏僻。即使放暑假，我一般也只会去位于沼津的外婆家。但时隔很久又来到这里，还是会被九十九里那永恒不变的旷阔蔚蓝的大海震撼。海浪不断地翻涌着。当我还是小孩子的时候，每年都会来这里。这里的别墅叫松风园，算得上是九十九里的地标。每到夏天，很多来这里避暑的人都会来参观我家别墅的庭院，无论是谁，父亲都会热情地招待他们，最后大家都能满意而归。我的父亲好像很喜欢做些让大家高兴的事。现在是一位叫川越一太郎的巡警爷爷和他的妻子琴婆婆住在这里。我们家的人不怎么来。虽然一点女士偶尔会带着她的弟子或者朋友来住住，但其实这里已经快荒废了，庭院里满是荒草。想必来九十九里避暑的人们，也早已忘记了松风园的存在吧。连喝醉了的人都不会造访这里。我就这样回想着许许多多的往事，跟在哥哥身后，踩着沙子一步一步地向前走。我们的影子像是两个高大的黑影法师，落在沙滩上。两个人，芹川家里，只有哥哥和我两个人。我深深地感到，我们要好好相处，互相帮助。

到达别墅的时候，天已经完全黑了。因为我们提前发电报告知了他们，所以琴婆婆已经为我们准备好了一切。我们到了之后直接就去泡了澡，晚饭吃了美味的鱼，然后平躺在地板上休息，发出一声藏在身体里的深深的叹息。

一号、二号那两天地狱般的狂乱，现在想来像是做梦一样。二号的早上，天还没亮，我就起身把随身物品塞进了手提箱，悄悄地离开了家。我在一号早上领的二十日元零用钱还剩下一大半，但我还是害怕不够用，所以把哥哥借给我的怀表和我自己的手表也都带在了身上。如果把这两样都卖了的话，说不定能有一百日元。外面下着很大的雾，到达四谷见附的时候，天一点点地亮了起来。我坐上了省线电车，去往横滨。为什么会买去横滨的票，我也无法解释，只是暗暗地觉得，那里会有好运在等着我，但实际上那里什么也没有。我在横滨公园的长椅上一直坐到中午，眺望着海港里往来的汽船，海鸥飞来飞去。我在公园的商店里买了面包吃，然后又拎起手提箱，走到樱木町站，买了去往大船站的票。如果没钱吃饭，我就去做电影演员。我去年被一个叫狸猫的数学老师羞辱了，便决定不再读书，同时也下决心要做一个好的电影演员来养活我自己。也不知道为什么，我总觉得只要成为一个好演员，就能收获属于我的成功，真是莫名其妙的自信。我并不是觉得自己长得有多好看，而是觉得自己很有教养。我没有很憧憬做一个电影演员，反而觉得这是一个痛苦的、甚至有点儿悲惨的职业。但我除了这个，想不出自己还能做些什么。我没有信心能做一个牛奶配送员。我在大船站下了车。为了成为一名电影演员，无论遇到什么事情，我都不会放弃，我一定要找到一位导演。这是我在知道没有考上一高之后，立刻就决定了的事情。我的最终决定就是它了。我什么也不顾，一门心思地冲向摄影场馆的大门，却没能进去，只能苦笑着站在门口——今天是星期日！我到底是个怎样粗心大意的孩子啊！可能这一切都是上帝的安排吧。只因为是星期日，我的命运又一次迎来了转折。

　　我提起行李箱，再次回到东京。东京的日落很美。我坐在有乐町电车月台的长椅上，望着远处建筑上面一闪一闪的灯，直到眼泪将我的视线变得模糊不清。就在这时，一位绅士看到我在哭，轻轻地拍了拍我的肩膀，把我带到了派出所。警察温和地询问我，我告诉他们我父亲的名字，看样子他们知道我父亲是谁。之后哥哥和木岛来接我。我们三个坐上汽车，过了一会儿，木岛冷不防地说道："话说，日本的警察真的是世界第一好啊。"

　　哥哥一句话也没说。

　　汽车停在家门口，我们三人从车上下来，哥哥也不知道是冲谁说道："我什么都不会告诉母亲的。"他的语速很快。

那天晚上我累狠了，睡得很死。第二天，哥哥带我来到了九十九里海滨，也就是说，刚刚我说的那一切都发生在昨天。我们沿着海岸线走，在日落的时候到达了别墅。我去泡了澡吃了好吃的晚饭，然后躺在地板上睡着了，发出了一声囤积在身体里的深深的叹息。那天晚上是我时隔很久又一次和哥哥并排睡在被窝里。

"我不该让你去考一高的，是哥哥不好。"

我该回答什么才好呢？我做不到轻松地回答一句"不，是我不好"来不留痕迹地打圆场。那种虚情假意的不诚实，我做不到。我只能非常痛苦地在内心的最深处偷偷地向神明和哥哥道歉，乞求他们的原谅。我在被窝里紧紧地缩成一团，不知该怎么安放我的身体。

"我读了你的日记。读完后，哥哥也忍不住想和你一起离家出走了。"哥哥说完，轻声笑了，"如果真那样做了就好玩了。我也同你一样，突然就下定决心慌慌张张地离家出走。这可真是荒唐。相信木岛也会吓一跳吧。然后木岛也读了那本日记，也离家出走。接着母亲也走，梅姨也走，大家都离家出走。然后大家再重新租个房子，一起生活，多好玩呀。"

我终于忍不住笑了，哥哥为了不让我觉得尴尬开了个玩笑。哥哥总是这样，是个比我还要心软的人。

"R大学的考试结果什么时候出来呢？"

"六号。"

"我觉得你应该考得上R大学。你怎么想的？如果考上的话，你会去读吗？"

"去也可以……"

"你还是说清楚比较好，你是不是不想去？"

"是不想去。"

两个人都笑了起来。

"让我们聊点儿开心的。其实哥哥我上个月也决定不再继续读大学了。感觉总是白白交学费，没什么意义。我想努努力，写一本好小说。之前我写的那些都不行，没有一个让我满意的，完全不行。我的生活还是太懒散了，我把自己搞得像个文豪巨匠一样，还彻夜写作。我决定从今年开始重新出发，认真对待写作这件事。小进要不要也立个目标，从今年开始和我一起努力学习？"

"学习？你的意思是我再考一次一高？"

"你在说什么啊？我不会再勉强你做这种事了，不是只有为了考试的学习是学习。你不是也在日记里写了嘛，在不知不觉间定下了未来人生的目标的那些话，那难道是假的吗？"

"不是假的。但其实，我自己也不是很明白。我感觉自己是有了清晰的目标，但具体是什么，我也不知道。"

"不是当电影演员吗？"

"怎么会。"我很是狼狈。

"就是这样的，你想要当电影演员，这不是什么坏事。如果你能成为日本的头号电影演员，那不也是十分优秀吗？母亲肯定会为你高兴。"

"哥哥，你生气了吗？"

"我没有生气。但是我不放心，非常不放心。进，你才十七岁，无论做什么事情，你都还需要学习很多的知识。这一点你明白吧？"

"我和哥哥不一样，我没有哥哥那么聪明，做不了其他的，所以我才想去当演员……"

"我明白。是我不负责任地把你卷进了艺术的世界里，是我不好，是我太不小心了。这是上帝给我的惩罚。"

"哥哥，"我有些生气了，"搞艺术难道就那么差劲儿吗？"

"那是因为在艺术这条道路上，如果你失败了，结局会很悲惨。但是如果你下定决心，从今往后在艺术这方面努力学习的话，哥哥也不会反对。不仅不反对，还会帮你，我们互相帮助一起学习。这样一来，未来十年你可能都要刻苦修行了，你觉得你能做到吗？"

"我可以的。"

"这样啊。"哥哥叹了口气，"如果是这样的话，你首先要去上R大学。毕不毕业另当别论，无论如何你一定要去上大学，我觉得你体验一下大学生活会比较好。我们说定了啊。然后，你不要想着现在就去电影界，先去找一个一流的剧团，在那里学习个五六年，不，七八年，先把最基本的技术学到手。对于去哪个剧团，之后我们俩再讨论吧。先说到这儿，你有什么不同意的吗？哥哥困了，我们睡觉吧。家里还有够我们未来十年生活所用的钱，你不用担心。"

我想要把我将来人生里所有幸福的一半，不，五分之四都分给我的哥哥。因为我觉得，这样一来我的幸福实在是太多了。

早上七点，我们起床了，好多年没有这么清爽的早上了。我和哥哥光着脚飞奔向沙滩，去赛跑、去摔跤、去跳高、去比三级跳。下午，我们打起了高尔夫球。虽然美其名曰高尔夫，但并不是正式的球具。我们在墨水瓶上缠上厚厚的一层布，当作高尔夫球，然后按照高尔夫的姿势拿棒球棒来打球,把球打到位于农田对面一百米处左右的一棵松树下的洞穴里就算赢。球进洞的过程中要经过的这片农田,是这次比赛中最难的地方。我玩得很开心,放声大笑,一边喊着"偏了偏了",一边把球打飞到远处,这实在是让人心情爽快。琴婆婆拿来年糕和橘子,我们向她道谢,然后一边大口大口地吃着,一边又打起了高尔夫球。我只打了六次就打进了洞,是今天的最高纪录。海边有四个小孩子不知道从什么时候开始跟在我们后面。

"我知道怎么玩了。"

"我也知道怎么玩了,只要把球打进那个洞里就行了。"他们悄悄地讨论着,好像想要加入我们一起玩。

哥哥说:"那你们就试试看吧。"说着,把棒球棒递给他们。

"我知道怎么玩哦。"小孩子一边反复说着,一边连续挥动棒球棒,真的是好可爱。这些小孩子每天都在玩些什么呢?一想到这里,我竟落下一滴泪来。不管是谁,我都希望大家能够收获幸福。对小孩子们来说,幸福就是能够永远玩下去吧。我们玩累了就躺在沙滩上,欣赏着夕阳。从云的裂缝中,能看见那红色的光,仿佛燃烧着的血红缎带。抬头望过去,围绕着别墅的松林正被那红色夕阳照耀得闪闪发光。海面和铫子半岛,映着一层浅浅的紫,水平线仿佛镜子的边缘泛着微弱的绿。海鸥小小的,贴着海面飞行。浪花起了又落,落了又起,永不停歇。人生之中,竟有这样一刻。今天啊,就让我不再为谁,充分地享受这无上的幸福吧!人在幸福之中,傻点儿又如何,上帝也会原谅我的。这一日,就是我们两人的安息日。哥哥用铅笔在贝壳上写诗。

"你在写什么？"我凑过头去看。

"在写我的秘密心愿。"哥哥笑着说，说完又把贝壳扔回了大海。

我们回到家，泡了澡吃过晚饭之后就困了。哥哥首先钻进被窝，呼呼大睡起来。我从未见过这样熟睡的哥哥。为了写这篇日记，我眯了一小觉后又爬了起来。我要将这三天之内发生的事情一点儿不差地记录下来。我这一生，都不能忘记这三天！

四月五日　星期三

大风。早上这阵迅猛的大风，是生活在城市中的人们难以想象的。风太大了。这西风强到称之为狂风也不为过，它吹遍大地，发出阵阵巨响，还吹倒了别墅西侧的两三棵松树，真是不得了。风声哗哗作响，像是要把这个家撕碎一样。总之，风太大了，大到让人害怕，我一步也不敢走出家门。到了下午，风从西风转为东北风。上午的时候，我在房间里陪川越先生的小狗们玩。小狗总共有五只，前两天才刚刚出生，真的是非常惹人怜爱。它们可能是因为恐惧外面的大风，浑身哆嗦着。用脸蹭它们的时候，能闻到好闻的奶香，那味道比任何香水的味道都要高贵。我把这五只小狗都放到了我的怀里，结果弄得我好痒，忍不住"啊"地叫了出来。

哥哥从下午开始就坐在桌子前，在稿纸上奋笔疾书。我躺在哥哥旁边，读了一会儿《黎明之前》①，真是篇晦涩难懂的文章。

到了夜间，外面的风变小了些，但也依旧吹得门板来回摇晃。可惜了今天的明月夜。风啊，无论你如何肆意狂吹，唯独不要吹走那星与月。哥哥到了晚上依旧埋头写作。我躺在被窝里，又读了一会儿《黎明之前》。

明天就是R大学放榜的日子，木岛应该会发电报来通知我考试结果，我有点儿担心。

四月六日　星期四

时阴时晴。早上下了些雨。海边的雨是一部安静无声的默片，就算下雨也不会发出一丝声音，瞬间就被沙子吸收得一干二净。风完全停住了。早上起来，我眺望了一阵雨中的庭院，然后自言自语道："没事，再睡一觉！"就又爬回被窝睡了起来。哥哥顶着一张好似普希金的脸，睡得很香甜。哥哥偶尔自嘲脸长得黑，但我却很喜欢哥哥那张肤色较深、有很多阴影的立体面庞。我的脸是很单调的白，脸颊很红，没有一丝阴影。如果让水蛭吸我的脸颊，应该能够去除那抹红色，但是我觉得太恶心了，一直没有付诸行动的勇气。连鼻子也是，哥哥的鼻梁高耸，中间有明显的层次，有着自己鲜明的特征；而我的鼻子，只是大大隆起。之前有一次我讲起了朋友的容貌，正说得起劲

---

① 《黎明之前》：日本小说，作者岛崎藤村。作者以自己的父亲为原型，描写了一个世家出身的男子的一生，表现了明治维新前后人们的苦恼，该书饱含作者的理想、憧憬、痛恨和怀疑。

儿，哥哥在旁边突然插了一句："你是个美男子呀？"一瞬间整个场子都冷了下来。当时我有点儿埋怨哥哥。我从未想过只有自己是美男子，而其他人全都是丑男子，这是子虚乌有的事情。我如果是个绝世美男，根本就不会关心别人长成什么样子，我肯定会对别人的美丑无比宽容。但是像我这种对自己的长相很不满意的人，不光对自己，对别人的长相也在意得不得了。长成那样应该很难受吧，我甚至还会感受到这样的共鸣。我是无法对别人的样貌漠不关心的。我的长相与哥哥一比，连他百分之一的美都没有。我的脸毫无气质，没有一丁点儿精神的体现，和番茄没什么两样。哥哥能够自嘲自己肤色黝黑，但他一定会在今后因小说出名、在被人称作小说界第一美男子的时候不知所措。哥哥长得有点儿像普希金，而我的脸则出现在百人一首和歌集①的插图中，平凡得千篇一律。我躺在沙滩上睡得迷迷糊糊的，做了很多梦。我梦见自己在上野的车站内，浸泡在泡澡桶里被四面八方的汽车围住，却还四处张望。突然，贝多芬的《第七交响曲》在我头顶如同炸雷般响起。我急忙哗啦哗啦地从泡澡桶中站起，光着身子高举双手，开始指挥了起来。我的指挥时而激荡汹涌，时而悠然辽阔，又时而苦闷得令人全身无力。突然一刹那，交响乐消失了，坐在汽车内的乘客纷纷把头伸出车窗，冷漠地看着我指挥，我顿时羞红了脸。我就那样赤裸着身体，保持着最后那令人苦闷的指挥的姿势站在泡澡桶中。我一句话也说不出来，那是令人羞耻的样子。我忍不住笑了出

---

① 和歌：日本的一种诗歌，由古代中国的乐府诗经过不断日本化发展而来。百人一首歌和集是将一百名和歌诗人每人一首佳作集结而成的和歌集。

来,梦醒了。这是个短暂的梦,但是托它的福我时隔很久又一次听到了贝多芬《第七交响曲》,所以我心怀感激。接着,我又迷迷糊糊地睡了过去。这次我梦到了考试,我走上位于前方的舞台,发觉这个场地隆重得令人害怕,恍然发现原来是帝大的入学考试。但走进考场的考官却是狸猫,让我不由得心生怀疑。和我一同参加考试的,也都是我熟悉的四年级的同学。明明考的是英文,发下来的卷子上却印着老虎的图案。我无论如何也答不出来。这时,狸猫走到我的身旁说要教我做题。我很不情愿,让他哪凉快哪待着去。狸猫哧哧地笑。我实在是太不情愿了,跟狸猫说,那写悲剧总可以了吧。狸猫回答说,你要写羽衣。我听不懂他在说些什么,这时铃声响了。我把白卷交到狸猫手上,走出教室,大家都在走廊上七嘴八舌地议论着。

"明天考什么啊?"

"明天要考远足,怕不是要累死个人。"

"那我们要小心零食啊。"

"怎么,不是考相扑吗?"这声音听上去像是木村。

"好像是二十五日元的鞋哦。"

"我们去喝酒,然后去赏红叶吧!"这好像也是木村的声音。

"我已经喝得够多的了。"

"进,你考上了。"这是来自现实的哥哥的声音。哥哥笑着站在我的枕边:"你考上了,刚才木岛发来电报告诉我们的。"不知为何,我在那一瞬间突然感到非常羞涩。接过哥哥手中的电报,看到上面写着"成功考上,万岁"感到更加羞涩了。自己小小的成功,竟引起这么大的轰动,这让我很难为情,甚至觉得大家在嘲笑我。

"木岛也是小题大做，写什么'万岁'，好蠢。"说完，我用被子盖住了头。我实在想不到自己应该摆出一副什么样子来。

"木岛也是打心眼儿里为你高兴。"哥哥有些责备我，"对木岛来说，R大学可是个不折不扣的好学校。也是，事实上无论上什么大学，学的东西都差不太多。"

这我知道啊，哥哥。我把头伸出被窝，发自内心地笑了。我笑起来的样子，已经不再是中学生的样子了。用被子盖住脸的是中学生，当他把脸再次伸出被子的时候，就变成了真真正正的大学生，这才是没有任何道具机关的、真正的魔术。

我感觉自己写得过于儿戏，兴奋过了头，好羞耻，就算上了R大学，又怎么样。

今天不知怎么的，我感觉无论走到哪里，脚都没有碰到地面，像是踩在轻飘飘的云彩上一样。哥哥说他今天也有这种感觉。到了晚上，我们两个去了片贝的市区。当我们到达的时候，不禁大吃一惊。这里完全变了一副模样，一点儿也没有以前片贝市区的样子。我甚至感觉我还在早上的梦里。这里破败不堪，到处都是一片黑暗，而且非常安静，没有一丝烟火气。就连五年前被来到这里的避暑客挤得水泄不通的片贝银座，现在也漆黑一片，一盏亮着的灯都没有。狗的叫声分外响亮。并不是我们来的季节不对，这座片贝城的确是被荒废了。

"就好像中了狐狸精的幻术一样。"我说道。"不，现在我们可能真的被幻术迷惑了。这也太奇怪了。"哥哥非常认真地回答道。

我们去了以前常去的台球室，那里只亮着一盏昏暗的灯，空空荡荡的。在最里面的房间里，有一位不认识的老婆婆在睡觉。

"想打球就打吧，"老婆婆用沙哑的声音说道，"你们要打的话，球在壁橱里，自己取出来就行。"

我害怕得想要逃跑。但是哥哥真的去到最里面的房间，翻过老婆婆的床，打开壁橱，从里面拿出球来。我吓了一跳，我的确感觉哥哥今天有点儿奇怪。我们决定打上一局，但我总觉得慢吞吞地跑向黑色网纱的球，看起来像个活物，有些令人后背发凉。在我们还没有分出胜负的时候，我就吵嚷着要走，离开那里。我们走进一家荞麦面店，一边吃着温吞的天妇罗一边说道："也不知道怎么回事，我总觉得今天晚上我的意志和我的行动完全没关系。我是不是变得很奇怪呀？"哥哥笑眯眯地说道："怎么说呢，从变成大学生那一刻开始，就觉得今天很奇怪。""才没有！"我感觉自己被说中了。

今天发生这些奇怪事情的原因，与其说是片贝城的变化，不如说是我有点儿得意忘形了。不光我如此，哥哥说他也和我一样，感觉飘飘然的，很奇怪。哥哥是不是也和我一样高兴过了头，魂不守舍了呢？他真是个蠢萌蠢萌的哥哥，因为这点儿事就兴奋成这样。

今后我要更加让哥哥高兴。虽然我今天就像做梦一样，但如果可以的话，我不想醒来。我躺在床上，听着海浪的声音，有些失眠。但也正因为今天的这个结果，让我看清了未来的路。我要感谢神明。

四月七日　星期五

晴。微微的东风轻轻地吹拂着大地。我已经有点儿厌烦九十九里，想回东京了。我们吃过早饭后就立刻冲向沙滩玩起了高尔夫，但是总感觉没有最开始的时候好玩了，提不起兴致来。我们玩高尔夫的时候，一位住在别墅隔壁叫作生田繁夫的十八岁中学生过来跟我们打招呼。我们回应了"你好"，他紧接着就把笔记本戳到了我鼻子前，说："请做一下这道代数题"。我觉得这个人好没礼貌，虽说我们小时候经常在一起玩，但久别重逢，刚打过招呼就让人家帮忙解题，也太失礼了吧。我甚至怀疑他是否对我们抱有敌意。他皮肤黑得像是变了个人，已经完完全全成了海滨青年。

"感觉做不出来呀。"我并没有仔细看笔记本上的题目便说道。

"可你不是考上大学了吗？"他逼问道，像是要同我吵架的样子。我实在是很不高兴。

"你从哪里听说的啊？"哥哥温和地问道。

"刚刚不是来电报了吗？"繁夫有点儿赌气地说，"我从川越奶奶那里听说的。"

"原来是这样。"哥哥了然地点点头，微笑着说道，"进是考上了大学，但他没有为了应对考试而认真准备过，所以你做不出来的难题，进更做不出来。"繁夫听了这话，转眼间满脸喜悦："原来是这样，我还想着四年级就能考上大学的优秀人才，一定能解开这道题，所以才有了这个不情之请，实在是太不好意思了。这道因数分解题还是挺难的。我啊，明年想要考高等师范大学。我不像他这么优秀，所以想五年级再去报考。哈哈哈哈。"他留下一阵空洞浅薄的笑声便走了。真是个蠢货！不知道是否是因为他身处的环境让他变得如此扭曲，但就因为有这样的蠢货，这个世界才变得这么黑暗，而且是无意义的黑暗。干吗总是想要跟我比，想和我分出个胜负呢？就算我考上了大学，可我并没有一点儿骄傲的意思，更没想过要轻视别人。哥哥目送着繁夫离去的得意扬扬的背影，叹了口气说道："世界上居然有这种人。"

这个插曲让我和哥哥很扫兴，总感觉在这里悠闲地玩耍似乎有愧于人。"所谓'狐狸有洞，飞鸟有窝'①，对吧？"听我这么一说，哥哥便笑着说："看呀！日子将到，新郎要离开他们。"②这样的对话若叫繁夫他们听见，定会分外不快，会觉得我们在装腔作势，那我们又该如何是好呢？我们一点儿也不骄傲自大，总是在考虑旁人的感受。我好想回到东京啊，乡下实在是太让人难受了。我们已经没有力气打高尔夫了，互相说着伤感的笑话，走回了家。

中午时，我又搞砸了一件事。这次是一个非常严重的失误，而且这件事从头到尾都是我一个人不好，为此我非常难过。

午饭后，我拉着哥哥来到庭院里。正当我给哥哥拍照的时候，听见院墙外石冢爷爷的孙子孙女两个人在说悄悄话。

"我三岁的时候也拍过照。"男孩得意扬扬地说道。

"三岁？"这声音是他妹妹。

"对哦。我戴着帽子拍的照片，但是我不太记得了。"

哥哥和我都没忍住笑了出来。

"过来一起玩吧。"哥哥大声地招呼他们过来，"给你们拍照片哦。"

---

① 引自《圣经·马太福音》。
② 引自《圣经·马太福音》。

院墙外面非常安静。石冢爷爷之前给我们看过别墅，现在应该也住在这附近。两个小孩子中男孩大一点儿，大概有十岁，女孩大概七岁。过了好一会儿，这两个人红着脸，一小步一小步地挪到了庭院里，立刻就站在原地不动了。两个人害羞得脸上红彤彤的，仿佛着了火一样，一步也不敢再向前。那扭扭捏捏的样子，让我感觉他们很有规矩。

"到这边来。"哥哥朝他们招手。

然后我说了一句特别不恰当的话："给你们零食吃。"

女孩一下子抬起头，然后转过身去啪嗒啪嗒地逃跑了。男孩并没有女孩那么敏感，一瞬间有些迷茫，但随后也立刻跟在女孩后面逃走了。

"你冷不防地说要给他们零食吃，就算是小孩子也会觉得被人羞辱了。他们不是为了那个来的，这点儿自尊心还是有的。"哥哥一脸遗憾地说道，"真是糊涂，就因为这样，繁夫才会反感你吧。"

我一句辩解的话也说不出来。果然，我潜意识里还是有些骄傲自大吧。我真是个无趣的冒失鬼。

我不适合生活在乡下，因为遇到挫折，我的心情很消沉。我甚至想要去石冢爷爷家里，给那对小兄妹道歉。但还是算了，这样做不免小题大做，而且我很是羞愧，怎么也迈不动步子。

我想明天就回东京，跟哥哥商量了之后，哥哥表示同意，他也觉得是时候回去了。

傍晚，我泡完澡出来看着镜子里的自己，我的鼻子被太阳晒得通红，就像漫画里的人物那样。我的眼皮有时候是双眼皮，有时候是三眼皮，有时候又变成单眼皮，每次眨眼都会变化，可能是因为眼睛是凹进去的。因为运动得太多，我反而瘦了下来，感觉自己吃了很大的亏，想要快点儿回到东京。我果然是个城市里长大的孩子。

四月八日　星期六

九十九里是晴天，东京在下雨。我们到家时已经是傍晚七点半了。姐姐在家，我感觉很不对劲儿。"我刚刚才到，过来待一会儿。"姐姐佯装镇定地说。但她身后的木岛却已经悄悄告诉了我们，姐姐前天晚上就回来了。姐姐为什么要撒这个不必要的谎呢，是发生了什么事吗？但我们太累了，泡了澡之后立刻就睡了。

四月九日　星期日

阴。我下午一点起的床。果然还是在自己家能够睡得安稳，可能是被子的缘故吧。哥哥起得比我早很多，他同姐姐不知道因为什么发生了争执。姐姐和哥哥生起了闷气，两人谁也不说话。肯定发生了什么，等稍晚一会儿，我估计就会知道原因了。姐姐也没有怎么同我讲话，傍晚的时候就回了下谷的家。

晚上，哥哥带着我去了神田，去买大学的制服帽和靴子。我戴着那顶帽子往家走，在回家的巴士上我问哥哥："姐姐怎么了？"哥哥听了"哼"了一声："她说了些蠢话，真是太蠢了。"说完，哥哥就沉默不语。他满脸写着不愉快，很生气的样子。

果然事出有因，但我一无所知，所以也不好讲，先这样观察一段时间吧。

明天服装店的人应该会来给我量尺寸。哥哥说要给我买雨披。我仿佛在一点儿一点儿成为一个真正的大学生，时光像流水一样啊。考上R大学，还是挺好的，我今天晚上深深地感觉到了。再过一段时间，我就要真正开始学习演戏了。哥哥说他会给我介绍一位演戏很好的老师，可能是斋藤先生。斋藤市藏老师的作品在日本已经变成了经典，虽然像我这种人根本没有评判的资格，但他的作品内容平平，有点儿欠缺常识性，但规模十分宏大，如果要找个人做老师的话，他可能是最佳人选。

哥哥说走艺术这条路很难，但万事都要学，只要我努力学习，就不会有问题。我能够像这样走自己想走的路，都是托哥哥的福。未来的日子里我都要和哥哥互相帮助，然后收获属于自己的成功。母亲也总是在说"你们兄弟两个要好好相处"，母亲也会为我们高兴的吧。

哥哥一直在母亲的房间里，不知道在和母亲说些什么。他在里面待了很久，肯定是发生了什么，真令人不安。

四月十日　星期一

晴。我收到了R大学的正式录取通知书。开学典礼在二十号举行，我的新衣服到时能不能做好呢？今天服装店的工作人员来给我量了尺寸。我们定做的是传统的样式，而不是现在流行的新样式。我觉得穿流行款式的学生服在街上走，会被人当成傻子；而穿普通校服走在街上，看起来会显得很有才华。

　　傍晚，小吉来我们家玩。她是商大的学生，是小庆的妹妹，又因为她是女大学生，所以很自大。

　　"听说你上了R大？干吗要去读R大？"很过分的打招呼方式。

　　"你会这么想是因为商大的确是个好学校啊。"我这样回复她之后，她却说那里也很无聊。我又问她那什么才是好学校呢？她说对中学生来说可爱就是最好的。我和她没法沟通。

　　梅姨给她缝了裙子上开线的地方，裙子一缝好，她就穿上回家了。又说回衣服，女学生的制服为什么总是傻里傻气，看上去脏脏的呢？就不能做得稍微小一点儿、合身一点儿吗？路上见到的女学生，没有一个人的制服是合身的，她们看起来都像飞鼠一样。因为身上穿的衣服都是那个样子，所以她们连心都变得像飞鼠一样，哧溜哧溜的。她们对男子的敬仰之情，少得令人震惊。

　　哥哥今天下午就出门了，现在已经是晚上十点了，还没有回来。我已经猜到了整件事情的大致模样。

四月二十四日　星期一

　　晴。我对大学的想象已经幻灭了。从开学典礼这天开始，就已经厌烦了。大学一点儿都不如中学，我期待着的那种宗教性的圣洁氛围根本就找不到。班上总共有七十多位学生，都是二十岁左右的青年。但就智商而言，他们却仿佛是什么都不懂、嘴角流着口水的小孩儿。只不过他们闹得很欢，我甚至有些怀疑他们是不是白痴。这群人中只有一位和我来自同一所中学,他叫赤池。他是从五年级考进来的,我和他不怎么熟,仅仅只是用眼神打过招呼,所以我在这个班级里是完全孤立无援的。五十个白痴、十个书呆子、五个机会主义者、五个暴力分子,我在开学典礼的时候,就已经快速地给班上的学生分了类。我觉得这个分类在很大程度上还是可靠的,根据我的观察,这个分类没有什么重大错误。我没有找到一个天才般的人物,实在是很失望。这样一来,我就是这个班里最优秀的学生,应该不会出现有人同我竞争的情况。我本来想着能有个优秀的对手,和我一同谈论学术,互相加油打气。结果这样一来,我简直就像是又重新念了一年中学。有人把口琴拿到教室里来,真是受不了。我二十号、二十一号、二十二号连着上了三天学就已经不想再去了。我不想上学,想早点儿进个剧团接受严苛的正式的演技学习和训练,上学就是在浪费时间。今天一天我在家读完了《写作教室》,思考了很多,到了晚上也难以入睡。这本书的作者和我年纪一样大。我觉得自己不能再这样慢吞吞地磨蹭下去了。贫穷且没有受过多少教育的少女,都能够取得这番成绩。我开始思考家境优渥对于艺术家来说,是不是反而是件不幸的事呢?我想早点儿离开现在的环境,去剧团里做一个清贫的练习生,忘记一切只一门心思地钻研演戏。早上四点多的时候,我终于迷迷糊糊地睡着了,七点又被闹钟吵醒起了床,脑袋晕乎乎的。但我还是履行了自己痛苦的义务,迈着沉甸甸的脚步去上学了。

到学校发现校园内太过安静,我觉得有些奇怪。去学校事务所看了看,发现也没有人。突然想起来,今天学校因为神社的祭祀活动放假了。这就是孤立派的失败。如果我能知道今天休息的话,昨天晚上应该会过得更高兴吧。真是太蠢了。

好在今天天气很好。在回去的路上，我去了位于高田马场的吉田书店，在那里悠闲地寻找想读的旧书。我时不时会头晕。我选了几本演戏相关的图书，还有国库朗的《演员艺术论》、泰勒的《被解放的演戏》，付了钱让他们帮我包了起来。我的头好晕，我径直回到家，立刻躺下。我好像有些发烧。我一边躺着，一边浏览今天买来的书的目录。书店里关于演戏的书很少，让我有些困扰。哥哥好像有几本与演戏相关的外文书，但是我读不懂。我必须得学会外语才行，不然很不方便。

我睡了一小觉，起来已经是下午三点了。梅姨做了饭团，但我吃了一个就感觉胸口很难受，身上一阵恶寒，于是又钻回被窝。杉野护士很担心我，帮我量了体温，37.8℃。她问我要不要喊香川医生过来看看，我拒绝了。香川医生是母亲的主治医生，他习惯性地讨好别人，我不喜欢他。杉野护士拿了阿司匹林喂我吃下，我迷迷糊糊地出了一身汗，感觉痛快了很多。我应该已经没什么事了。哥哥一早就因为之前的那件事去了下谷姐姐家，还没有回来。我病得不轻，哥哥不在，我总是有些害怕。后来，杉野护士又为我量了体温，这次是36.9℃。我强打起精神，趴在床上写了这篇日记。我对大学的美好想象已经幻灭了，我无论如何都想写下这句话，虽然手腕没有力气。已经是晚上八点了，我头脑清醒，全无睡意。

四月二十五日　星期二

晴。风很大。今天我请了一天假不去上学，哥哥也说休息一天比较好。我已经不发烧了，时睡时醒。

之前那件事，是姐姐跟铃冈先生说想要分开。姐姐并没有什么直白的理由，仅仅是不想和他在一起了。虽说"不想"不是什么正当理由，但除此之外也没有什么具体原因。就因为这样，哥哥才十分生气，他觉得姐姐任性妄为。哥哥肯定会和铃冈先生道歉吧，铃冈先生那边一点儿也没有想要分开的意思，他好像很喜欢我姐姐，但姐姐无缘无故就讨厌起了铃冈先生。虽说我并不喜欢铃冈先生，但我觉得姐姐这次是不是有些任性了呢？哥哥生气也不是不能理解。姐姐现在在目黑的一点女士家里，因为哥哥明确地说不愿意让姐姐回麴町这个家。所以姐姐立刻就带上行李，去了一点女士家。我总觉得这次的事情，背地里是一点姑姑在操纵。听说铃冈先生也十分困惑。哥哥苦笑着告诉我，他当时看到铃冈先生在打扫房间、俊雄君在做饭的场面十分凄凉。哥哥虽然觉得他们很可怜，但是因为这个情景太过奇怪，而忍不住笑了出来。那肯定很奇怪啊，一个柔道四段收起和服的下摆，用掸子打扫灰尘；俊雄君顶着那张惊世骇俗的丑脸，一脸忧愁地烤鱼。虽然很对不起他们，但这个场景我光是想想就觉得很恐怖，真是太可怜了，必须要让姐姐快点儿回去才行。虽然姐姐说并没有具体原因，但很可能是有具体原因的，而且是非常重要的。若果真如此，我们所有人一起讨论一下，有该改正的地方改正，想出一个圆满的办法不就好了？不过他们谁也不来找我商量，真是让我心焦，就连这件事的真相也没有人告诉我。我暂时还要作为一个旁观者去努力窥探这件事情的真相。按我的想法，一点女士非常可疑。如果痛斥她一顿，兴许她就会把事情的真相和盘托出。我曾想去见一见一点女士，装作什么都不知道的样子去刺探情报。她肯定觉得自己是独身一人，所以就怂恿姐姐，无论如何也要把姐姐变成和她一样的独身者。肯定是这样，没错！毕竟铃冈先生不是坏人，姐姐也是独立有主见的人，肯定是有个坏心眼儿的第三者在从中作祟。总之为了能够让事情真相大白，我必须暗中侦查才行。母亲一定是支持姐姐的，因为她总是想让姐姐待在自己身边。别的亲戚好像还不知道这件事，现在支持姐姐的人有母亲和一点女士。而铃冈先生的支持者，只有哥哥一个人。哥哥现在是孤军奋战，他最近心情很差，有两三次在外面喝酒喝到很晚才回来。哥哥比姐姐小一岁，所以姐姐肯定不会对哥哥言听计从的。但是哥哥现在是一家之主，是有命令姐姐的权利的，这一点也是现在最难办的地方。虽然哥哥在这件事上很努力地摆出强硬的态度，但姐姐不肯轻易低头认输。只要有一点女士在姐姐旁边，这件事情就不会结束。总之我必须要进行暗中侦查，看着这件事到底进展成什么样子。

今天，我被哥哥训斥了。吃过晚饭后，我用轻松随意的口气说道："姐姐是去年这个时候出嫁的吧？已经一年了啊。"我试图从哥哥嘴里套话，结果被他识破了。

"无论是一年还是一个月，只要出嫁了，就不能无缘无故地回家。进你好像对这件事情很有兴趣嘛，这可不像是个卓越的艺术家该做的事。"

我无言以对。可我并不是因为什么下流的好奇心才想要知道这件事的，我只是希望我们家的人能够和睦相处。同时，我也看不下去哥哥这么辛苦，想要帮忙而已。但我说了这番话之后，却被哥哥吼道："别自以为是！"所以我只好闭口不言。最近的哥哥实在是很可怕。

晚上，我躺在被窝里，读了关于演戏的书。

四月二十六日　星期三

晴。傍晚时分下起了小雨。早上去上学，结果今天学校还是因为神社的祭祀活动放假。我不禁深深地叹了口气。也就是说，昨天和前天这两天都是假期。如果我早点儿知道，就能放心大胆地睡个好觉了。看起来孤立派在这种时候很是吃亏啊，但我还是想先这样独自一人行动。哥哥在大学里好像也是孤立派，几乎没什么朋友，也就是偶尔岛村和小早川会来家里做客。理想崇高的人总是不得不忍受孤独，不能因为寂寞或图做事方便，就败给世间的低俗。

今天的汉文课还有点儿意思。课本同中学时的教科书没有太大区别，所以我最开始不是很想听，肯定又是反反复复讲同样的事情。可今天老师光是讲解"有朋自远方来，不亦乐乎"这一句，就花了整整一个小时。中学老师对这一句的讲解，仅仅就是"亲密无间的好友远道而来，我对他的突然到访感到十分高兴"而已。我记得那是教汉文的蒲仙老师这样教给我们的，蒲仙老师笑得呲牙咧嘴地说道："在你百无聊赖的时候，有朋友走进你家院子，一只手上拎着一升好酒，另一只手上提着一只烧鸭，跟你打了个招呼。此时你肯定非常高兴，这大概是你人生中最高兴的时刻了。"他一个人讲得非常开心。但今天的课上，老师讲的内容完全不一样。按今天上课的矢部一太老师的解释，这句话的意思绝非"好酒一升，烧鸭一只"的俗气现实生活中的乐趣，而完完全全是形而上学的表现。也就是说，就算我的思想不能够立刻被世人所接受，但意外地听到远方的人们支持我的声音，就感到很快乐。这句话所歌颂的是一个人好不容易感受到的自己的理论被别人认可时的喜悦。它包含着理想主义者最美好的愿望。说出这句话的人绝不是一个因为无聊而躺在榻榻米上打瞌睡的样子，他应该是满怀激情地朝着自己的理想奋勇前进的姿态。"不亦乐乎"中的"不亦"包含着许多复杂的情感，矢部老师花了很长的篇幅来讲解，但遗憾的是，我没能记住。总之，中学时蒲仙讲的好酒一升、烧鸭一只的故事，很遗憾，只能说是最俗不可耐的解释。但老实说，好酒一升、烧鸭一只这个理解并不差，也足够让人开心，我很难彻底舍弃蒲仙老师的这种理解。比起我的思想能够被远方的人们所理解，朋友带着好酒、烧鸭，在傍晚时分来到我家，才是我的理想。我或许太过贪心，听了矢部老师这种庄重的解释，反而怀念起了蒲仙老师。他今年肯定也在中学课堂上，开开心心地讲着好酒、烧鸭的故事吧。蒲仙老师的课，就是童话故事。

午休时我一个人留在教室里，读着小山内薰的《演技入门》，一个留着络腮胡子的本科学生踱了进来。"芹川在吗？"他大声喊道："怎么回事，怎么没人啊？"他的语气十分尖刻，"喂，小不点儿，你知不知道芹川在哪儿？"他朝我发问，看样子有点儿着急。

"我就是芹川。"我面露怒色，答道。

"原来就是你啊，失敬失敬。"他挠了挠头，露出了天真无邪的笑容,"我是足球部的成员,你能不能跟我来一下?"

我被他带到校园里。在成排的樱花树下,有五六个本科学生,或站或蹲,他们都一脸认真,等待我的到来。

"这位就是芹川进。"刚刚那位冒冒失失的人笑着说,并把我推到了众人面前。

"原来是你。"有位额头很宽,像是四十出头的学生落落大方地点了点头。

"你已经不踢足球了吗?"他不带一点儿笑意地问我。我感觉到一丝压迫感,我很不擅长和这种初次见面就板着脸说话的人打交道。

"是的,我已经不踢球了。"我带着一丝迎合的笑容说道。

"你不再考虑一下了吗?"他还是不露一点儿笑意,直勾勾地看着我的眼睛问道。

"不觉得可惜吗?"站在旁边的一位学生开口了,"明明中学的时候练习了那么久。"

"我……"我想要跟他们说个明白,"如果是杂志社的话,我还是感兴趣的。"

"想玩文学!"不知道是谁低声说了一句,明显带着嘲笑的语气。

"足球就不行吗?"那个宽额头的学生叹了口气,"我们很想让你加入啊。"

我感到很痛苦。我内心其实是很想进足球部的,但是大学里足球部的训练任务比中学时的更重,如果我参加了足球部的训练,就很难去学习表演。我狠下心来回答道:"不行。"

"态度真够坚决的。"不知道是谁,又带着嘲笑的口吻说道。

"不要这样说,"那个宽额头的学生像是在训斥这个嘲笑的我声音一样,转过身去说道,"把他强行拉进我们社团也不是好事。不管怎样,只要努力去做自己喜欢的事就好。芹川他可能身体不太好。"

"我身体没问题。"我没有顺着他的话说,"只是现在有些感冒。"

"这样啊。"这位稳重的学生脸上开始有了点儿笑意,"你真是个有趣的人。那你偶尔来足球部看看吧。"

"谢谢。"

我终于得以脱身。我钦佩那位宽额头学生的人品,说不准他就是足球部的队长。我记得R大学去年足球部的队长是一个叫太田的人。那个宽额头的学生,说不定就是那位大名鼎鼎的太田队长。哪怕他不是,他能当上大学运动部的队长,身上一定有着非常优秀的品质。

本来到今天早上为止,我对大学都感到十分失望。但无论是今天上的汉文课,还是刚才那位队长的态度,都让我对大学的印象有了改观。

虽然后来又发生了大事,但跟足球部队员的一番讨论,让我十分疲惫,已经没法详细记述。今天这番话说得真痛快,明天再慢慢写日记吧。

四月二十七日　星期四

雨。今天一天都在下雨,早上雷声震耳。我昨天因为太过活跃,所以即使到了今天早上,疲惫感仍没有完全消失,导致我起床的时候很是痛苦。上次新买的雨披一直没有机会穿，今天我第一次穿着它去上学。昨天那位宽额头的学生，果真就是有名的太田队长，我是午休时听班里的同学聊天知道的。这位太田队长好像是R大学的骄傲，他本科一年级的时候就当上了队长，听说他的绰号叫摩西[①]。原来如此啊，我不禁感到钦佩。

我原本打算写一些今天《圣经》课上很不错的内容，但还是等以后有机会再写吧。我要趁着没忘记，把昨天发生的事情写到日记里。毕竟，这件事情实在是不得了。

昨天放学回家的路上，我突然想去一点姑姑家看看。心里一旦有了这个念头，无论如何我都想要在当天实现它。所以虽然昨天从下午开始天气就变得很差，似乎马上就要下雨了，我还是不管不顾地去了目黑的姑姑家。一点女士正好在家，姐姐也在。姐姐看上去有些难为情："哎呀，哥儿好像瘦了。姑姑你看，是不是？"

"别再喊我哥儿了，我不是小孩子了。"我盘腿坐在姐姐面前说道。

"啊？"姐姐瞪大了双眼。

"我肯定瘦了啊。我得了场大病，今天才终于能下床走路了。"我有些夸张地说，"喂，姑姑，给我倒杯茶，我嗓子渴得不行。"

"没你这么说话的！"姑姑皱起眉头，"你完全变成了个小混混。"

[①] 摩西：是在《旧约圣经》的《出埃及记》等书中所记载的，公元前13世纪时犹太人的民族领袖。犹太教徒认为他是犹太教的创始者。他在亚伯拉罕诸教里都被认为是极为重要的先知。

"那有什么奇怪的,就连哥哥,这段时间也都每晚在外面喝酒,我们哥俩儿要一起变成小混混。给我倒茶!"

"小进。"姐姐摆出一副认真严肃的表情,"你哥哥跟你说什么了?"

"什么也没说。"

"你说你生了场大病,是真的吗?"

"是啊,生病了。因为过于担心,所以发烧了。"

"你哥哥每天晚上都在外面喝酒,是真的吗?"

"是啊,哥哥就像变了个人似的。"

姐姐把脸别开,哭了起来。我看着姐姐,也很想哭,但我拼命忍住了。

"姑姑,给我倒茶。"

"好,好。"一点女士把我当作傻子似的回答道。她一边倒茶,一边说:"我本来觉得你上了大学,终于可以放心了,结果变成现在这样,像个小混混。"

"小混混?我什么时候成小混混了?明明姑姑你才是小混混吧?说什么鬼话,明明只是一点女士。"

"天哪,你在说些什么?"姑姑真的生气了,"你怎么这么放肆地对我说话?你看看!你把你姐姐都气哭了。我知道,你一定是被你哥哥教唆的,打算让你这个小孩子跑到这里来闹,真是丢人现眼。我可是知道你们背地里的小算盘。你说的一点女士,到底是什么意思?你给我注意点儿跟长辈说话的方式!"

"一点女士是姑姑你的绰号呀,我们家的人都这么叫你,你不知道吗？那我就喝'一点'茶哦。"我大口大口地喝茶，余光看向坐在我旁边的姐姐。她低着头，看起来很可怜。我觉得这一切都是姑姑不好，我愈发怨恨起了姑姑。

"麴町那个家都是小孩子，也是没有办法。小进，你是个好孩子，快回家吧。回家告诉你哥哥，如果有什么想说的，就像个男人一样，自己过来讲，不要让小孩子替他传话。怎么？他难道是打算永远在背地里挑事，不亲自来目黑这里了吗？我还想教训教训你哥哥，他竟然每天晚上都在外面买醉？真是不像话。"

"我不许你说我哥哥的坏话！"我是动了真格地生气，"姑姑你才要注意一下你说话的方式，我并不是受了哥哥的教唆才来到这里。你总是这样把我当成小孩子会让我很头痛，就算是我，也是能够分辨好人和坏人的。我今天就是来和姑姑吵架的，这和哥哥没有关系。哥哥没有和任何人说过这件事，他一个人担心着姐姐，我哥哥不是那样卑鄙的人。"

"来吃点儿点心。"姑姑真是老奸巨猾，"这儿有好吃的蜂蜜蛋糕。姑姑我什么都明白，你不要再说胡话了，吃点儿点心，今天就回家去吧。你上了大学之后像是完全变了个人，你在家里跟你母亲说话也这样没大没小吗？"

"蜂蜜蛋糕？那我可就不客气了。"我狼吞虎咽地吃了起来，"这蛋糕好好吃啊。姑姑，你可不能生气，再给我倒杯茶吧。虽然姑姑你觉得关于这件事，我什么都不知道，但其实我还是能够明白姐姐的心情的。"我表现出有些服软的样子。

"你在说些什么啊。"姑姑冷笑了一声，但至少她心情有点儿变好了,"你一个小孩子,是不会懂的。"

"那可不一定,但是我觉得,造成现在这个局面,肯定有很明确的原因。"

"这个啊,"她把身子靠了过来,"虽然跟你这种小孩子讲也没什么用,但的确是有,大有特有!"姑姑的话实在是太过恶劣,所以我决定闭口不言。大有特有这种说法,我觉得很过分。"首先你看,他们结婚都快一年了,可铃冈连他财产多少、收入多少都不告诉自己的老婆,这到底算是怎么回事,你不觉得奇怪吗?"我安静地听着。姑姑看到我的样子,觉得我在认真听她讲话,更加激动起来,说:"铃冈这个人,好像名声还不错,但是归根结底,他不就是你父亲的仆从吗?这我可是知道的。你们那时还小,可能不知道,我知道得清清楚楚。他受了你们家不少照顾。"

"那又怎么样呢?"我还是觉得她有点儿啰唆。

"那可不行。说起来,我们可是做主人的。怎么?我有段时间没去麴町拜访了,你们更是忘了我的存在了吧?反正我就是个单身女人,是个没用的人,被别人瞧不起也是没有办法的事。但更令人不爽的是,你竟然忘了我们是做主人的!"她几乎是在用敲打榻榻米的气势在说话。

"你扯远了,姑姑。"我笑了出来。

"算了。"姐姐也忍不住笑了出来,"小进,你和你哥哥是不是非常讨厌下谷那个家啊?你们肯定在背地里嘲笑俊雄君吧……"

"才没有那种事。"我十分狼狈。

"你看你们今年过年的时候都没有过来,不光你们,没有一个亲戚来下谷探望我们。我都想到了。"

原来如此，还有这回事。我忍不住长长地叹了一口气。

"今年正月里，我本来非常期待小进你会来我们家。铃冈他也打心眼儿里喜欢小进你，一直哥儿、哥儿地叫着，总是说起你。"

"我那时候肚子痛、肚子痛……"我开始语无伦次。那件事对姐姐是个很大的打击，我第一次清楚地意识到这一点。

"他不去也是理所当然的。"姑姑这次居然一反常态地站在了我这一边，这算什么事啊。"你们家啊，是不会主动过来的。我也很久没去过麹町那里了，他们更不会来我这里，过年的时候连张贺卡都不给我寄，果然他们把我这个姑姑啊……"她又开始了。

"是我不好。"姐姐冷静下来说，"是该说铃冈是个书呆子吗？怎么说呢，不光是麹町和目黑，他连自己的亲戚都不怎么来往。无论我说什么，他总是说亲戚什么的再放一放，然后就没有下文了。"

"那不是挺好的嘛。"我听了之后有点儿喜欢铃冈先生了，"如果连对自己的双亲都客气地去搞繁文缛节那一套，男人还怎么工作，怎么做其他事？"

"你这么想？"姐姐看上去有些高兴。

"对啊。姐姐不必担心，最近哥哥每晚都在外面喝到很晚，你知道他是和谁一起喝酒吗？是铃冈先生。他们好像很谈得来。铃冈先生时不时地就会打电话到家里来。"

"真的吗？"姐姐瞪大了眼睛看着我，眼睛里闪烁着欢喜之情。

"那是当然了。"我得意地说道，"听说铃冈先生最近每天早上都卷起和服的下摆，在家里做卫生，俊雄君也用带子把袖子挽起来做饭。我从哥哥那里听了这些话,变得非常喜欢下谷姐姐家了。但只有一件事,那就是你们能不能别再喊我'哥儿'了。"

"我会改正的。"姐姐喜不自禁地说,"就是因为铃冈总这么说,我也就习惯这么说了。"这话在我听来非常像是在秀恩爱,但如果因为这个嘲弄姐姐,就太不应该了。

"是我不好,哥哥他也有疏忽的地方。姑姑,不好意思啊,我刚刚对你说了些没有礼貌的话。"我故意讨姑姑的欢心。

"我觉得这件事如果能圆满解决的话,真是再好不过了。"姑姑果然很擅长见风使舵,态度来了个一百八十度大转弯,"但我没想到,小进你变得这么能说会道,真是令人刮目相看。但是,'一点'那种捉弄老人的话,就不要再说了。"

"我会改正的。"

我心情大好,在姑姑家吃过晚饭才回家。

晚上等哥哥回家等得我很是疲惫。母亲听说我在目黑姑姑家吃过晚饭才回来,便格外想要知道姐姐现在的情况,啰里啰唆地问了我半天。而我不知为何,懒得跟母亲说这些事,随便回了她些无关紧要的话,搪塞道:"等下你问哥哥吧,我不太清楚。"就逃出了母亲的房间。

夜里十一点钟左右,哥哥醉醺醺地回来了。我跑到哥哥的屋子里:"哥哥,要我拿水过来吗?"

"不要。"

"哥哥,要我帮你解领带吗?"

"不要。"

"哥哥，要我帮你把裤子放到褥子下面压平吗？"

"你好烦啊，赶紧去睡觉。你感冒已经好了吗？"

"我把感冒这茬都抛到脑后去了。我今天去了目黑。"

"你没去上学吗？"

"我放学后才去的。姐姐让我替她向你问好。"

"你去跟她说，我不想听她说话。进，你也别理她了，她已经是外人了。"

"姐姐她很挂念我们啊，她都哭了。"

"你在说些什么。如果你净是关心这种无聊的事情，可成不了日本的头号演员。你最近是不是没有学习啊？哥哥我可什么都知道的。"

"哥哥你不也什么都没学吗，每天光顾着喝酒。"

"你知道些什么，你懂什么，我那是因为觉得对不起铃冈先生——"

"所以说我们只要让铃冈先生高兴不就好了吗？姐姐可没有一点儿讨厌铃冈先生的意思哦。"

"你不要再那么讲了。进，你也被收买了啊。"

"区区蜂蜜蛋糕怎么可能收买我。是一点，不，是姑姑不好，都是她在背后教唆姐姐，净说些'他不告诉你财产'之类庸俗没品的事情。但那不是主要原因，其实最主要的原因是我们做得不对。"

"什么？我们哪里做错了？不好意思，我先睡了。"哥哥换上睡衣钻进了被窝。我关了房里的大灯，只留一盏台灯。

"哥哥，姐姐都哭了呢。我跟姐姐说，哥哥每晚都在外面喝酒，喝到很晚才回来。姐姐听了,哭得很伤心。"

"她自然是要哭的,就因为她说些任性的话,搞得大家都痛苦不堪。进,帮我拿一下那里的烟。"哥哥趴在床上,我把烟给他递了过去,用打火机给他点上,"然后姐姐说:进和哥哥,是不是都很讨厌下谷姐姐家?"

"哦?她竟然说这些奇怪的话。"

"不,事实就是如此,虽然现在不是了。但之前哥哥不也说一点儿都不想去下谷姐姐家里做客的话吗?"

"你不也没去吗?"

"对,我也不好,毕竟柔道四段在那里,我好害怕。"

"就连俊雄君,你不也很瞧不起他吗?"

"我不是瞧不起他,我只是不想见到他,感觉见到他心情很沉重,但从今往后我要和他好好相处。我仔细想了想,他的长相还过得去。"

"笨蛋。"哥哥笑了,"无论是铃冈先生还是俊雄君,都是很好的人哦。果然吃过苦的人就是不一样。虽然我以前也不觉得他们是坏人,而且如果我觉得他们是坏人的话,我就不会让姐姐嫁过去,但是我没想到他们是那么好的人。这次我深刻地认识到了,姐姐并没有懂得铃冈先生的好。我们不去他们家做客就是在说铃冈先生不好吗?不是那样的呀。这就是我说她任性的地方。她已经不是十九岁二十岁的小姑娘了,还没个大人的样子。"哥哥看样子不会轻易让步,可能这就是一家之主的自尊心吧。

"我觉得,姐姐是懂得铃冈先生的好的。"我非常努力地劝解道,"姐姐只是觉得铃冈先生和我们合不来,姐姐很看重哥哥和我的想法。是我们做得不够好,怎么能说姐姐嫁出去就变成外人了呢?"

"那你说,要我们如何是好?"哥哥也较真了起来。

"并不需要我们做些什么特别的事,姐姐现在已经高兴起来了。我跟她说,你最近每天晚上都和铃冈先生喝酒,很有共鸣。姐姐听了问我'是真的吗'的时候喜形于色。"

"这样啊。"哥哥叹了口气,沉默了一会儿没有说话,"好,我懂了,是我不好。"哥哥从容地站起来,"已经十二点了啊。没事,进,你去给铃冈先生打个电话,说你哥哥马上就去拜访他们。然后再给朝日出租公司打个电话,让他们立刻安排一辆出租车过来。在出租车来之前,我去跟母亲说两句话。"

我看着哥哥坐上开往下谷的出租车之后,放下心来回到房间写日记,但是我太累了,中途停笔睡了一会儿。哥哥晚上住在了下谷姐姐家。

今天我从学校回到家,哥哥笑眯眯的什么也不说就把我带到了母亲的房间。

母亲的枕边坐着铃冈先生和姐姐。我坐在他们旁边,笑眯眯地朝两个人点头打招呼。

"小进!"姐姐喊了我一声,哭了起来。姐姐出嫁的那天早上,也是这样喊我的名字。

哥哥站在屋外的走廊上淡淡地笑了。我忍不住哭了一会儿。母亲躺在床上:"兄弟姐妹之间要和睦相处——"她又说起了这句话。

上帝啊,请让我们一家团结在一起,我会努力学习的。

明天就是姐姐结婚一周年的纪念日了，我要跟哥哥商量一下送她什么才好。

四月二十八日　星期五

晴。仔细想来，再不济我也是个男子汉，只是为了家人间的一点儿小矛盾拼尽全力四处奔走，就得意地觉得自己好像做了什么了不起的事情一样，实在是令人羞愧。家庭和睦固然重要，但对于一位朝着理想奋勇前进的男子汉来说，必须要让自己能够更强地抵御来自外部的打击。今天我去了学校之后更加深刻地认识到这个道理。在家里，我总是仰仗着母亲和哥哥、姐姐，他们总是夸我聪明机灵，让我觉得自己很了不起。可一旦出了家门，我立刻就会碰上些不好的事，实在是太悲惨了。在我获得莫大的欢愉之后，一定会落入失意的深渊，这可能就是我的宿命吧。为什么社会这么不宽容，人与人之间总是有着毫无来由的敌意？这使我徒增疲惫。

早上，我坐公交到大学的正门前下车，正巧遇上那位足球部的本科生，就是那位之前来教室找我的一脸络腮胡子的学生。我对他很有好感，所以微微一笑，主动打招呼说道："早上好。"但他对我的态度却十分恶劣，用那种令人讨厌的、充满厌恶的眼神瞄了我一眼，径直进了学校，仿佛之前那个天真无邪的人是另一个人一样。他的那种眼神，我真是太难描述了，给人的感觉非常肤浅。就算我没有进足球部，也没必要突然变成那种态度，我们不还是同一所大学的同学吗？我真想在他后面怒吼一句"浑蛋"。他已经二十四五岁了吧？这么大的人竟然真的因为这种事情憎恨起我来。

我在极度瞧不起他的同时，又感觉自己发现了人性恶的一面，心里很不是滋味。我到昨天为止的幸福感一瞬间被人关进了地狱的最深处。这丑陋、卑劣的小市民本性，给我们悠然自得的生活造成了多么大的伤害，使得我们多么扫兴啊。不要说让他们去反省自己的所作所为导致的坏影响，他们甚至都没有意识到自己做了什么，这才是最令我惊讶的。"没有比笨蛋更可怕的事物了"，说的正是如此。

我从那之后变得不愿意去学校了。学校不是研究学问的地方，而是费尽心思搞无聊社交的地方。今天班里的同学又把《少女俱乐部》《少女之友》《明星》等杂志揣在兜里，大摇大摆地走进了教室。如今没有比学生更无知的人了，我深深地讨厌起了学校。这群人在上课前玩着小孩子玩的纸飞机，为纸飞机相撞这种无聊的事情大感惊讶，说什么"好厉害好厉害"，然后做些下流动作。等到老师一来，突然就变得谨小慎微起来，无论老师讲的课有多无聊，他们都听得认认真真。一到放学，他们就仿佛复活了一样，张扬地大呼小叫："今天去银座玩！"

今天早上他们也在教室里大吵大闹了一番，我还以为发生了什么不得了的事，原来是班上一个叫K的美男子昨天晚上和一个可能是恋人的女生一起在银座逛街来着。那个美男子一进教室，就惹得大家叽叽喳喳地吵闹起来。除了"下贱"，我不知该作何评价。那位早熟的美男子给我的感觉就像是一个垃圾桶，什么东西都会装进去。他因为大家起哄而面红耳赤，但并不为这件事感到羞愧或难为情，一直笑眯眯的。虽然他不完全无辜，但是这群叽叽喳喳起哄的学生们到底想干什么？我完全搞不清楚。真是肮脏！卑劣！远远地看着他们愚蠢的骚动，一种激烈的愤怒不知不觉间涌上我的心头。我感觉自己无法原谅他们，但愿再也不要和这样的人讲话，就算被他们孤立也无所谓。我没有必要和这种人称兄道弟，把自己也变成一个无聊的人。

诸位浪漫的学生啊，你们是不是觉得青春就应该是快乐的啊？真是愚蠢至极！你们是为了什么而活着？你们的理想又是什么？你们是不是想尽可能地回避这些问题，适度游戏开开心心地混到顺利毕业，买身新西装做个上班族，娶个漂亮老婆，天天盼着涨工资，就这样安安稳稳地过一生？实在是不巧，你们有可能不会如愿以偿，可能会出现意料之外的事。你们已经做好心理准备了吗？你们什么都不知道。真是无知！

真倒霉，我从早上就开始郁闷得不行，下午要去参加训练的时候才发现自己没带绑腿，急忙去隔壁班问了三个同学，说能不能借我用一小时，他们每个人脸上都挂着奇怪的笑容，根本不回答我的问题。我大吃一惊。他们似乎不是因为讨厌我，也不是因为为难，只是一味地说"你怎么可能没带嘛"。他们这种白痴般的利己主义让他们看起来自打下生之后，就从没有过"把东西借给有需要的人"的经验。面对这种人，无论怎么哀求都是没用的。他们真的很过分！我想好了，我再也不会求别的学生帮助我了，所以今天我没去参加训练，径直回了家。

无论是早上那个足球部的本科生，还是今天早上教室的那阵喧闹，抑或隔壁班级的三个同学，真是"干得漂亮"。我就这样被他们轻易地舍弃了。但这无关紧要，毕竟我有自己的路要走，我只要专心地追求我的理想就好。

我在晚上去求了哥哥。

"我已经大概知道大学是个什么样子,我想差不多是时候专心学习演戏了。哥哥,你要早些领我拜访名师呀。"

"我看你今天晚上一直在很认真地思考事情,原来是为了这个。好,明天我去找津田先生谈谈。至于哪里的老师比较好,我要先去问问他。你明天同我一起去吧。"哥哥从昨天开始一直心情很好。

明天是天长节①,这让我莫名觉得自己的未来是被神祝福的。哥哥说的那位津田先生,是他高中时期的德语老师,现在已经辞职,靠写小说生活。

我整理房间整理到很晚,连桌子的抽屉里都打扫得干干净净。我把书架上的书按照"读过"和"想读"分类放好。装饰在房间里的画也从圣母像变成了达·芬奇的自画像,这是因为我想要营造出那种意志坚定的氛围。我扔掉了少女趣味的羽毛笔,把吉他放进壁橱里。房间顿时看上去清爽不少。

今年的春天应该会成为我一生中最鲜艳明丽的回忆吧。

四月二十九日　星期六

晴空万里。今天是天长节,我和哥哥都起得很早。今天是个风和日丽的好天气,按照哥哥的说法,自古以来的天长节都是好天气。我

---

① 天长节:天皇诞生日,旧称天长节。

很愿意相信这种说法。

我们十一点钟左右出门,中途去银座为姐姐的结婚一周年纪念日挑选了贺礼。哥哥买了一套高脚杯,说是以后去下谷做客的时候,要用这套高脚杯和铃冈先生一起喝葡萄酒。我选了一套上好的扑克牌,计划以后去下谷做客时要和姐姐还有俊雄君一起玩牌。我们两个都是为了自己做客时可以玩得开心而选的礼物,显得有些厚颜无耻。无论是高脚杯还是扑克牌,都让他们直接从店里送到下谷姐姐家。

我们中午在奥林匹克餐厅吃了饭,然后去拜访了住在本乡的津田先生。我刚上中学的那年春天,哥哥曾带我去过一次,津田先生家里无论是玄关还是走廊都密密麻麻地排满了书,我当时吃惊不已。"这些书您都读完了吗?"我毫无顾忌地问道。津田先生微笑着回答我:"怎么可能读完这么多。但是只要这样把它们罗列在这里,总有一天是会读的。"这句话令我记忆深刻。

津田先生刚好在家。和以前一样,他家里无论玄关还是走廊、房间里,到处都摆满了书,一点儿也没变。津田先生也同四年前一样,明明已经快五十岁了,看上去却丝毫没有变老,照旧声音高亢,健谈爱笑。

"你长大了,变得很有男子汉气概了。你在R大学上学?高石君还好吗?"他口中的高石君是R大学的英语教师。

"他挺好的,现在正在教我们塞缪尔·巴特勒的《埃里汪奇游记》,但是我总觉得他是位优柔寡断的人。"我想到什么就说了什么,津田先生听了瞪圆了眼睛:"这话说的真是难听,小小年纪就这样尖酸刻薄,将来还了得。你怕不是每天都在和你哥哥两个人一起讲我的坏话吧？"

"嗯，差不多吧。"哥哥笑着说道，"我弟弟从一开始就没打算在R大学读到毕业。"

"都是你给带坏的，你不用什么事都带上你弟弟吧？"津田先生也笑着说。

"您说得对，都是我不好。我弟弟说他想当演员……"

"演员？真是很有勇气的决定啊。该不会是戏剧演员吧？"

我低着头听他们两个人聊天。

"是电影演员。"哥哥说得很轻松。

"电影？"津田先生发出一声奇怪的声音，"那你还真得好好考虑考虑。"

"我想了很久，我弟弟也苦思冥想了很久才下决心要做一名电影演员的。可他毕竟还是个孩子，还不能很有条理地说出自己为什么想做这一行。但我觉得，这或许是命中注定的。如果他是突发奇想，一时鬼迷心窍，那自然是轻率的。但他并非如此，他是在濒临死亡的时候突然想到要去当电影演员的，所以我觉得那是来自神的指引。我相信弟弟能够实现他的梦想。"

"那照你这么说，他肯定会遭到来自亲戚和其他人的反对，总之这是个问题啊。"

"如果有亲戚反对，我会替他应对。毕竟我也是中途退学，去追寻成为小说家的梦想的。对于来自亲戚的反对，我早已身经百战。"

"就算你习惯了，可你弟弟他……"

"我也可以习惯的。"我插了句嘴。

"真的吗？"津田先生苦笑，"你们俩真是一对难兄难弟啊。"

"我们该怎么做呢？"哥哥并没有拐弯抹角，而是直截了当地把想问的话问了出来，"您认不认识优秀的教表演的老师呢？我觉得他肯定要先学个五六年基本功……"

"那肯定是要的。"津田先生突然来了劲儿，"必须得学习，必须得学。"

"所以还请您给我们介绍个好老师。您看那位名叫斋藤市藏的老先生怎么样？我弟弟很尊敬他，我也觉得还是那种古典派的老师比较好……"

"斋藤？"津田先生有些疑惑。

"不行吗？津田先生，您和斋藤市藏先生熟悉吗？"

"虽然算不上很熟，但不管怎么说，他从我们上大学的时候就已经是老师了，不知道现在的年轻人怎么看待他。介绍给你们没问题，但是拜师之后你们想怎么做呢？做住在斋藤家里的内弟子①吗？"

"怎么会？我觉得也就是偶尔去拜访一下，咨询一些类似当演员的心理准备等问题吧，但首先还是想问问哪里的剧团比较不错。"

"剧团？不是说想做电影演员吗？"

"电影演员是个统称，他并没有特别执着于一定要做个电影演员，只是想做日本第一的，不，世界第一的演员。"哥哥将我的想法一五一十地说了出来。换成是我，肯定没法说得这样到位。"所以想先去询问一下斋藤先生的意见，然后进个不错的剧团磨炼个五年十年

---

① 内弟子：除了与普通弟子一样跟随师父学习，吃住也都在师父家里。

的演技，他已经做好了心理准备，学成之后是去拍电影还是当歌舞伎演员，都不是问题。"

"你们想得挺周全的，所以这并不是你们在某个夜里的突发奇想，对吧？"

"我们是认真的。就算我自己失败，我也一定要让我弟弟成功。"

"不，你们两个都必须都成功，记住，要努力学习。"他大声说道，"你们现在似乎无需为生计发愁，可以耐心点儿，扎扎实实地朝着梦想努力，可不能把这样得来不易的好条件给浪费了，但你说他想做演员还真是吓了我一跳。这样吧，我先给斋藤写封介绍信，然后你们拿着介绍信去找他。他是个倔强的人，你们做好吃闭门羹的准备吧。"

"如果真吃了闭门羹，就只能请津田先生再为我们写一封介绍信了。"哥哥看似满不在乎，大刺刺地说道。

"芹川啊，你什么时候变得这样厚颜无耻了？你的这种厚脸皮，如果也能在你的作品里体现出一些就更好了。"

哥哥听了这番话，突然垂头丧气起来。

"我也准备以十年为期，从头再来。"

"是以一生为期，这是一生的功课啊。你现在还在写作吗？"

"写，但实在是不知从何下笔……"

"看来是没怎么写啊。"津田先生叹了口气，"你呀，不能过分在意日常生活中的自尊心。"

虽说刚刚一直在开玩笑，但是一谈到作品的话题，空气里就充满了严肃的气氛。这真是一对好师徒啊。

津田老师为我们写好了介绍信。告辞时，他特地到玄关目送我们离去："不管四十岁还是五十岁，人生的痛苦并无增减。"他不经意间的一句感慨，一下子击中了我。

一名作家，一旦达到津田先生的水平，就会有与众不同的地方。

我们走在本乡的街上，哥哥笑得有些寂寞："本乡总是这样阴郁。对我这种从帝大中途退学的人来说，这些大学里的建筑物是那样令人生畏，它们总让我不由自主地感到卑微，甚至觉得自己是个罪犯。我们要不要去上野看看？我已经受够了本乡这个地方了。"可能因为被津田先生教训了两句，哥哥变得更加灰心。

我们去了上野，吃了牛肉锅。哥哥还点了啤酒，我也跟着喝了一些。

"不过也挺好的。"哥哥似乎一点儿一点儿恢复了精神，"我今天尽了全力，好在津田先生最终还是给我们写了介绍信，所以我们今天可以说是大获全胜。你别看津田先生似乎很随和的样子，其实他性子很倔强，如果我们不能说服他，他是绝对不会帮我们的，这辈子都不会帮，所以我们丝毫都不能松懈。今天真是太顺利了，顺利得有些不可思议。是不是因为你的态度很真诚呢？津田先生虽然总是在说些玩笑话，其实他看人很准的，厉害到让人怀疑他后脑勺上是不是也长了眼睛。看来小进被津田先生认可了啊。"

我默不作声地笑了。

"但现在离万事大吉还有些为时过早。"哥哥有些醉了，声音提高了些，"我们接下来还有斋藤先生这道难关要过，他也是个很顽固的人。津田先生今天不是也对你的理想有些质疑吗？不过没关系，我们真诚地去拜访斋藤先生就好。介绍信你拿着呢吧？给我看看。"

"这可以看吗？"

"没事。介绍信这种信函，当事人看了也没关系，所以他才没有用胶水把信封上。你看，是不是这样？我们也要确认一下介绍信的内容才行。让我看看……这也太过分了，简单过头了，就写这么两行字，真的能起作用吗？"

我也读了读，信的内容真的很简单，大致是"我向您介绍我的朋友芹川进，他想从老师您那里获得一些指导"，具体内容一个字也没写。

"这能行吗？"哥哥好像没有什么信心，"不过，信里写的是'朋友芹川进'，朋友这个字眼儿可能会比较打动对方吧。"哥哥说得很牵强。

"我们吃饭吧。"我很是沮丧。

"吃饭吧。"哥哥也是一脸扫兴。

一顿饭，我和哥哥都吃得意兴阑珊，相对无言。

从店里出来时，太阳已经落山了。哥哥说铃冈先生的家就在旁边，想要去坐坐。而我因为想要在明天拜访斋藤先生，为了能够不被问得慌张失措，所以想早点儿回家读些表演方面的书。最终哥哥一个人去了下谷姐姐家里，我则在广小路和哥哥分手，回到麴町的家里。

现在是晚上十点，哥哥还没有回来，他可能正在下谷同铃冈先生喝酒。哥哥现在已经彻底变成了一个酒鬼，小说也不怎么写了。但无论如何我都相信哥哥，早晚有一天哥哥会写出令人感动的杰作的，因为哥哥有出类拔萃的才华。

我把斋藤先生的自传《演戏大道五十年》摊开在桌子上，可好半天过去了，却一页也没有读完。我只是空想着很多事，心里止不住地忐忑不安，是那种让人奇怪的不愉快的紧张。从今往后，我就要展开同现实生活的斗争了，以一个男人雄赳赳地出征战斗的姿态！想到这里，我的胸膛就起伏个不停。

　　明天同斋藤先生的见面会不会顺利？这次是我一个人去，没有别人可以帮我。我对那封简单的介绍信并没有抱过多的期待，到头来还是要我一个人去如实地讲出我的想法和梦想。真是好担心。神啊，请保佑我，请别让我吃闭门羹。

　　斋藤先生是怎样一位老爷爷呢？说不准是位和蔼可亲的老人家，眼睛会笑得眯成一条缝，说：欢迎你来呀。不对不对，不可能这样。我不能光朝着好的方面想，再怎么说对方也是日本首屈一指的剧作家，肯定是眼睛炯炯有神，腕力十足。但他应该不会打我吧？如果他打我，我保证不会一味忍受，一定会猛烈还击。这样一来，他就觉得这个小孩子还挺敢闯的，就冲他这个劲头儿，我就让他进到我门下来吧。

　　我在电影里看到过这样的场景，应该是宫本武藏的电影。唉，瞎想是不会成真的。总之明天的见面将会决定我未来一生的恩师是不是他，将是非常重要的一天。漫漫长夜我该如何打发呢？本来想看书，可我连一页、一句都看不进去。还是睡觉吧，这才是最应该做的。如果我顶着一张睡眠不足的脸去见人家，肯定会留下一个很差的第一印象。但是，我想睡却睡不着，外面又开始施工了。仔细想想，工人们好像每天晚上十点到次日凌晨六点都在工作，每天进行将近八个小时的繁重劳作。他们一边干活,一边嘿呦嘿呦地喊着号子。他们在做什么呢?是从下水道里拽出煤气管道之类的工作吗?他们喊号子的目的,据哥哥说,是为了消除工人工作时产生的困倦。想到这里,那号子声听起来愈发悲惨,工作如此辛苦,他们能赚到多少钱呢?

我想看看《圣经》。每当我处在这种无可抑制的烦躁情绪里时,只有《圣经》能平复我的心情。在其他的书都索然无味,一丝一毫都无法读进去的时候,唯有《圣经》的箴言能够激荡我的心,真的是太厉害了。

我拿出《圣经》,"啪"的一下子翻开,一句话就映入我的眼帘:

"复活在我,生命也在我。信我的人,虽然死了,也必复活;凡活着信我的人必永远不死。你信这话吗?"[1]

我不记得这句话。我的信仰过分浅薄,万事万物都抛诸脑后,今夜就入睡吧。我最近对祈祷有些懈怠。

愿你的旨意行在地上,如同行在天上[2]。

四月三十日　星期日

晴。早上十点,我在哥哥的目送中出了家门。我本来想和哥哥握个手,但又觉得太小题大做,就忍住没握。我在考一高的时候、考R大

---

[1] 引自《圣经·约翰福音》。
[2] 引自《圣经·马太福音》。

学的时候，都未像今天这样紧张过。甚至我考R大学时，是在考试当天早上才惊觉自己要去考试，慌慌张张地冲出了家门。

我清醒地意识到，我将迎来自己新的人生。坐在去拜访斋藤先生的电车上，眼睛忽然湿润了。

中午时分，我一路发着呆，神情恍惚地回到了家。不知怎的，感觉自己身心俱疲。

斋藤家的府邸位于东京芝区，周围环境很安静。那官邸像是平家①的深宅大院一般，无论我怎么按玄关的门铃，这里都静得没有一丝动静。我有些害怕，觉得说不准会猛地蹿出来一条猛犬，但等了很久也没有看到会有狗出来的迹象。正当我进退维谷的时候，庭院的栅栏门里传来了一个女声："哎呀！吓了我一跳！"话音刚落，只见一位系着红色腰带的少女从里面走了出来。她看上去不像是女主人，该不会是斋藤先生的千金吧？可她的气质不够高雅。

"老师在家吗？"

"谁知道呢。"她的回答让人不知所云，脸上笑嘻嘻的。虽然看起来有些轻浮，但感觉并不太差劲儿，或许她是老师某位亲戚家的女儿吧。

"我带了介绍信来。"

"这样啊。"这位姑娘老老实实地接过介绍信，"请稍等一下。"

我松了一口气，如释重负地笑了。但后来事情变得非常不顺利。过

---

① 平家：日本古代的名门望族之一。

了一会儿，那位姑娘又走到庭院里，问我："你来这里有什么事吗？"

这可难倒了我。我没法三言两语地说清楚，又没法照着介绍信上写的那样，说我是来接受老师指导的。我像个剑客一般踌躇不决了一阵子，突然怒上心头："老师到底在不在家？"

"在。"她还是一副笑嘻嘻的样子。

她果真在戏弄我，我太小看她了。

"老师看我的介绍信了吗？"

"没有。"她满不在乎地说道。

"为什么？"我已经气得想要问候她全家了。

"老师在工作呢。"她那种小孩子般的口气很是让人生厌。我甚至觉得她是不是舌头太短才会这样说话。我微微歪了下头："老师的工作还没有做完吗？"

真是个体面的闭门羹，我怎么会轻易上她的当。

"老师什么时候才会有空呢？"

"谁知道呢，可能过两天会有空吧，谁又说得准呢。"这个回答说了跟没说一样，完全不得要领。

"那我就先告辞了。"我挺起胸膛说道，"五月三日的此时，我会再来拜访的，到时还请多多关照。"我狠狠地瞪了少女一眼。

"哦。"她回了句不靠谱的话，还是那样笑着。我有一瞬间觉得这人是个神经病。

总之，我今天一无所获。我顶着一张呆滞的脸回到家里。不知道为何，疲惫得厉害，就连向哥哥汇报情况都让我觉得不胜其烦，不想开口。哥哥关心我，问了很多具体的细节。

"那个女人究竟是何方神圣，是我们要思考的问题。她大概多大年纪？漂亮吗？"

"我不知道，她就是个神经病！"

"怎么会呢。这么看来，她应该是那家的女主人，也可能是女佣兼秘书。如果毕业于女子学校的话，应该是十九，不，可能已经过了二十岁。"

"下次还是哥哥去吧。"

"如果必要的话我当然会去，不过好像没那个必要。虽然你垂头丧气的，但我告诉你，你今天并不算失败，对你来说今天是个巨大的成功。光是你清清楚楚地说了'五月三日我会再来拜访'，这一点就是巨大的成功。那个女人应该对你有好感。"

我一下子笑喷了。

"我是说真的。"哥哥一脸严肃，"你这次和普通的闭门羹性质不一样，你是有机会的。虽说他在工作闭门谢客，但他对你不一样，他是想抽空给你传个话的，只不过是被夫人或是谁给耽误了，才没能实现。"哥哥的解释太牵强了，"一定是这样的。所以你下次去再看到那个女人不要再瞪人家了，要亲切一点儿，礼仪一定要到位。"

"完蛋了！我今天连帽子都忘摘了！"

"你看看你，连帽子也不摘。就算你摘了帽子，光是你瞪人家这一点，换作别人早就把你交给警察了。正是因为那个女人理解你的心情，才没有搞事情，揪你的小辫子。下个月三号，你可要好好表现啊。"

尽管哥哥这样说，但我还是感到很绝望。虽然我早就想过，我无法逃脱同普通上班族一样的吃苦命运，也不会因为这点儿小事就萎靡不振，但我今天在从斋藤先生家里回来的路上，深刻地感觉到了自身的无名与渺小，心里很不是滋味。我们之间相差太多，好比云泥之别，我之前竟然都没意识到这一点。我甚至觉得我朝他打招呼，他也一定会回应我，朝我打招呼。我到底是有多么天真啊！今天经历的这一切，让我觉得那个人和我们或许不是同一个人种。有句话说"是为力所不能及"，这个世界上就是有那种无论我们怎样努力都无法实现的事情啊，想着想着我就觉得受够了。"成为日本第一"这个理想也消失不见了。我开始觉得那些为了让自己变得更厉害的努力也都愚蠢得不行。我无论如何都无法像斋藤先生那样，造出雄伟的城堡的。

晚上我被哥哥拽着去看了《红磨坊》，很无聊，一点儿都不好笑。

五月三日　星期三

晴。今天我跟学校请了假，有气无力地走向坐落在芝区的斋藤先生的宅邸。有气无力这种形容，绝对没有夸大其词。我的心情真的非常郁闷。

但我觉得今天自己的状态没那么糟糕，虽然也不是很好，但这可能已经算是不错了吧。

斋藤先生家门前停着一辆轿车。我走过去，按下玄关处的门铃，里面突然传来嘈杂的声音。"哗啦"一声门被拉开，从里面走出一位身材瘦小的老爷爷，气喘吁吁地从我的面前走过，是斋藤先生。就在我想要快步追上他的时候，只见先前见过的那个女人手里拿着手提包和拐杖，急匆匆地从玄关里跑了出来："哎呀！我们现在正要出门。正好，你去跟他讲你的事吧。"

我摘下帽子朝那个女人略微点头致意，然后急忙追赶斋藤先生。"老师！"我朝他喊道。斋藤先生头也不回，气喘吁吁地走向停在门前等他的轿车，毫不迟疑地上了车。我跑到轿车车窗旁，"津田先生写的介绍信……"我的话刚开了个头，他便眼神锐利地瞥了我一眼，用低沉的声音说道："上车。"我打开了原以为已经关上的车门，猛地一下子坐在了他旁边的座位上。突然想起按照礼数我是不是应该坐在司机旁边，但又觉得特地换到前边太过刻意，思前想后只好坐在那里一动不动。

"请多关照。"那个女人站在车窗外把手提包和拐杖递给斋藤先生，一边笑着说，"这位先生之前离开时，很是生气来着。"一边打量斋藤先生和我的脸色。

斋藤先生看起来很不高兴地皱紧了眉头，什么也没说。我果然还是觉得他很可怕，又开始思考刚才要是坐在司机旁边就好了。

"一路慢走。"那女人说道。

轿车发动了。

"您这是要去哪里？"我向斋藤先生问道。他没有回答，大概过了五分钟，才用深沉的语调回答道："神田。"他的声音特别沙哑，脸庞具有老演员的端庄秀丽。之后又是长时间的沉默，让人不知所措。随着时间的流逝，空气中的压迫感越来越强，我如坐针毡。

"也没什么，"他的声音低沉到几乎听不见，"说说让你生着气回去的事吧。"

"是。"我不懂他的话是什么意思，不由自主地低下了头。所以说，刚才要是坐到司机旁边就好了。

"你和津田君有什么交情？"

"我的哥哥请津田先生帮忙指导他的小说。"我回答道。也不知道斋藤先生听到了还是没听到，一点儿反应都没有地沉默不语。又过了一会儿，他开口说道："津田君写的信，还是那样不得要领……"

果然如我所料，光看那封信，别人根本就不知道说的是什么事情。

"我想要当演员。"我只好说了重点。

"演员。"他一点儿也不惊讶。接下来，他又开始沉默不语，我开始有些着急了。

"我想进个好剧团，接受严格的训练，想拜托您告诉我哪个剧团比较好。"

"剧团……"他低声自言自语道，然后又闭口不言了。我也说不下去了，只好沉默。"好剧团……"他又自言自语了一句后，突然冷不防地爆发出一声怒吼，"哪儿有好剧团！"

我确实被吓到了，心想，要不要道声再见，让他把我从车上放下来。我实在是没有办法和他好好交流。是该说他太过傲慢了吗？真是难倒我了。

"没有好剧团吗？"

"没有！"他冷静地说。

"听说先生的《武家物语》马上就要在鸥座剧场开演了。"我换了个话题。

他一声不吭,一个一个地修理着手提包上有些松动的按扣。

"那里,"在我没有料到的时候,他忽然开口,"在招收研修生。"

"这样啊。去那里研修比较好吗?"我兴致勃勃地问道,觉得他终于要开始跟我说正事了。

他没有回答。

"果然,还是不行吗?"

没有回答,他依旧自顾自地修整着他的手提包。

"是不是谁都可以报名呢?"我假装自言自语地说道。

他半点儿反应都没有。

"需要考试吧?"我换了种方式,用咄咄逼人的口气问他。

他好像终于修完了他的手提包,望着窗外说道:"不知道。"

一问三不答,我不想再问下去了。轿车停在了骏河台的M大学前。M大学的正门门口竖着一个巨大的看板,上面写着"斋藤市藏先生特别讲演"几个大字。

我刚想下车,只听斋藤先生问道:"你……到哪里下车?"我以为他会让他的车子送我到目的地,于是有些不好意思地回答道:"麹町。"

"麹町。"斋藤先生思考了一下,说,"太远了。"似乎如果离得近,他就会让司机送我。呵呵,真是位老奸巨猾的爷爷。我明白,他肯定不会送我回家了,便直接下了车。

"真是打扰您了。"我大声说道,恭敬地行了礼。但他没有看我,气喘吁吁地走进了大门,派头大得不得了。

我坐上市营公交车,直接赶回家。哥哥早就在家等着我回来,刨根问底地询问我今天的情况。

"真是名不虚传的大人物啊。"哥哥也苦笑不已。

"他肯定是哪根筋搭错了。"

听我这样说,哥哥便反驳道:"不不不,不是你想的那样,他十分清醒。以文豪著称于世的人,怎么能没点儿特别的地方。"果然,哥哥的想法还是很天真。"你很耐心,这让我很意外,你还有这样厚脸皮的一面。虽然说无知者无畏,但还真是歪打正着,你今天大获成功,说不准他对你已经有了一定的好感呢。"

"瞎说,他可是什么都没告诉我,一路上害得我不寒而栗。"

"不,他是真的对你有些好感。他让你和他共乘汽车这件事可不是一件小事。我觉得那个女人肯定为你说了不少好话。津田先生的介绍信可能在我们不知情的时候发挥了很大作用呢。我们好不容易求人家帮忙写的介绍信,可不能说人家的坏话。现在想来,那是封很有价值的介绍信。总之,今天首战告捷,我现在就打电话给你问问鸥座剧团招收研修生的事。"哥哥兴奋得不得了。

"可他没说鸥座剧团好啊。"

"但他也没说不好,不是吗?"

"他说他不知道。"

"这就够了。我能够体会斋藤先生的心情,果然斋藤先生是个吃过苦的人啊。他的意思就是,你先找个地方慢慢开始努力就对了。"

"真的吗?"

我们为了找到鸥座剧团事务所的电话,真是把骨头都累断了。最后还是哥哥打电话给他在银座影院售票处工作的朋友，拜托人家帮忙咨询，才终于拿到了电话号码。

"来，从今往后无论什么事，你都要试着一个人去做。"哥哥说完把电话听筒递给了我，我不由得紧张起来。

我拨通了鸥座剧团事务所的电话，接电话的是个女人，或许是位有名的女演员吧。她声音动听，口齿清脆，毫不谄媚，很有耐心地回答了我的问题。自己手写的简历，父兄的承诺书，这两种资料都是形式不限，除此之外还需要提交一枚手札型①的上半身近照，只要将这些材料在五月八号前交到事务所就可以了。

"五月八号吗？也就是说马上截止了是吗？"我心跳得很快，喉咙干渴。

"接下来呢？需要考试吗？"

"考试将于九号在新富町的研究所举行。"

"哦哦。"我发出了奇怪的声音，"考试几点开始呢？"

"请麻烦于下午一点准时到达研究所。"

"考试科目呢？是什么形式的考试呢？"

"恕我无法告知。"

"哎哎。"我又发出了奇怪的声音，"那就这样吧，谢谢。"说完，我挂掉了电话。

五月九号！那不是只剩不到一周的时间了吗？我大吃一惊，我岂不是什么都准备不了？

---

① 手札型：高10.80厘米、宽8.25厘米的一种相片尺寸。

"考试应该很简单吧。"虽然哥哥说得很轻松,但我没法这么想。我可是必须要做日本最好的演员的男人啊。这是我迈入演艺界的第一步,万一答错了考题,不就成了我一生都抹不去的污点嘛。我必须考第一,而且得遥遥领先第二名才行。这与平时学校的考试不同。学校的考试并不一定与我未来的生活直接相关,但这次考试却将与我未来的人生息息相关。如果失败,我将无处可去。学校里的考试就算考砸了,我也可以给自己找台阶下,维护自尊心,云淡风轻地说"无所谓,我还有别的更好的路可以走"。但这次考试,我却无法说出那句"无所谓"。我已经无路可退,无处可逃了。这是我能打出的最后一张牌,我实在无法轻松面对,必须严阵以待。尽管我没有自信,觉得自己已经是斋藤先生的弟子了,可能对方也并不这样认为,但我觉得自己要高标准严要求,格外自爱,毕竟我可是和他一起坐过轿车的人。我肯定不会答得太差,这件事也关乎斋藤老师的颜面。可恶!我早晚要让斋藤先生知道我的厉害。如果斋藤老师说《武家物语》的重兵卫这个角色非芹川不可,我肯定会高兴极了。不行,现在不是空做白日梦的时候,我必须得先以超出别人一大截的成绩通过考试才行。

今天晚上,我把迄今为止买到的所有参考书,都摞在了桌子上。

普多夫金的《论电影演员》、国库朗的《演员艺术论》、穆欣娜的《被解放的戏剧》、岸田国土的《近代剧论》、斋藤市藏的《演戏大道五十年》、巴哈蒂的《契诃夫的戏剧理论》、小山内薰的《演技入门》、小宫丰隆的《戏剧论文集》,还有《筑地小剧场史》《演出论》《电影演员术》《演员笔记》,还有哥哥借给我的《花传书》

《演员论语》《申乐谈义》。我打算在未来的几天里，先把这二十来本书读上一遍，然后再多背一些英语、法语和西班牙语的单词。

我必须得好好准备考试，我打算今天晚上先熟读国库朗的《演员艺术论》和斋藤市藏的《演戏大道五十年》。

明天还要去照相馆。

五月八日　星期一

雨。今天和学校请了假。我已经不知道自己在做什么了，这么宝贵的短短一周，我到底是怎么过的？上课时坐立不安，明明什么都没做，却不由自主地亢奋，回到家后分外喜欢整理房间，结果计划要看的参考书一本也没看。我在房间里坐立不安，心情一刻比一刻狼狈，现在记日记的手都止不住地在颤抖。也就是说，我现在又紧张又害怕，头脑空空，惴惴不安，总是往厕所跑。下决心要学习，像个武士一样从厕所回到屋里，却又开始整理起了房间。能不能原谅自己呢？不可以。我就是无论怎样都无法冷静下来。想说的话、想写的字有那么多，但我却一直情绪亢奋，莫名兴奋，坐立不安，所以只好不停地整理房间，把这边的东西搬到那边，再把那边的东西搬到这边，仿佛永远在重复着同一件事，一个人忙得不可开交。说来羞愧，这次《圣经》也不起作用了。从早上开始，我已经三次尝试翻开《圣经》阅读，以期平复心情，却一个字都读不进去，实在是羞愧。不行了不行了，还是睡觉吧，现在是下午六点。我甚至想去拜佛，我连耶稣和释迦牟尼都分不清了。

刚睡了一会儿，我突然猛地从床上跳起来。太阳西落，我的心情也平静了一些。我看了看今天从照相馆寄来的照片，他送了三张同样的照片过来，我选了三张里面部颜色较黑、有阴影的一张，连同简历一起，寄了到研究所的挂号信。为什么我的脸如同薤白那样单纯？我努力在眉间挤出些褶皱，想要摆一个深奥神秘的表情，可只要稍一松懈，我好不容易挤出来的褶皱一瞬间就消失得无影无踪。我努力把嘴角向下拉扯，想让鼻翼两侧出现比较深的皱褶，但我试了很多次也没能成功。可能是我的嘴巴太小的关系，没法很好地弯曲，只是尖尖地凸出来。但无论我怎样噘嘴，都没法变成我想要的那种棱角分明的脸，只能让自己显得更滑稽了。

"你的这张脸，不适合当演员。"如果明天考试时，有人这样对我明确宣判，我该如何是好？从那个瞬间开始，我就会成为真正的"行尸走肉"吧。就算我还活着，也已经没有了活着的意义。唉，我到底有没有演戏的天赋呢？明天的考试，会决定这所有的一切。想到这里，我又忍不住要去收拾房间。

哥哥来到我的房间，问我："你去理发店了吗？"我还没去。

我在雨中慌慌张张地冲去了理发店。但我实际上并没有那么慌张。理发店里的收音机放着德沃夏克的《新世界》。虽然这是我很喜欢的一首歌，但我很难沉浸到歌曲中去。如果有那种胡乱敲打高台鼓的音乐，可能正符合我现在的心情，但这种音乐怕是找遍全世界都找不到。

从理发店回来以后，我练习了一会儿哥哥推荐给我的台词，是戏剧《樱桃园》里乐百轩的一段台词。

哥哥给我提了很多意见，要我用自己原本的声音自然地念台词；要腹部发力，吐字清晰；要尽可能不晃动身体；不要每次都收下巴；要让嘴巴的肌肉更加放松。这让我很为难，因为我刚刚努力把嘴角向下拉扯，导致肌肉酸痛。

"你不太能发准sa shi su se so的音。"不太好办呀。我自己也隐约感觉到了。是因为我的舌头太长了吗？

"乱七八糟瞎说了这么多真是抱歉。"哥哥笑了笑，"如果你和我这种人比肯定一点儿问题也没有，你讲得很好。但是你明天是要在专业的演员面前表演的，所以今天晚上我评论得很严格，好让你有个心理准备。你做得已经很好了。"

我恐怕是不行。我脑子里思绪万千，总感觉写进日记里的文章与往日不太一样。的确，我的心情，不，与其说是心情不同，不如说我已经癫狂了。虽然应该没有疯，但是今天晚上的我的确有些奇怪。文章也写得语无伦次，云里雾里的。我现在心乱如麻。

我该如何是好？明天，不，现在已经过了十二点，已经是今天了。今天下午一点我就要去考试了。我虽然还想做点儿什么，但我心烦意乱，手足无措。等我将钢笔灌上些墨水放在一旁之后，就睡吧。但一想到我可是一旦明天考砸就必须赴死的人，手就止不住地颤抖。

五月九日　星期二

晴。今天也和学校请了假，毕竟今天是超级重要的日子，这也是没有办法的事情。我昨晚一直在做梦，我梦到自己穿衣服时穿错了顺序，把汗衫穿在了和服外面，那样子看上去十分滑稽可笑。这梦不吉利，让我有种不好的预感。

但今天的天气很好，是最近这些日子以来少有的好天气。我九点起了床，悠闲地泡了个澡，十一点半从家里出发。今天哥哥没有站在门口目送我出发，他似乎觉得我这次肯定没问题。明明上次去拜访斋藤先生时，哥哥比我还要紧张，一直在为我加油打气，但今天哥哥仿佛忽然变了一个人，十分放心的样子。是不是他觉得比起考试，斋藤先生那一关更难过呢？哥哥总是爱把入学考试之类的考试看得很容易，可能是因为他不知道考不上学的滋味吧。但如果我在哥哥觉得稳操胜券的时候却惨遭滑铁卢的话，那种痛苦和无所适从之感，会让我更加难受。我觉得哥哥还是可以稍微为我担心一下的，我还是有考不上的可能的。

今天出发得太早，我很顺利地找到了位于新富町的研究所，它位于一座公寓的三层。我到那儿的时候，刚过正午。我想先看看考场是个什么样子，于是敲了敲门，但没人应答，里面好像没人。我只好放弃，走出了公寓。

正值春光明媚，我的额头上冒出了一层细细的汗。因为想喝些冰凉的饮料，我走进昭和路的小食堂，点了杯苏打水，顺便吃了一份咖喱饭。虽然我不太饿，但心里还是惴惴不安，总感觉不吃些东西心就安不下来。肚子一吃饱，脑子就开始晕乎乎的，我焦急的心情平静了几分。走出小食堂，我晃晃悠悠地走到歌舞伎座前，看了看广告画，然后又走回新富町的研究所。

我到的时候是下午一点整。我爬了三层楼梯，来到考场，发现已经来了二十个人左右。但不知为何，他们的脸上都没什么生气。其中有五个学生、三个女人。女人真是过分，永远都只会选贝姨这一个角色。剩下的都是些被生活折磨得表情疲惫、身穿西装的三十岁左右的男人。还有个看上去和艺术没有一点儿关系，像是个餐厅领班的男人，真是很不可思议。大家都老老实实地低着头，靠着墙时而站立时而蹲下，偶尔小声地说些话，让人觉得气氛压抑。我甚至觉得是不是只有失败的人才会聚集到这里来，不禁有些同病相怜。一想到这些人就是我今天的竞争对手，不由得失望起来，有种还没开始战斗就丧失了斗志的感觉。如果我是考官的话，一瞥到这幅景象，我会让他们统统都落榜。我回想起直到今天早上自己的那份兴奋和紧张的心情，心里很不是滋味，感觉自己被耍了。

终于，从研究所里走出来一位中年妇人，说："请来拿号码牌。"我好像在哪里听过这个声音。我想起来了，这是我一周前打电话询问时，那个告诉我"一点整"的清脆的女声。因为那声音太过好听，我甚至觉得对面会不会是位女演员。真是不能凭声音来判断女人，她穿着一件又宽松又大的茶色毛衣，不要说是女演员了，算了，不说了。毕竟人家也没有自大地说自己是美女，我这样去评价别人的长相，很有负罪感。总之，这是一位年过四十的大妈。

"被我叫到名字的人请回答。"

我排在3号。有很多人并没有来参加考试。她叫了大概四十个人的名字，到场的人大约只有一半。

"那么，1号考生，请进。"

考试终于开始了。1号考生是个女人，她被大妈带着垂头丧气地走了进去，一副未战先败的样子。研究所里面好像有两个房间，前面一间是事务所，后面一间是练习房，考试应该就在练习房里举行。

我听见考场传来声音，是朗读戏剧剧本的声音。完蛋了！她读的是《樱桃园》！怎么会这么凑巧！我一直都很擅长朗读《樱桃园》，昨天晚上还练习了一会儿呢。我本来信心百倍，鼓励自己："没事，无论是谁我都应战！"可那个女人的朗读也太差劲儿了吧，没有一丝感情在里面，磕磕巴巴的，反复停下来重新开始。这肯定会落榜的，一点儿希望都没有。"呵呵……"我觉得很可笑，一个人窃笑了几声，但其他人面无表情，像是睡着了一样死气沉沉。

"2号考生，请进。"

1号考生已经考完了吗？太快了吧，难道没有笔试吗？

下一个就到我了，我紧张得腿微微颤抖。不知为何，觉得自己像是在医院里，等着护士来喊我去接受大手术一样。我有点儿想去厕所，抓紧时间跑了一趟厕所。刚从厕所回来就听到那个女人说："3号考生，请进。"我不假思索地高高举起了右手。

考场里非常窄小，气氛严肃。在这种地方能够孕育出鸥座剧团那种华丽的表演方案，实在让我颇为感慨。

前两位考生几乎是同一时间结束考试，一起走出了房间。我站在事务所大妈的桌子前，接受一些简单的提问。大妈坐在椅子靠前的部分，对比了桌上的照片和我的脸，问道："你的年龄？"她这是在羞辱我吗？我反问道："我在简历上没写吗？"她突然就变得很狼狈："写了，但是……"说着，她拿起桌子上我的简历凑到眼前看了起来，原来，她是个近视眼。

"我十七岁。"听到我的回答,她松了一口气,抬起头说:"你父兄的承诺书也都有吧?"

真是令人不愉快的问题。

"当然。"我有些生气地回答。她又不是考官,光在这里问些没用的问题。她是不是趁这个机会,偷偷地模仿考官,想在这里狐假虎威呢?

"那么请进吧。"

我被带到隔壁的房间。明明听见里面吵吵嚷嚷的,结果我一进去,他们一下子就不说话了,五个男人齐刷刷地抬头看向我。

这五个男人面向我这边,坐在一排三张桌子后面。他们都是我在照片上见过的人。坐在中间的那个胖男人,一定是最近非常热门的剧作家兼导演横泽太郎,剩下的四个人应该是演员。

"快到这边来。"见我站在门口犹豫不前,横泽大声地用俗不可耐的语调说道,"这位会不会多少优秀一点儿呢?"

其他考官都轻笑了一声,屋子里充满了低俗猥琐的气氛。

"你是哪个学校的?"

用不着这么对我摆谱吧?

"R大学。"

"年龄呢,几岁了?"

真是让人讨厌的提问。

"十七岁了。"

"你获得父亲的准许了吗?"

我仿佛被他们当成罪犯在拷问。我有些生气了,说:"我父亲不在了。"

"是过世了吗？"这位应该是演员上杉新介，看起来他想从中周旋一下，在旁边语气温柔地问我。

"我的承诺书上应该有写。"我一脸不高兴地回答道。这就是考试吗？我真是受不了了。

"你很有性格嘛。"横泽一脸笑嘻嘻地说道，"有点儿意思，是吧？"

"你是考表演部，还是考文艺部呢？"上杉边用铅笔轻敲着自己的下颚边问道。

"您的话是什么意思？"我没听太懂。

"你是想当演员，还是想当剧作家？"横泽又发出那种愚蠢的声音，"选哪个！"

"我想成为演员。"我毫不犹豫地回答道。

"如果是这样的话，我要问问你了。"不知道他说的是真心话还是玩笑话，我一时不明就里。

横泽怎么会是这副德性？外貌欠佳，衣着邋遢，他穿和服只穿外衣，简直有失体统。我一想到这就是日本少有的几个有文化的剧团之一的鸥座剧团的领袖，我就大失所望。他肯定只会喝酒，不思进取。他把下嘴唇凸出来，想了一阵，不慌不忙地问我："演员的使命是什么？"真是个愚蠢的问题，我要被他蠢哭了，差点儿没笑出声来。提这种问题简直是在胡闹，完完全全地暴露了提问者头脑空空、不学无术的事实，完全不值得回答。

"这就和问'人是背负着什么使命降生在这个世界上的'是一样

的，那种煞有介事的、装模作样的答案想说多少就可以说出多少来。而我想要回答的是，我不知道那个使命是什么。"

"你这话有点儿奇怪。"横泽是个迟钝的人，似乎没有察觉我的情绪，他语气轻松地说完，从烟盒里取出一支烟叼在嘴上，"有火柴吗？"他向坐在旁边的上杉借了火柴，点上烟，继续说道："演员的使命啊，对外是对民众的教化，对内是对集团生活的模仿性的实践。难道不是吗？"

我惊呆了，这样的考试，落榜反而才比较光荣吧。

"那种事情不只是演员，但凡是属于教化团体的人，无论是谁都应该将其铭记于心。所以我刚刚才说，这种漂亮的、抽象的话，真的是想说多少就可以说多少，所有人其实都在说着这种话。"

"是吗？"横泽若无其事地应道。他反应过于迟钝，我甚至有些喜欢他了。"你的那种想法也挺有趣的。"真是莫名其妙。

"我们听听他朗读吧。"上杉摆出一副斯文的样子说道。从他的态度中，我感受到了一种像猫一样的隐匿的敌意，他应该比横泽更难搞定。

"请他朗读哪篇作品呢？"上杉用非常和善的口气向横泽询问道，"毕竟他好像水平很高的样子。"他说话的方式好讨厌！真是卑鄙！他就是这个世界上最没救的那种男人。这就是那个出演《舅舅万尼亚》而被赞誉为日本第一演员的上杉新介的真面目吗？水平太差了。

"《浮士德》！"横泽大喊道。我很失望，如果是《樱桃园》的话我很有自信，但《浮士德》我很不擅长，首先我就没有通读过《浮士德》。我考不上了，肯定考不上了！

"请你读一下这个部分。"上杉把文稿递给我,用铅笔给我指出了要读的部分。"你先默读一遍,有信心了再开始朗读。"我觉得他这样说,是在故意刁难我。

我在心里默读了起来,好像是《沃普尔吉斯之夜》那场戏,梅菲斯托费勒斯的台词。

> 老爷爷你得抓住岩石的肋骨,
> 不然你就会被吹落到谷底。
> 雾霭正在加深着黑夜的颜色,
> 你听那树林中传来的阵阵轰鸣,
> 把那鸱鸮吓得飞腾;
> 你听那永恒绿色宫殿里传来的栋梁破碎之声,
> 树枝都被嘎嘎地折断,
> 树干都被猛烈地震响,
> 树根都发出吱吱的尖叫,
> 从上至下混乱交织在一起,
> 所有事物都倒了下去。
> 在那碎片堆积而成的山上,
> 阵阵狂风呼呼吹过。
> 那些来自高处、远处和近处的声音,
> 你可曾听到吗?
> 那正是撼动此山的,
> 可怕的魔法歌声。

"我读不了这个。"我快速地默读了一遍,但是这段梅菲斯托的低声细语,实在是让我有些不悦。这里有太多"吱吱""呼呼"一类让人不悦的象音词,这完全就是恶魔的歌声,给人不健康的、令人厌恶的感觉,我实在是没有朗读它的心情,就算是考不上也无所谓。"我会读其他的部分。"

我装模作样地哗啦啦地翻了翻文稿,找到一段看上去还不错的内容,大声地朗读了起来。是第二部的鲜花绽放的田野的早上,刚刚睡醒的梅菲斯托的台词。

> 向高处望去,那巨人般的山巅,
> 已向我们宣告这庄严的时刻。
> 永恒的阳光从山巅洒下,
> 来到它身后的我们这里。
> 如今阿尔卑斯山上绿意盎然的牧场里,
> 被赠予了明媚的新光。
> 阳光分明地层层下降,
> 太阳升起了,奈何它太过耀眼。
> 我背转过身,唯记双目火辣灼痛。
>
> 那憧憬的理想,
> 在相信它、为它努力,
> 终于到达了想要到达的地方,

发现成就之门早已敞开。
可是从那永恒的深渊里，
飞腾出烈火，又让我们惊慌止步。
想把自己的生命之火点燃，
而四周已然是火海一片。
这是怎样的火啊，
那翻涌不停的火焰，
是爱？是恨？欢喜与恼怒交织，
像儿时穿的薄衣般将我们包围，
我们只得低下头去。

太阳你待在我的后面，
那从悬岩裂缝中翻滚下来的瀑布，
我观赏着觉得愈发有趣。
它层层跌落，化成千万条，
将水珠洒向高空，
由这水的激流而来的七色彩虹，
以非常之姿，漂亮地横跨天空。
它忽而清晰，忽而溃散，
把这清新的凉意播撒给大地。
这彩虹正是人类努力的化身，
深思熟虑，方能看得更清，
人生就体现在这彩色的化身之上。

"读得好！"横泽非常直接干脆地夸奖了我，"满分！我们会在两三天内通知你考试结果。"

我不知怎么有点儿扫兴，问道："没有笔试吗？"

"别太自大了！"坐在最末尾的身材瘦小的演员——好像是叫伊势良一，突然冷不防地出了声，"你是来蔑视我们的吗？"

"不敢。"我吓了一大跳，"毕竟，笔试也……"我有些语无伦次。

"笔试嘛，"脸色有些发青的上杉回答道，"因为时间的问题，所以这次没有笔试。光听朗读，我们也能知道考生的大概水平。这话我先跟你说在前面，从现在开始，你不可以再凭自己的喜好来选择说什么样的台词。作为一名演员，最重要的不是才华，而是人品。就算横泽先生给你打满分，我也要给你打零分。"

"那这样算下来，"横泽好像不觉得有什么，还是笑嘻嘻的样子："平均下来就是五十分了。总之，你今天先回去。喂，下一个，喊4号进来！"

虽然我轻轻鞠了一躬退出了考场，但心里还是很得意的。虽然上杉是想责难我一番，可正是他的这一举动证明了他对我才华的认可。他说"最重要的不是才华，而是人品"，这不恰恰说明我很有才华吗？我在改善自己人品方面一直在努力和自我反省，就算被表扬，也会觉得怪不好意思的，并不会格外高兴。不光这样，就算在这方面被人误会、被抨击，我也只会很轻松地想：你们等着瞧吧，你们以后会明白的。但是，才华才是我真正的天赐之物，是无论后天多么努力也无法与之相提并论的。而刚刚那位日本第一的新剧演员正是在不经意间证明了我有才华。啊啊啊，真是想不开心都难。他向我表示了我是有才华的。就算没有人品，我也是有才华的。上杉怎么能判断出我有没有人品？那不过是个虚假的评判罢了，他有什么资格来判断我的人品？但他对于我才华的判断，难道不比横泽还要准确上几分吗？毕竟术业有专攻，要判断演员的才华，还得演员来才行。我真是高兴，我是有做演员的天分的。真是想不笑都难。就算是考不上也无所谓，我像是立了大功一样，意气风发地回了家。

"没戏，没戏。"我跟哥哥报告今天的考试，"我肯定是考不上了。"

"说什么呢，我看你满脸都写着'高兴'两个字。怎么可能考不上。"

"不，肯定考不上。我的戏剧朗读得了零分。"

"零分？"哥哥也认真了起来，"真的吗？"

"他说我人品不行。但是，才华嘛……"

"就那么好笑？我看你一直笑眯眯的。"哥哥有点儿不太开心，"你拿了个零分，有什么好高兴的。"

"真的有值得开怀大笑的地方。"我将今天考试的具体情形详细地讲给哥哥听。

"你肯定合格了。"哥哥听完我的话，冷静地做出了判断，"你肯定不会落榜，这两三天内就会有录取通知书送到家里来。但这还真是个让人不愉快的剧团啊。"

"太差劲儿了，我觉得考不上反而比较光荣，我就算是合格了也不要进那个剧团。我绝对不要和那个什么上杉一起学习演戏。"

"是啊。不如我们再去问问斋藤先生吧，跟他说你不喜欢那种剧团。要是他说哪里的剧团都一个样，让你忍一忍进去学习的话，那我们也没有办法，但他也可能会给我们介绍其他好的剧团。就算是只跟他汇报一声你去参加那个剧团的考试了也是好的，你觉得怎么样？"

"嗯。"我的心情有些沉重。我总觉得斋藤先生很可怕，觉得他肯定要痛斥我一顿了。但是我不能不去，我必须得去，去得到他的指点。拿出勇气来，我可是个有天分的演员，不是吗？我现在已经同昨天之前的自己不一样了。满怀信心地前进吧！一天的难处一天当就足矣[1]。一波三折，总的来说，这就是今天的想法。

吃过晚饭后，我猫在自己的房间里，写着今天的漫长日记。就在今天，我忽地一下子长大了。发展！这个单词在我胸腔里极速壮大。我真切地感觉到，生而为人，是多么神圣。

五月十日　星期三

晴。今天早上我一睁眼，就觉得世间万物都仿佛变了副模样。我清晰地记得到昨天为止自己那股兴奋劲儿，但我今天早上只有那种严肃的心情，不，该说是扫兴的心情更加贴切吧。到昨天为止的我，的确是发了狂，被热血冲昏了头脑。我为什么会那样喜不自禁，一味地做些仿佛奇妙冒险般的事呢？我也不明白，只是觉得不可思议。早上

---

[1] 引自《圣经·马太福音》。

的我就好像从一场漫长的悲伤的梦中醒来，困惑得不停眨眼。我又变回了一个普普通通的人。无论对我进行怎样巧妙的加减乘除，我的这个1.0的存在，就像是河流里的木桩一样纹丝不动。我真心觉得很扫兴。今早的我就如同笔直站立的木桩一样严肃。我的心里没有一丝杂念，这是怎么一回事？我去了学校，同学们看起来都像是十岁左右的小孩子。而我一直在思考这一个个同学的父母的事。我没有像以前一样瞧不起这些同学，也没有憎恨他们的想法，只是隐隐地觉得他们有些可怜。但这可怜比我对成群的麻雀的同情还要浅薄，绝不是那种动摇内心的强烈情感。真是太扫兴了。我现在身处绝对的孤独之中。迄今为止的那种孤独，也就是所谓的相对孤独，是因为太过在乎对方的想法反而使得我不得不与他人保持距离的孤独。但今天不同，我已经完全失掉了对他人的兴趣，只觉得他们吵闹。我现在能够毫无痛苦地出家遁世。人生里竟还有这样奇妙的早晨，不可思议。

对，是幻灭。虽然我一直尽量不用这个词汇，但现在看来，我已经没有其他词汇可用了。幻灭，是真真切切的幻灭。我记得以前自己也曾激动地写下"我的美好想象幻灭了"，现在想想，那并不是幻灭，而是包含了憎恶、敌意、野心等的高涨热情。真正的幻灭，没有那么积极。它只是心不在焉，是漠然发呆的严肃。我对演戏的激情已经幻灭了。唉，我真不愿意说这样的话！但这就是我的真心话。

自杀！今天早上我冷静下来后，开始思考自杀的问题。真正的幻灭，要么就是让人彻底麻木，要么就是让人想要自杀，真是个可怕的魔鬼。

我的确是幻灭了，我无法否定这件事。已经对活着的最后一丝希望幻灭的男人，该如何是好呢？演戏对我来说是活着的唯一价值。

不要糊弄自己，让我深度地思考吧。不要把演戏看作是无聊的事，它跟无聊两个字沾不上一点儿边。如果我觉得它无聊的话，那其中肯定也包含愤怒之情，我肯定能轻蔑地丢弃它，毫不犹豫地选择其他道路前行。但我今早的心情，并不是这样的。我的内心非常空虚，感觉一切都无所谓了。演戏，真的就是那么光鲜亮丽的事情吗？演员，啊啊，看上去真是不错，但我已经不为所动了，内心明显有了空隙，冷风从中呼啸而过。我现在的心情与第一次去到斋藤先生家拜访不出意外地吃了闭门羹的时候有些相似。与其说是觉得这个世界荒谬至极，不如说我觉得在这个世界上努力奋斗的自己荒谬至极。我想一个人在这黑暗之中哈哈大笑。这世间才没有什么理想，所有人都是庸庸碌碌地活着而已。我开始觉得，人们不过是为了吃口饭而活着罢了，真是没劲儿透了。

放学之后，我闲逛到足球部的活动室。我甚至思考过，要不要加入足球部呢？让自己不要胡思乱想，不寄希望于任何事物，只是踢踢球，作为一个平凡的学生，浑浑噩噩地过日子。活动室里一个人也没有，他们可能去合宿房了吧。我没有为了要见他们而特地去一趟合宿房的想法，就这样回了家。

到家之后发现有封来自鸥座剧团的挂号信，通知我考试通过了。通知的内容是这样写的："在本次考试中，有五位考生可以作为研究生进入本剧场，您就是其中一位，请于明天下午六点到研究所报到。"我一点儿都不觉得开心，平静得不可思议。当初收到R大学的录取通知书时都比收到这个更开心。现在的我已经没有去接受演员研修的心情了。昨天，演员上杉多多少少认同了我作为演员的天分，光这一点就让我觉得仿佛是立了大功一样高兴得不行。但今天早上我一睁眼，昨天的那些喜悦就都变成了灰色。我开始认真思考，觉得才能并不可靠，对一个人来说果然还是人格最重要。是什么导致了我的这种剧烈的心情变化呢？是因为完全没有谈过恋爱的虚无感吗？是昨天在鸥坐剧场考试时无意中选读的《浮士德》文稿中写到的那样吗？"发现成就之门早已敞开。可是从那永恒的深渊里，飞腾出烈火，又让我们惊慌止步。"我之前一直憧憬的高不可攀演员职业，一夜之间唾手可得，所以就厌烦了吗？

"小进，你已经考上了，怎么看上去并不太高兴啊？"哥哥也这样问。

"我要想想。"我认真地回答道。

今天晚上我和哥哥讨论了非常无聊的事：食物中最美味的是什么？我们摆出一副美食家的样子高谈阔论了一番，结果就没有比菠萝罐头汁更好吃的东西这一事实达成共识。虽然桃罐头汁也很美味，但果然还是菠萝罐头汁更胜一筹。我们兴高采烈地讨论，菠萝罐头最好的吃法并不是吃里面的果肉，而是吮吸里面的汁水。"如果是菠萝汁的话，就算是一大碗我也能喝下去。"听我这么一说，哥哥赞同地连连点头："如果把它加到刨冰里，就更美味了。"哥哥和我一样，净想些无聊的事。

大半夜地聊美食，肚子就跟着饿了起来。两位美食家悄悄跑到厨房里做起了饭团，真的好好吃啊。

虚无同食欲之间，肯定有某种联系。

哥哥现在正在我的隔壁房间里写小说，好像已经写了五十几页稿纸了。听说他准备写两百页稿纸。那是本以"在初雪纷飞的时候"开头的唯美小说，哥哥只给我读了十页。哥哥说等他写完了，他要拿这本小说去报名《文学公论》杂志的比赛。明明哥哥以前是那么瞧不起报名参加比赛这种事情，不知道现在怎么变了一个态度。"报名参加比赛什么的，也太不看重自己了吧？真是浪费了这部作品。"听我这样讲，哥哥便回答道："但是如果得奖，就能拿到两千日元；如果这本小说连奖金都拿不到，就证明了它不是什么好作品。"他的表情很市侩，哥哥最近变得很能喝酒，总感觉哥哥是不是已经堕落了，我不由得担心。

我们两个人，都失去了各自的理想。

今夜异常困倦。

五月十一日　星期四

多云。强风。今天是较为充实的一天。昨天的我像是个幽灵，但是今天的我有了几分积极生活的样子。在学校里听的关于《圣经》的课很有趣。我们每周都有一节寺内神父的特别课程，每次我都很期待上他的课。上上周周四的课也很有趣，讲的是有关《最后的晚餐》的研究，神父以画图的方式条理清晰地给我们讲解了参加晚餐的这十三个人，他们分别站在餐桌的什么位置。神父告诉我们这十三个人全部都是伸腿俯卧趴在餐桌上吃饭的，这让我大吃一惊。因为按照当时的风俗习惯，餐桌附近是设置有床铺的，人们都各自躺在自己的床上吃饭。也就是说达·芬奇的这幅《最后的晚餐》是有别于历史事实的。俄罗斯有位叫作盖伊的画家，他所绘制的《最后的晚餐》中所有的人物都是躺卧着的。虽然这与耶稣的精神毫无关系，但对我个人来说是非常有意思的话题。这样看来我对食物的兴趣真的不是一点儿半点儿。今天果然也在思考有关食物的事，但我的思考并不是一无所获，我还是得到了一些东西。今天寺内神父的上课内容是以《旧约》中的《申命记》为主。寺内神父从不站在讲台上给我们上课。他会找个没人坐的空座位坐下，以和学生一起以学习的姿态非常放松地给我们上课。这种形式给我的感觉很好，就好像在同我们商讨趣事一样。今天是以《申命记》为主的内容，虽然他给我们讲了摩西的良苦用心，但其实我对摩西关心民众的饮食生活这方面更感兴趣。

"第十四章 凡可憎的物皆不可食。可食牲畜就是牛、绵羊、山羊、鹿、羚羊、狍子、野山羊、麋鹿、黄羊、青羊等。凡分蹄成两瓣状又反刍的走兽，皆可食之。但那些反刍又或是分蹄之中不可食的，乃是骆驼、兔子、沙番，因为是反刍不分蹄会使你们不洁净。例如猪，因为是分蹄却不反刍，便会使你们不洁净。这些兽的肉你们不可食之，死的也不可触碰。

水中可食的乃是这些：凡有翅有鳞的都可以食之；凡无翅无鳞的都不可食，会使你们不洁净。

同时凡洁净的鸟，你们都可以食。但不可食雕、狗头雕、红头雕、鹯、小鹰、鸱鹰与其类，乌鸦与其类，鸵鸟、夜鹰、鱼鹰、鹰与其类，鸦鸟、猫头鹰、角鸱、鹈鹕、秃雕、鸬鹚、鹳、鹭鸶与其类，戴䲢与蝙蝠。凡有翅膀爬行的物，会使你们不洁净，都不可食之。凡洁净的鸟，你们都可以食。

凡自死的，你们都不可食之。"①

真的是教得非常详细了，这肯定让他花了不少心思吧。他可能连鸟兽、骆驼和鸵鸟之类都一一试吃了一遍。骆驼应该很难吃吧。是不是让摩西这样的人物都皱起眉头说"这个难以下咽"呢。所谓先知，并不能光靠嘴上说些漂亮话，一定得对民众的生活有所帮助才行。不，应该说他几乎全部都是实实在在地帮助了民众的生活才比较确切。然后，在帮助民众的过程中教化民众。他并没有从头到尾一直对人说教，毕竟无论你的说教内容是多么打动人心，都必须要有乐意倾听的民众才行。在我读《新约》的时候，里面的耶稣做的也都是给病人治病、让死者死而复生、把面包和鱼分给民众这些事。就连十二弟子，一旦碰到缺少食物的情况都会十分不安，悄悄地商讨解决办法。但心地善良的耶稣还会忍不住训斥弟子说道："你们这些信仰浅薄的人，为什么因为没有面包而议论纷纷呢？你们还没有醒悟吗？不记得那五个面包分给五千人，又收拾了多少篮子的碎渣吗？也不记得那七个面包分给四千人，又收拾了多少筐子的碎渣吗？我说的是事情并不

---

① 引自《圣经·申命记》。

仅限于面包，你们怎么还不明白呢？"[①]他止不住地叹气。耶稣到底是多么寂寞啊？但那也是没有办法的事情，民众就是那种短见的人，只会考虑自己的明天。

我一边听着寺内神父的课，一边浮想联翩，就在那一刹那我似乎被闪电击中，灵光乍现。原来如此，原来对人来说，本来是没有什么理想的。就算有，也只不过是局限于平常生活的梦想罢了。脱离了平常生活的梦想——那就是背负十字架前行的路啊，那是神的孩子要走的路。我也不过只是民众中的一员，只关心着食物。最近的我也变成了一个现实主义的人，成了一只匍匐在地上的鸟。我的那双天使翅膀不知何时已消失不见。不管我再怎么挣扎，都无济于事。这就是现实，无法逃避。"不识人间疾苦，只崇拜神明，会使人傲慢。"这应该是帕斯卡的名言。一直以来，我都不知道自己有多么悲惨，只知道神明所在的星星。我一直很想要那颗星星。这样一来，我迟早是要尝到幻灭的滋味的。人还真是可怜，只关心如何填饱肚子。哥哥之前说不能换成金钱的小说没有意思，那不过是哥哥作为一个人说的直率的话语，我仅凭那一句话就要批判哥哥已然堕落是不合适的。

作为一个人，无论嘴上说的话多么动听都无济于事。生活的尾巴已经耷拉下来了。"甘心忍受物质上的枷锁和束缚吧。我正在将你从精神上的束缚里解放出来。"是这个，就是这个。就算我们不得不背负着生活中沮丧的一面，我们的生活应该也是有迹可寻的，我们应该也是可以朝着理想大步前进的。那些虽然还在为明天的面包而担心的

[①] 引自《圣经·马太福音》。

弟子们，也因为跟随着耶稣的脚步不断前行，最终成了圣者。我也能从这一刻起重新出发，继续努力。

我之前甚至连人类的生活都想否定。前天我参加了鸥座剧团的考试，我看到那里坐成一排的艺术家们为了维护自己那仅有的地位的那种小心谨慎的努力，实在是很讨厌。尤其是上杉，明明是被称为日本第一的新晋演员，结果连我这样一个籍籍无名的学生都能引起他的危机感，紧张到脸色苍白，实在是太可悲了，让人看不下去。虽然我现在也不认为上杉的那种态度是对的，但是我仅凭这一点就否定他作为一个人所有的经历，的确是太过火了。我今天想要去鸥座剧团的研究所再见一次那些艺术家们，和他们好好谈谈。毕竟把我从二十个考生中选拔出来，仅这一点我就应该感谢他们。

但是放学后走出校门，被迎面而来的强风吹过之后，我一下子改变了想法。我果然还是不想去，不想去鸥座剧团，那里太业余了。在那里我不单单感受不到崇高理想的意味，就连平常生活的影子都非常稀薄。他们没有那种坚定的要靠演戏为生的信念。是该说他们把演戏当作一种虚荣，还是该说我觉得那里只是适合一群对演戏感兴趣的人待的地方？那种地方实在不能满足我。从今天起，我已经不再是一个仅仅憧憬演戏的人。虽然我的这个说法可能有些奇怪，但我想要成为一名专业人士！

我决定去斋藤先生那里，今天无论如何也要让他明白我的决心才行。在做了这个决定的时候，我觉得自己的身体被温暖的神的恩宠紧紧地包裹住了。不要因为生而为人的可怜和自己的丑陋而感到绝望，

"凡你手能做之事都尽力为之"①。

必须要努力才行,而不是想着从十字架下逃脱出来。不要掩饰自己丑陋的尾巴,而是要拖着尾巴一步一步蹒跚地前进。这坡道前方是十字架还是天国,没有人知道。擅自断言前方一定是十字架的,一定是不知道神的存在的人。我需要做的,只是"遵照神的旨意"。

我虽然下了很大的决心,出发去了位于芝区的斋藤府邸,但其实对去斋藤家还是很抵触的。还没到低头进门的地方,我就能够感觉到一丝微妙的压迫感,让我不禁疑惑,难道这里是大卫王的城堡吗?

按下门铃,应声而出的是之前那位女性。果然如同哥哥推测的那样,她可能是斋藤先生的秘书兼女佣。

"哎呀,欢迎光临。"她还是老样子,非常自来熟,很是看不起我。

"老师呢?"我和这样的女人没什么好聊的,我不带一丝笑意地问她。

"老师在的。"她的语气很不恭敬。

"我有非常重要的事要找老师谈……"我刚开口,那个女人就发出"噗嗤"一声笑,两只手捂住嘴笑得满脸通红。我实在是不高兴到了极点,我已经不是之前的那个小孩子了。

"哪里可笑了?"我冷冷地问道,"我今天一定要见先生一面。"

"好,好。"她点了点头,笑得非常夸张,然后走进里面的房

---

① 引自《圣经·传道书》。

间。难道我脸上涂了墨水吗？真是个没礼貌的女人。

过了一会儿，她又走了出来，这次脸上带着一丝微妙的表情。跟我说很不凑巧老师好像有点儿感冒，今天没有办法会客。如果你有什么想说的，可以写在这张纸上，说完她递给我便签和钢笔。我很是失望，这些大师也太任性了。是该说他注重生活隐私吗？总之我觉得他是个罪孽深重的人。

我放弃了见他的想法，坐在玄关的台阶上开始在便签上写了起来：

"我通过了鸥座剧团的考试。考试很随便，窥一斑而知全豹。我收到了录取通知，让我今天下午去鸥座的研究所，但我不想去，我现在很迷茫，请给我指点迷津吧，我想要接受刻苦的训练。芹川进。"我写完后，把便签交给那个女人，我实在是写不出来什么了。那个女人接过便签进了里面的房间，待了很久都没有出来。我在外面心急如焚，焦躁不安，仿佛一个人坐在山间寺庙中一样孤零零地无所依傍。

突然，女人伴随着一阵急促的笑声走了出来。

"给你，老师的回话。"她手里的这张纸和之前的便签不一样，好像是从某张卷纸上撕下来的小纸条，上面用毛笔潦草地写了三个字：

春秋座

只有这三个字，除此之外，什么都没写。

"这是什么意思？"我不禁有些生气，戏弄我也该有个限度。

"这是老师的回话。"女人看着我，一脸无辜地笑着说。

"老师是说让我进春秋座剧团吗？"

"难道不是吗？"她很轻松地回答。

就算是我，也是知道春秋座剧团的。但是，那可是知名歌舞伎演员云集的大名鼎鼎的剧团啊，并不是我这种学生能够随随便便想进就进的地方。

"这肯定不行，如果老师能给我写推荐信的话——"我话刚说了一半，就从里面传出一声仿佛晴天霹雳般的怒吼，"你要靠自己！"

我大吃一惊，原来他在，他就藏在隔扇后面听着呢。我吓了一大跳。真是个过分的老爷爷，竟用这种方法使我狼狈退下。这老头儿太厉害、太凶残了！我着实被吓得不轻。回家之后我和哥哥说了今天的事情经过，哥哥捧腹大笑了起来。我也很无奈地跟着笑了，但心里还是有些生气的。

今天我完完全全是被摆了一道。但是斋藤老师（从今往后我要开始称他为斋藤老师）那神奇的一吼，让这两三日来一直笼罩着我的乌云顿时消失得无影无踪。靠我自己。春秋座。但是到底要怎么做才行呢？我一点儿头绪都没有，哥哥也很困惑。"先从慢慢研究春秋座剧团开始吧。"哥哥和我讨论了一个晚上，得出这样的结论。

预料不到的事情纷至沓来，人生真是无法预测。我现在好像真正明白了信仰的意义。每日每日，都是奇迹。不，生活本身就是奇迹。

五月十四日　星期日

阴，转晴。我两三天没有写日记了，因为生活没有什么太大的变化。最近不知为何心情很沉重，写不出像从前一样欢快的日记了，连写日记的时间都很宝贵。是该说我学会自重了吗？我开始觉得把每天发生的那些无聊的事情都写进日记里的行为像是小孩子的游戏，很是可悲，我必须得自重才行。贝多芬说过：你已经不是那种可以只为自己而活的人了。我现在就是这种心情。

今天从早上开始，家里人就个个手忙脚乱。母亲终于决定要去九十九里的别墅进行疗养。今天好像是"大安"之类的好日子，虽然早上天有些阴，但母亲坚持说要今天去，所以最终还是动身了。铃冈先生和姐姐一早就来帮忙，住在目黑的一点女士也来了。虽然之前和姑姑说好不再用"一点"这个词称呼她，但没有办法，这好像成了我的口头禅，一不小心就会脱口而出。邻居家的大叔、朝日出租的年轻老板，还有母亲的主治医生香川先生，都赶过来帮忙，为出发做准备。毕竟母亲是一位卧床不起的病人，准备起来很是麻烦。护士杉野小姐和女佣梅姨要跟着母亲一起前往九十九里，所以哥哥和我还有书生木岛，加上铃冈先生的远房亲戚——一位年过五十的阿婆，几个人留守在家。这位阿婆名字叫迅，是个很有趣的人。因为杉野小姐和梅姨都要跟着母亲一起出发，家里没有人做饭，所以临时喊迅婆婆来帮忙。从今往后这个家会变得更冷清吧？母亲和香川先生还有护士杉野小姐，三个人坐上了一辆大的出租车。另外一辆出租车上坐着铃冈先生夫妇和女佣梅姨，他们将乘出租车前往位于九十九里的松风园。香川先生和铃冈先生夫妻会在母亲安顿下来之后坐汽车返回东京。真的是手忙脚乱。从我家门口经过的人都好奇这里发生了什么事,有二十来个人站在门外看起了热闹。母亲被朝日出租的年轻老板背在背上,她神情自若,一边大声地呵斥着梅姨,一边拨开围观的人群钻进汽车里。那一幕相当厉害,像陀思妥耶夫斯基的《赌徒》中的那个阿婆一样,总之是相当有活力。母亲在九十九里静养个一两年之后,真的会痊愈也说不定。

母亲一行人走了之后家里一下子空了下来,让人感觉孤零零的。说起来,今天早上众人手忙脚乱时发生了一件很奇怪的事。早上哥哥和我怕给大家添乱,就跑到二楼去"避难"了。正当我们说着这些来帮忙的人的坏话的时候,杉野小姐表情僵硬、若有所思地走进了我们的房间,一屁股坐了下来:"我们要分开一阵子了。"她很想做出微笑的表情,但嘴角却不自觉地往下撇,说完的一瞬间,突然大声哭了起来。

我感到很意外,哥哥和我面面相觑。哥哥噘起了嘴,看上去一脸困惑。杉野小姐坐在那里哭了大概有两三分钟,我和哥哥谁也没有说话。然后杉野小姐站了起来,用围裙捂住脸走出了房间。

"怎么回事?"我小声问道。

哥哥有点儿生气地说:"真不像话。"

其实我大概明白是怎么回事,于是避开了与杉野小姐相关的话题,聊了些别的事。但是在母亲一行人坐上出租车出发之后,哥哥还是忍不住想到了这件事。

哥哥仰天躺在二楼房间里的床上,笑着说:"要不结婚吧?"

"哥哥，你早就知道了吗？"

"不知道，她刚刚一哭出来，我突然就明白了。"

"哥哥也喜欢杉野小姐吗？"

"不喜欢，她比我还要大几岁。"

"那为什么要结婚？"

"因为她哭了呀。"

我们两个大笑起来。

真没想到杉野小姐竟然是这样一位富有浪漫情怀的人，但是这份浪漫却没能成立。因为杉野小姐的求爱方式只是单纯地大哭给别人看，是种极其笨拙的方式。对浪漫来说，滑稽感是万万不可有的。杉野小姐肯定也发觉，自己的那些眼泪让这场浪漫泡了汤，所以才会万念俱灰地出发去了九十九里吧。这位老姑娘的恋爱，非常遗憾地以一场笑话的形式迎来了它的结局。

"宛如一场花火。"哥哥给它了一个诗一般的结论。

"是线香花火。"我像个现实主义者一样纠正道。

好寂寞啊，家里空荡荡的。吃过晚饭之后，我和哥哥经过商量决定去剧场看看，还邀请了木岛一起，留迅阿婆一个人在家看家。

剧场里正在上演春秋座剧团演员们的演出，演出剧目有《女杀油地狱》，还有新人川上祐吉以森鸥外的《雁》写的脚本的剧目，还有名为《叶樱》的新舞蹈，每一个都在报纸等媒体上备受好评。我们去的时候，《女杀油地狱》已经结束了，《叶樱》好像也演完了，最后一个剧目《雁》刚刚开始。舞台很有明治时期的感觉。我出生在大正时代，并不知道明治时期的气氛是什么样子，但是每当我走在上野公园和芝公园的时候，偶尔会有那么一瞬间，感受到一种类似于乡愁的东西，我相信那一定就是明治时期的余韵。只是，演员的台词大部分都是昭和时代说话的腔调，实在是有些遗憾，可能是编剧的疏忽吧。演员们都演得很好，就连配角也都演得非常到位。团队合作默契，这是个好剧团。如果我能够进入这样的剧团，我肯定一百个满意。演出间隙，我到走廊上走了走，发现走廊拐角处放了一个小箱子，上面用白色油漆写着"请告诉我们您今夜观看演出的感受"，我突然有了一个想法。

我在箱子旁边放着的便签上写下"我想要成为你们的团员，请告诉我需要什么样的手续"，然后写上自己的名字和住址，将便签投进箱子里。这可真是个好主意，这也是生活里的一个奇迹啊。我在读到这个箱子上的字之前，都没想到还有这样的好办法。就在那一瞬，灵感降临到了我的身上，这是神的恩宠。但是这件事我没有和哥哥说，与其说是不想被哥哥嘲笑，不如说我从今往后不想再仰仗哥哥，我想靠自己的直觉独自前行。

六月四日　星期日

晴。在我已经忘记那件事的时候，收到了一封来自春秋座剧团的信。幸福的好消息在你等待它的时候是绝不会到来的，绝不会。就好像你在等待朋友到来时听到了脚步声，欢欣雀跃地想着会不会是他，就会发现绝不是你等的那个人。然后那个人会在你不经意间光临，他不会发出脚步声，在你根本没指望他能来的空闲时刻，悄然来临。真是不可思议。春秋座的信是用打字机写的，大致意思是：

> 今年我们打算招三位新团员，仅限年龄十六岁到二十岁的健康男性；学历不限；有书面考试。入团两个月之后成为准团员，我们每个月支付给你化妆费三十日元，报销交通费。准团员的期限最长为两年，在这期间未被认定为正式团员的人将会遭到除名。如果想加入我们，请在六月十五日之前，将亲笔书写的简介、户籍复印件、一张手札型近期照片（上半身正面照片），以及户主或者监护人的同意书一并寄送到事务所。我们将随后通知你考试等相关事项，截至六月二十日深夜仍未收到通知者，即为不合格。您其他的相关问题，恕我们无法一一作答……

原文并没有我总结的这么死板，大致就是这个意思。这封信写得非常详细清楚，不带一丝情感，给人一种非常刻板的感觉。在读的过程中，我忍不住想要挺直腰板，端正态度。之前收到鸥座剧团的信时，我只是单纯地兴奋和惊讶，但这次可不是闹着玩的，我的心情甚至有些沉重。我终于也要迈入演员这个行业了吗？想到这儿，我禁不住热泪盈眶。

只招收三个人，我能成为这三个人中的一个吗？我心里一点儿把握都没有，总之先试试看吧。哥哥今天晚上也很紧张。我今天刚从学校回来，哥哥就对我说："进，收到春秋座寄给你的信了呢，你是不是背着哥哥悄悄地写了血书寄了过去？"说完露出一丝笑容。但是等到哥哥和我一起把信读完之后,他突然严肃起来,说了些类似于"如果父亲还活着,他会说些什么呢"之类的让人心里没底的话。哥哥虽然很温柔,但他还是太软弱了。事到如今,我还能朝哪个方面努力呢?我历经烦恼,遍尝苦闷,才终于走到了这里。

现在看来,能够帮我的只有斋藤老师一个人了,是斋藤老师清清楚楚地给我写明了"春秋座"三个字,然后还大声吼着让我一个人去努力。我想试试,我想知道自己能够走到哪里。初夏的夜里,星空好美丽,我小声地喊了声"母亲",心中有些羞涩。

六月十八日　星期日

晴。今天很热,非常热。本来因为是周日想要睡个懒觉,结果热得我压根儿睡不着。八点钟就起了床,然后我就收到了来自春秋座的信件。

这就算通过了第一道关卡。虽然是在意料之中,但我还是松了口气。我本以为会在明后天收到春秋座的通知,但是幸福真的是心地不善良,只会在你预想不到的时候到来。

七月五日上午十点,在位于神乐坂[①]的春秋座演技训练场进行第一次考试。这次考试的项目有脚本朗读、笔试、面

[①] 神乐坂:是东京新宿的地名,也指从早稻田街到大久保街之间一公里长的坡道,旧时以花街闻名。

试和简单的体操。脚本朗读的第一篇为自选内容，考生可以选择自己喜欢的脚本现场自由朗读，朗读时间必须在五分钟以内；另外一篇为指定篇目，开考前在考场内发给考生。笔试推荐使用铅笔。请不要忘记准备适合体操运动的裤子和衬衫。不用带便当，我们会为考生准备午餐。考试当天，请提前十分钟到达演技训练场集合。

　　来信一如既往地简洁明了。它上面写着第一次考试，那是不是说之后还有第二次、第三次呢？他们真的是非常谨慎。但决定一个人适不适合做演员，这样的谨慎是非常必要的。这和去一般的公司或者银行上班完全不一样。假设不负责任随随便便地就招人进来，被录取的人如果不适合当演员，他并不能轻轻松松地跳槽去隔壁的银行工作，可能他的一生就这么被毁了，所以我希望他们的考核是非常严谨的。像鸥座剧团的那种考核就算通过了，我也是不放心的。我可是放弃了所有，把全部身家都压上了，无法忍受那种没有责任感的处理方式。

　　脚本朗读、笔试、面试、体操，在四个考试项目里自由选择的脚本朗读实在是有些棘手。不得不说，这是个高明的考核办法。根据考生选的脚本内容，就能判断出这个人的个性、教养、生活环境等一系列情况。这还真是个难题。距离考试还有两周时间，我要在这段时间静下心来努力找到一个最佳的剧本，和哥哥好好商量一下再做决定。哥哥四五天前去了九十九里看望母亲，大概会在今晚或者明晚回到东京。我昨天晚上收到了哥哥寄来的明信片。大概一周前母亲有些发烧，现在烧已经退了，人也有了精神。听说杉野女士晒得黝黑，但像是什么都没发生过一样照常工作。哥哥出发前还在开玩笑说可能又要惹哭杉野小姐，但看上去她并没有什么事。不管怎么说，哥哥的想法还是太天真了。

晚上，我和木岛、迅婆婆三个人一起做了奇怪的冰激凌吃，就在我们开动的时候，门铃响了。我走过去开门，木村的父亲正呆立在门口。

"我们家那个蠢货在不在这儿？"他着急地向我询问。

好像木村昨天晚上抱着吉他出门后，就再没回过家。

"我最近根本没有见过他。"

听我这么说，他一脸的困惑，不解地问道："我看见他抱着吉他出的门，就想着他肯定是来找你了，所以才过来看看。"他心中怀疑，不相信我的话，看我的眼神令人生厌。这家伙把我当成了傻瓜。

"我已经不弹吉他了。"

"那是当然的，都多大年纪了，还天天在那里鼓捣那个东西，谁能受得了？不好意思，打扰你了。如果那个蠢货来找你，请你帮我说说他。"他听完我的回答，发了一大堆牢骚，走人了。

那个小混混木村，他的母亲已经不在了。虽然我不想说别人家里的闲话，但他们家一直争吵不休。比起教育木村，我更想教育教育木村的家人。木村的父亲虽然是所谓的在位高官，但却一点儿风度都没有。他的眼神也很让人厌恶。就算是自己的孩子，也不能跑到别人家一个劲儿地说"我们家的蠢货、我们家的蠢货"吧，真是听不下去。虽说木村有错，但他的父亲也有错。总而言之，我对此没有什么兴趣。但丁也只是单纯地看着地狱里的罪人们受苦，并没有扔根绳子给他们。我觉得这样就挺好。

七月五日　星期三

　　晴。傍晚有小雨。我想要仔细写写今天发生的事情。我现在十分冷静，心情轻松，心里没有一丝不安。我已经竭尽全力了，后面的事就交给老天爷吧。我的脸上露出了爽朗的笑容。真的，今天我用尽了自己所有的力气，可能幸福就是我现在这样吧。我根本不在意成绩如何。

　　今天我去了春秋座的演技训练场，参加了第一次选拔考试。今早七点半起床，虽然我六点左右就醒了，但因为心里担心还有没准备好的地方，所以一个人躺在床上静静地思考了一会儿。如果说有没有什么疏漏，我觉得漏洞百出，可就算这样我也没什么可狼狈不堪的。总之，不要弄虚作假，只要诚实地努力向前，所有的事情都能够轻松解决，无论什么都不会难倒我的。如果想着弄虚作假，投机取巧，肯定会困难重重；不弄虚作假，正常发挥，之后的事听天由命。只要心里做好这个准备，其他的一切都不重要。我想作首诗，但没能作出来。我起了床，洗了脸，看了看镜子里的自己，一副坦然的表情。不知道是不是因为昨天晚上睡了个好觉，我的眼睛看上去特别澄澈。我笑着对镜子里的自己行了个礼。早饭我吃了很多，迅婆婆很诧异，她没想到总是睡过头的我，到了考试的关键时候也能早早起床，还能吃下很多东西。"男孩子必须要这样才行。"真是奇怪的夸奖方式。迅婆婆想当然地认为是我的学校今天有考试，如果她要是知道我是去参加演员的选拔考试，可能会吓一跳吧。

我准备好之后，临出发前对着佛龛里供奉的父亲的照片行了个礼，最后去了哥哥的房间："我走了啊！"我大声地说道。哥哥还在睡觉，他慢吞吞地坐了起来："你这就要走了啊。神的国度像什么？"

"像一粒芥菜籽。"我回答道。

"你要把它培养成参天大树啊。"①哥哥饱含深情地说道。

这是一句极好的祝福，好到让人觉得用来祝福前程有些浪费。哥哥果然是优秀我百倍的诗人，能够在一念间选出这样恰如其分的语句。

外面很热，我慢慢地走在前往神乐坂的路上，到达春秋座演技训练场时才九点多。时间尚早，我去红屋点了杯苏打水，边喝边擦汗。在那里休息了一阵之后，到达演技训练场的时间刚刚好。那是一座老旧的大房子。我在玄关脱鞋时，一位和服角带系得很扎实、看上去像是领班的年轻人走了出来，递给我一双拖鞋，小声对我说"请用"。他给人的感觉很稳重，仿佛在把我当客人对待。休息室大概有三十平方米，是间宽敞明亮的日式房间，里面已经坐了七八位考生。大家都很年轻，看起来像是小孩子。这次考试的年龄要求应该是十六岁到二十岁，但是其中有七八个人看上去像是十三四岁的小孩。有发型是娃娃头的，有系着红色波希米亚风格领带的，还有穿着风格夸张的和服外衣。我觉得这里的少年们都像是艺妓的孩子，而我则很青涩。

刚刚那个像是领班的人给我拿来了仙贝和茶，对我说："请稍等一会

---

① 引自《圣经·路加福音》。

儿。"我真的是诚惶诚恐。考生们零零散散地开始聚集过来。有三四个看上去二十出头的人也聚了过来。他们的服装要么是和服，要么是西服，只有我一个人穿着校服。虽然他们看上去不那么聪明伶俐，但绝没有上次在鸥座剧团看到的考生那般颓废，他们还没有被人生打败，正充满好奇地东张西望。考生陆续到场，来了差不多二十来个考生时，之前那个领班走了出来："让大家久等了，我会依次喊各位的名字。"他说话的语气很平静，一连喊了五个人的名字，说："请跟我到这边来。"就把他们领到了别的房间。我没有被叫到。接着屋子里又恢复了安静，我站起来走到走廊上，眺望着庭院。这里的庭院是和式料理店、和式旅馆的风格，相当宽敞，站在这里能听见些许电车开过的声音。天气火辣辣的热。又等了大概三十分钟，这次被叫到的人中有我。领班带着我们五个人，经过昏暗的走廊，拐了两个弯，到了一间通风很好的洋式房间。

"欢迎欢迎。"一位穿着西装的俊美青年非常热情地迎接我们，"我负责各位的笔试。"

我们围坐在屋子中央的大桌子旁，每人从那位俊美青年手里领了三张稿纸，开始动笔写了起来。他说写什么都可以，感想也好，日记也好，诗也好，什么都可以，但是必须写与春秋座剧场有关的内容。像海涅情诗这类的内容，是不能写的。时间是三十分钟，文字量控制在一张稿纸以上、两张稿纸以内。

我先是在开头来了一段自我介绍，然后坦率地写了之前欣赏春秋座的《雁》的感想，满满当当地写了两页纸。其他人挖空心思写了又擦，擦了又写，似乎十分苦恼。就这还是根据简历和照片，从众多报名者中筛选出来的一小部分人呢，真是一群紧张的、没自信的选手啊！但有可能就是这帮像是白痴一样的人，会在表演的时候展示出令人震惊的天才般的演技。这是非常有可能的，我不能掉以轻心。正在我胡思乱想之际，那位领班从门里探出头来，再次通知我们："已经答完的考生，请拿上你的卷子，到我这边来。"

答完的就只有我一个。我站起来走到走廊上，被带到另外一栋楼的一个宽敞的房间里。这间屋子很是气派，摆着两张大桌子，靠近壁龛的那张餐桌旁坐了六位考官，与这张桌子距离两米左右的位置放着考生的桌子。屋子里的考生只有我一个，在我之前被叫走的那五个考生已经都离开了，一个都不在。我站着朝考官们行了礼，然后走到自己的桌子那里坐了下来。春秋座里的大人物都在，市川菊之助、濑川国十郎、泽村嘉右卫门、坂东市松、坂田门之助、染川文七，这些最高领导们正一脸笑意地看向我，我也跟着笑了。

"你要读什么呢？"濑川国十郎问道，他的金牙闪闪发光。

"《浮士德》！"我鼓起勇气说了出来。

国十郎轻轻地点了点头，说："请。"

我从口袋里取出了森鸥外翻译的《浮士德》，选择了之前那段《鲜花绽放的田野的早上》，用响亮的声音读了起来。在选定《浮士德》之前，我和哥哥着实思考了很久。哥哥认为从春秋座剧团以往表演的剧目来看，他们应该很喜欢古典的歌舞伎剧目。所以我尝试着朗诵了一些默阿弥、逍遥、绮堂，还有斋藤老师的作品，但总觉得自己像是在模仿左团次和羽左卫门的表演，没有自己的个性。可如果不选这些，选武者小路或是久保田万太郎的作品，剧本台词并不连贯，不适合拿来参加朗读考试。以我现在的水平，还不能胜任一个人同时朗读三个角色的剧本。如果要找某个角色的大段台词，一个剧本里最多只有两三场，即使没有复杂的剧情，这种段落也很少。好不容易找到一段适合的，却发现这段早已是有名演员演过的、是宴会上的保留表演项目。虽然春秋座说选什么都可以，只要选一段就行，可实际上这并非易事。就在我不知如何是好的时候，时间一点点地过去，考试越来越近。事已至此，要不就读《樱桃园》里的乐百轩算了。不行，那还不如读《浮士德》。这是我在参加鸥座剧团考试的时候凭直觉选的，是值得纪念的台词。它肯定和我的命运有什么联系。就选《浮士德》了！就算我因为《浮士德》而失败也不会后悔。我旁若无人地读了起来。读完之后我的心情十分畅爽，仿佛有谁在我后面鼓励着我说："没问题，没问题！"

我读完最后一句"人生就在这彩色的化身之上"之后，忍不住露出了笑容。不知为何，我突然感到很开心。考试什么的，就让它随风去吧。

"你辛苦了。"国十郎略微低下头，说，"我们还有一篇文章要请你读一下。"

"好的。"

"请把你刚刚在对面考场里写的作文读一下。"

"作文？读作文吗？"我有些不知所措。

"对。"他笑着说。

一瞬间，我有些为难，但同时又觉得，春秋座的人真是聪明啊。这样一来就不必花费力气逐个审阅考生的答卷，可以节省时间，如果有人乱写一通的话，肯定会读得前言不搭后语，也就可以一下子明白文章有什么缺点。只需要让考生读一下自己的作文，就能完成整个考核。想到这里，我重新调整好自己的情绪，缓缓地、信心百倍地读起了自己的作文。我没有故意读得抑扬顿挫，而是语气自然、流畅地读完了。

"很好。请把答案放在这里，然后回到休息室等待。"

我朝考官点头行礼之后走出了房间，这才发现自己后背上全是汗。我回到休息室靠着墙盘腿坐下来，大概三十分钟之后，和我同一组的另外四位考生也都回来了。我们这组人到齐后，之前那位领班又出现了。这次是体操考试。我们被带到一个类似于澡堂换衣间的铺着地板的宽敞屋子里。角落里坐着两位我不知道名字的演员，他们穿着和服，系着角带，大概四十岁，看上去像是剧团的领导。一位穿衬衫和白色裤子的年轻人，大概是个事务员，走过来对我们发号施令：穿和服的必须把和服都脱掉，穿西式服装的只需脱掉上衣……我们这组人穿的都是西式服装，没花什么时间就整理好了，开始体操考试。五个人一起向右看、向左看、向右转，前进，快步走，停住，然后做类似广播体操一样的动作，最后依次大声报上自己的名字，结束。虽说通知书上写的是简单的体操，但实际上并不简单，全套做下来还是有点儿累。回到休息室之后，发现屋子里放着一列餐桌，考生们开始坐下吃饭，炸虾盖饭。两位服务员像是在荞麦面店里工作的小哥，正在被之前那位领班指挥着给各位考生倒茶、端饭。我汗流浃背地吃着炸虾盖饭，但没能吃完。

最后是面试。领班挨个喊考生的名字，然后把人带去考场。面试的房间正是之前朗读考试的房间，但气氛却与刚才完全不同，房间里乱七八糟的，东西散落了一地。两张大餐桌刚好拼在一起，坐着三位看上去像是文艺部或者企划部的人。他们头发留得很长，脸色不是很好，光着上身，以一种非常放松的姿势把手肘支在桌子上。桌子上散乱堆放着很多文件，旁边还有装着喝了一半的冰咖啡的玻璃杯。

"坐吧，盘腿坐，盘腿坐。"三个人里年纪最大的那位冲我指了指蒲团。

"你叫芹川是吧？"说着，他从桌子上的文件里找到我的简历和照片。

"你是准备接着上大学吗？"没想到他一上来就问这么关键的问题。我的烦恼正在于此，他一下子戳中了我的软肋，好厉害。

"我还在考虑。"我如实回答。

"鱼和熊掌，你不能两个都要。"他不依不饶。

"这个嘛，"我小小地叹了口气，"要看我能不能被录取……"后面我没有再说下去。

"那肯定是啊。"对方察觉到了我的心情，笑了起来，"毕竟现在还没有定下来要录取你嘛。我是不是问了个蠢问题？冒昧问一下，你哥哥是不是还很年轻？"又被问到了痛处。他这样连续直击我的弱点，我实在是没法抵抗。

"是的，他二十六岁。"

"只有你哥哥一个人的许可没问题吗？"他的语气听上去真的是很担心我。这个面试官肯定是吃过很多苦的。

"没问题。哥哥是个很努力的人。"

"很努力啊。"他爽朗地笑了。另外两个人也相视而笑。

"你读的是《浮士德》对吧？选这篇来读是你一个人的决定吗？"

"不是，是我和哥哥商量之后定下来的。"

"这么说，是你哥哥选的了？"

"也不是，我和哥哥商量之后并没能得出结果，然后我一个人决定选这篇来读。"

"冒昧问一下，你懂《浮士德》吗？"

"我一点儿都不懂，但《浮士德》于我，有着特殊的意义。"

"这样啊。"他又笑了起来，"是什么样的意义呢？"他眼神柔和地望着我，"你做过什么运动吗？"

"我上中学的时候踢过一段时间足球，不过现在不踢了。"

"你是足球运动员吗？"

接着，他就运动这一点，以及其他一些事非常详细地询问了我。我跟他说了母亲的病，他很真诚地问我母亲的病情如何，问我还有什么别的亲戚吗，有没有像哥哥这样的监护人之类的问题，其中关于家庭状况的问题最多。但他问得很自然，我也就很轻松地回答了他。最后，他问我："你最喜欢春秋座剧团哪一点呢？"

"也没什么特别喜欢的。"

"哦？"这些考官们好像一下子紧张了起来。那个主任也皱起了眉头，看上去有些不高兴，"那你为什么想进春秋座呢？"

"我什么都不懂，只是觉得这是个很好的剧团。"

"是一时的心血来潮吗？"

"不是，如果不能成为演员，我就失去了方向。我为此十分苦恼，就找了一个人向他请教，他在纸上给我写了'春秋座'这三个字。"

"写在纸上？"

"他是个挺奇怪的人。之前我去找他咨询，他称自己有点儿感冒不肯见我。所以我站在门外，在便签上写下我的问题，请他告诉我哪个剧团比较好，让他的女佣，也有可能是秘书，一位总是笑眯眯的女人帮我递给他。然后那个女人从他那里给我拿来了他的回复，回复的纸上只写了'春秋座'三个字。"

"你去咨询的那位是谁啊？"主任瞪大了眼睛问我。

"是我的老师。但是这只是我的一厢情愿，他可能根本没有把我当回事儿。但我已经下定决心，这个人就是我未来人生的老师。我到现在为止只和他说过一次话，就是我追赶他的汽车，然后他让我一起坐车的那次。"

"他到底是谁呢？我怎么觉得那是一位戏剧界的泰斗啊。"

"我不想说他的名字，毕竟我们只同乘过一次汽车，只说过一会儿话而已，如果我在这里提他的名字，利用他，实在是太卑鄙了，我不想那样做。"

"原来如此。"主任很认真地点了点头，"就因为那个人给你写了'春秋座'三个字，所以你就直接来参加我们的选拔了？"

"是的。我当时还和那位女佣抱怨了自己的不满：老师只说让我进春秋座，却不提供别的帮助，我做不到。然后就听到他在屏风后面朝我怒吼：'靠你自己！'原来老师站在屏风后面听到了我说的话，我当时非常惊讶……"

那两位年轻的考官笑出声来，但主任并没有跟他们一起笑："真是位简单粗暴的老师啊，是斋藤老师吧？"他若无其事地说道。

"我还是不能说。"我也边笑边答道,"等我变得更厉害之后我会告诉您的。"

"这样啊,那就问到这里吧。今天辛苦你了。你吃过饭了吗?"

"我已经吃过了。"

"如果你在两三天内没有收到任何通知的话,是不是还要去找那位老师请教呢?"

"我是这么打算的。"

今天的考试到这里就结束了。我感到非常充实,心情平静地回了家。晚上和哥哥两个人一起做了芹川式牛排吃,我们还做了迅婆婆的那份。我真的觉得结果无关紧要,但是哥哥看起来稍微有些焦虑。他很想问我考试的情形如何,但是我却反问哥哥神的国度像什么,对于已经结束的考试一个字也没有说。

晚上我写了日记,这可能是我最后的日记了。不知道为什么,我会有这种感觉。睡吧。

七月六日　星期四

阴。今天早上我太困了,怎么也起不来床,就没去上学。

下午两点的时候我收到了来自春秋座的快递。"请于八号中午,持本介绍信到下述医院体检。"旁边写着位于虎之门的某个医院的名字。

这等于是复试通知书。哥哥跟我说这就是你已经合格了的意思,叫我安心。但我并不这么想,我甚至觉得等我到了医院会发现昨天所有参加考试的考生都在那里。我要好好地养精蓄锐,就算从头再战一遍也没关系。幸好，我的身体应该很健康。

晚上，我独自一人静静地欣赏着莫扎特的长笛协奏曲，笑得眼睛眯成了一条缝。

七月八日　星期六

晴。我去了虎之门的竹川医院，现在刚回到家。好热好热，请允许我只穿着一条内裤写日记。我今天去医院的时候发现，算上我总共只有两个人。另一位是之前见到的顶着娃娃头的、乍看上去像是十四五岁的那位小哥。除了我俩，再没有其他人，他们好像都落选了。这选拔真的太严格了，我不禁有些后怕。

有三位医生轮流给我们做检查，他们检查了我们身体的每个部位，严格得让我有些头疼。我们拍了X光片，还取了血样和尿样。小哥被查出来有沙眼，急得都快哭出来了。但听说是一周就能治好的小病，他立刻又开心地笑了。小哥的长相不那么可爱，个性也让人不快，他的脸特别的长。也说不准他有让人意想不到的天分。检查进行了将近三个小时才结束。

一位像办事员模样的人从春秋座赶过来，我们三个人一起往回走。

"太好了，不容易啊。"事务员说道，"第一轮的报名申请书里，还有从桦太①、新京②等地寄来的呢，我们总共收到了将近六百来封。"

---

① 桦太：现如今俄罗斯库页岛。
② 新京：伪"满洲国"的首都，今中国吉林省长春市。

"但不是还没出结果吗?"

听我这么说,他含混地应道:"对啊,结果究竟怎么样呢?"对方回答得很暧昧。

据他说如果合格,会在一周之内收到正式的合格通知。我们在市营公交车的车站那里分开了。

我跟哥哥说了这件事之后,哥哥欣喜若狂,我从未见过这么高兴的哥哥。

"太好了太好了,进选择做演员真的是太好了。能成为六百人中的两个人,也太厉害了吧!太棒了,进,谢谢你,你都不知道我有多高兴……"哥哥说到一半,眼泪就流了出来。真是的,搞什么呀,现在高兴还太早了吧。

在正式的合格通知还没来的时候,我不能掉以轻心。

七月十四日　星期五

晴。收到了录取通知书。

七月十五日　星期六

晴。酷暑。昨天我把录取通知书供奉在佛龛上,和哥哥一起向父亲报告了这件事。我现在真的觉得与其说自己能够成为日本的头号演员,不如说要吃苦的日子才刚刚开始。"我愿证明,行为善良且高尚的人,定会因之而能担当不幸。"这是贝多芬的名言,表现了他壮烈的决心。以前的天才们大多都是以这种觉悟在战斗。不要退缩，努力向前。昨天晚上，哥哥和我还有木岛，我们三个人一起去了猿乐轩吃了一顿小小的庆祝宴。我们干杯时祝福母亲身体健康。木岛喝醉了，唱起了一首叫《茶切节》的歌。

最近我根本没去学校。我想从第二个学期就开始休学，哥哥也说除此之外，别无他法。我从下周一开始就要每天去春秋座剧场，听说去了之后要给公演演员帮忙。做练习生的两个月里每个月能领十二日元，给公演帮忙还能再稍微多拿一点儿，他们会给去练习场的练习生交通费。两个月后我就可以作为准团员，每个月领三十日元的化妆费。之后的两年里我的补贴会一点儿一点儿增加，两年之后，我就可以成为正式团员，和其他团员享受同样的待遇了。但现在不是我陶醉在美好幻想中的时候，努力做好眼前的事才是最重要的，肯定会很累吧。两年之后成为正团员，才是真正开始作为演员的修炼。修炼十年，我就二十九岁了，肯定会发生很多事，到时候比起自己的演技如何，选择什么样的剧本可能才是最重要的。总之要努力，我一定要成为一名伟大的演员，以一种乘独木舟闯进汪洋大海的形式。但是，我从这个月开始就能领到一点儿工资的这件事，让人不好意思，也让人有些开心。我想用自己的第一份工资给哥哥买一支钢笔。哥哥说他明天要去位于沼津的母亲的老家避暑，准备在那边待上十天左右。如果是往常的话，我当然也要一起去，但因为我从下周开始就要工作了，不能随心所欲地行动。今年的夏天，我要留在东京一个人努力了。哥哥写的想要投给《文学公论》的小说，最后没能赶上截稿日期。小说完成一半时，哥哥让津田先生试读了他的小说，令哥哥没有想到的是，津田先生给予了很高的评价。这给了哥哥很大的激励。但后来哥哥遇到了瓶颈，怎么也写不下去，最后不得已放弃了投稿，真让人惋惜。哥哥感叹说，与巴尔扎克、陀思妥耶夫斯基相比，自身能力十分不足，这难道不是因为一开始他想要胜过这些人的欲望太强烈了吗？"说到底，想要写小说的话，不过三十岁是不行的啊。"话虽如此，三十岁之前写点儿短篇的散文诗之类的不可以吗？总之哥哥是有很棒的天赋的，只要有好的灵感，哥哥肯定能够写出世界级的杰作。哥哥文章里的那种美感，在当今日本文坛是独一无二的。

今天晚上，我泡完澡后看着镜子里的自己，脸色憔悴得令我惊讶。仅仅是两三天，我的脸就变成了这样。这几天真的让我身心俱疲，颧骨都凸了出来，已经完完全全是一张大人的脸了，非常丑。我得想办法做点儿什么才行。我已经是个演员了，演员必须要保护好自己的脸才行。我实在是不喜欢自己现在的这张脸，像是枯瘦如柴的猿猴。从明天开始，每天早上用面霜或者Hechima Cologne[1]来护肤吧。虽说成了演员也不必马上就开始化妆，但是现在这张生机全无的脸可是不行的。

睡前我在蚊帐里读书，读的是《约翰·克利斯朵夫》。

八月二十四日　星期四

阴。地狱般的夏天。我可能会发狂。我不要！不要！我不知道思

---

[1] Hechima Cologne：一个创立于大正4年（1915年）的日本护肤品品牌。

考了多少次自杀这件事。我现在会弹三味线了，也会跳舞了。从上午十点到下午四点，日复一日地去演技训练场，那里简直就是地狱谷！已经不再去学校了，我现在没有其他地方可以去。这是对我的惩罚！我果然还是轻看了演员这个职业。

被诅咒之人，你的名字是少年演员。连我自己都觉得，这副身体能够撑下来真是太不可思议了。虽然我做好了心理准备，但万万没想到竟然如此屈辱。

今天同往常一样，在三十分钟的午休时间里，我仰躺在训练场庭院里的草坪上，眼里涌上了泪水。

"芹川先生看上去总是很忧郁啊。"之前那个小哥走了过来，对我说。

"走开！"我的语气严肃到自己都有些怀疑。我现在的烦恼，你这种白痴怎么会懂！

小哥的名字叫泷田辉夫，听说是早期很有名的帝剧女演员泷田节子的私生子，父亲是前些年去世的财界巨头M氏。他今年十八岁，比我年长一岁，但却一副孩子样。虽然看起来像个白痴，但他的演技真的特别棒。在各种技艺上，我都不及他。他是我的对手，可能是我一生的对手。我总是被拿来和这个白痴相比较，然后被指责，可我绝不会认为这个白痴是天才。我觉得看人要看当下，虽然我不那么聪明伶俐，但没有什么比强烈的信念更加可贵的东西了。在春秋座里不看好泷田而看好我的，只有团长市川菊之助一个人。其他人都觉得我不懂人情世故，给我起了个外号叫"理论家"。今天从练习场回家的路上，我和剧团的领导泽村嘉右门一路同行，走到市营公交车车站。

"你衣服口袋里每天都装着不同的书,你真的在读吗?"他皮笑肉不笑地问我。

我没搭理他,心里说:如果以后纪伊国屋①的演员都像你这样有艺无德,就完蛋了。

大约十天前,团长市川菊之助带我到一家叫"彩虹"的餐厅请我吃饭,他用叉子叉着薯条,突然说了句:"我在三十岁前都被人说像根木头,然而,我现在也觉得自己是根木头。"

我好想哭。如果没有团长的这句话,我可能今天就上吊自杀了。

我要确立一条新的演艺之路,这是非常难的事。箭不会射中我的头,只会射中我的手脚。这是最无法忍受的痛苦。一粒芥菜籽,能不能长成参天大树,能不能呢?

我将贝多芬的那句话再次大大地写在了纸上:"我愿证明,行为善良且高尚的人,定会因之而能担当不幸。"

九月十七日 星期日

阴。有时下雨。今天我没有去剧团练习。我昨天在练习场练到了半夜十一点半,练到眼冒金星,差点儿撞上舞台。我们会在十月一号的歌舞伎座剧场里开始首日演出,演出剧目是《助六》、夏目漱石的《哥儿》,还有《色彩间苅豆》。

这将是我第一次登台演出,不过我的角色是《助六》里面的提灯

---

① 纪伊国屋:歌舞伎演员的屋号。初代演员泽村宗十郎老家是纪伊国,以此命名。

下人、《哥儿》里面的中学生,仅此而已。虽然如此,训练却十分严苛,一遍又一遍地不断反复练习。晚上回到家里睡觉,也总是做些奇怪的梦,翻来覆去睡不好。过度疲劳之后,反而难以入睡。

早上八点左右,住在下谷的姐姐打来电话,说是有非常重要的大事,叫我和哥哥立刻到下谷去。"是非常重要的事,非常重要哦。"姐姐笑着说道。我问她发生了什么事她也不告诉我,只是叫我过去。真没办法,我和哥哥赶紧吃了饭,赶往下谷。

"会是什么事呢?"我不明所以。哥哥脸上的神情有些不安,"只要不是叫我们去处理他们夫妻吵架就行。"

紧赶慢赶来到了下谷姐姐家,却发现什么事都没有,他们一家三口人笑得格外开心。

"小进,你读了今天的《都报》了吗?"姐姐问我。我一头雾水不明白她在说什么。麴町家里没有订阅这份报纸。

"没有。"

"上面登了非常重要的事,你快看!"

只见在《都报》周日特辑的演艺栏里,我的照片和泷田辉夫的照片被一起小小地并排印在上面。上面写的名字并不是我们的本名,我的照片下面写着"市川菊松",泷田的照片下面写着"泽村扇之介"。旁边印着相关的介绍:这是春秋座的两位新人,请多多关照。云云。我惊呆了!我感觉自己被愚弄了。虽然我知道初次登台后,我们就会成为准团员,但是我并不知道我们会被起这样的艺名。他们根本都没有通知我们。虽说是个随手编的艺名,但好歹也应该和本人商量一下再定下来吧!我很郁闷。但托市川菊松这个微妙的、有些粗糙的艺名的福,我感受到了来自剧团团长市川菊之助的无声的庇护。就这一点来说,我是暗自开心的。市川菊松,这个名字挺好的,像是团长的徒弟一样。

"终于,"铃冈先生笑着说,"进要成为一位真正的演员了。为了庆祝这件事,咱们去吃中国料理吧。"铃冈先生不管碰到什么事,都喜欢去吃中国料理。

"但是,这么大的阵仗真让人有些担心。"姐姐夫妻俩以前就知道我立志要做一名演员,虽然担心我,但还是默许了这件事。"是不是先别和母亲说比较好?"我从一开始就没有和母亲讲这件事。

"当然。"哥哥的语气有些强硬,"虽说母亲早晚都会知道,但我想等她身体稍微好些时再告诉她。总之这件事是我需要承担的责任。"

"不要去思考责任这么严肃的事。"铃冈先生很有格局,"无论是做演员还是做什么,只要认真去做,就会做出一番成绩来。可不是谁都能在十七岁的年纪每个月领五十日元的工资啊。"

"是三十日元。"我订正道。

"不,三十日元的工资,加上各种补贴,一个月差不多能有六十日元呢。"他好像把演员和普通银行职员当成了一回事。

铃冈先生夫妻两个、俊雄君,还有哥哥和我,我们五个人一起去了日比谷的中国料理店。大家都很高兴,有说有笑,只有我一个人因为昨晚没睡好,不太高兴得起来。地狱式的排练始终在我的脑海中挥之不去。我的心情十分低落,我并没有把演员这个职业当成业余爱好在做。我低落的心情他们谁也不懂。"请多多关照"吗?唉,想得梅花扑鼻香,为何一定要经历一番彻骨寒呢?

市川菊松。人生寂寞如雪啊。

十月一日　星期日

晴朗的秋天。首次登台。我蹲在舞台上，手里提着灯笼。从舞台上看下去，观众席就像是个恐怖的、深不见底的沼泽。我看不见观众的脸，只有一些深蓝色的、朦胧的影子在动。无论我怎么用力观察，都只有影影绰绰的影子。听不见一点儿声音，十分寂静。我开始觉得，是不是观众席上一个人也没有，下面只是一个温暖的、深不见底的巨大沼泽。我感到不舒服，感觉自己好像要被那沼泽吸进去了。我有些精神恍惚，还有些反胃想吐。

完成自己的表演之后，我迷迷糊糊地回到后台，发现哥哥和木岛过来了。我很高兴，想猛地扑上去抱住他们。

"我一眼就找到进先生了。一眼就找到了！果然不管你穿什么样的衣服，我都能第一时间知道那就是你。"木岛非常兴奋地说。"是我第一个找到的！一眼就找到了！"他一直重复同样的内容。

铃冈先生一家也来了，他们买了一等座的票。一点姑姑也带了五位弟子，坐在前排舞台旁边的位置看我的演出。我从哥哥那里听到了这些，不禁眼泛泪花，深深地觉得在这个世上有亲人真是太好了。听说木岛也在下面大声地喊了两声："市川菊松！市川菊松！"可是，一个提灯笼的小角色有什么可喊的呢？让我怪不好意思的。

"你听见我的喊声了吗？"木岛很骄傲地问。别说听见你的声音了，我因为提着灯笼头晕目眩，差点儿倒在舞台上。

哥哥凑到我的耳边问我："需不需要往后台给你送一些寿司什么的？"他一脸认真地讲这种世故的事，我没忍住笑喷了。

"不用。在春秋座，没人做这种事。"

听我这样回答，哥哥有些不满，回了句："好吧。"

第二场《哥儿》上演的时候，我轻松了不少，能够略微听见一些来自观众席的笑声，但还是看不清观众的脸。听说习惯了在舞台上表演后，不光是观众的笑声，就连窃窃私语、婴儿的哭声都能听得清清楚楚，反而会觉得很聒噪，还能立刻知道在下面哪个位置坐着谁。我现在还不行，我现在还在梦中，不，是在生死的交界处徘徊。

演完了所有的角色之后，我去后台洗了个澡。一想到从明天开始每一天都是这种生活，我就有种要疯掉的、无法抑制的厌恶感。"不想当演员了！"虽然这种想法只是一闪念而已，但我已经心痛得想要在地上打滚了。"干脆疯掉好了！"胡思乱想之际，痛苦不翼而飞，只剩下寂寞挥之不去。"汝等在断食之时……"这句写在我十六岁春天的那篇日记开头的耶稣的话语，突然分外鲜明地从我的记忆中苏醒过来。"汝等在断食之时，要涂抹发油，清洁面庞。"无论是谁都有痛苦。啊啊啊，断食要与微笑一同进行。至少再努力十年，努力过后，到那时再去愤怒。我现在不是还什么都没有创造出来嘛，倒不如说现在的我，连创造的资本都不具备。

虽然很寂寞，但现在的我体内仿佛能够感受到啜饮牛奶后的甘甜，我从浴缸里起身出来。

我去团长市川菊之助的房间打了个招呼。

"啊，祝贺你啊！"听他这么跟我说，我很高兴。这是句非常真诚的话语。我在浴室里的那些黯淡烦恼，因为团长这一句热情的话语，全部烟消云散。能在木挽町迎来自己的初次登台，对于一个演员来说，可能是最幸运的开始了吧。"你是幸福的。"我对自己说。

以上，就是我光荣的初次登台记录。

回到家已经半夜一点了，我拉着哥哥讲了半天有关天体的内容。为什么要讲天体，我自己也不明白。

十一月四日　星期六

晴。我现在在大阪。剧场是中座[①]，演出的剧目是《劝进帐》《歌行灯》和《红叶狩》。

我们住的旅馆位于道顿堀[②]的正中央，是一家叫作"布袋屋"的非常阴暗潮湿的情人旅馆，两间大概二十五平方米的屋子里住着我们七个人。即便如此，我也绝不堕落！

有人嘲讽说：市川菊松是个圣人。

十一月十二日　星期日

雨。不好意思，我今晚喝醉了。大阪真是个让人不愉快的地方。

[①] 中座：位于日本大阪市中央区的大剧场，始建于17世纪中叶，上演歌舞伎和松竹新喜剧等。

[②] 道顿堀：大阪府大阪市中央区的一条繁华商业街，也是一条位于日本大阪府大阪市的运河的略称，这条运河以邻近的戏院、商业及娱乐场所闻名。

道顿堀非常冷清，我们在一家叫"弥生"的幽暗酒吧里喝了酒。即便喝了酒，我还是很在意自己的形象。"要从年轻的时候开始，守护好名誉！"

扇之介真是愚劣，醉的时候也非常丑态百出。返回旅店的路上他小声跟我提出非常无耻的事。我笑着拒绝了。他听了之后说："人家好孤独呀。"

我惊讶得瞪目结舌。

十二月八日　星期五

我不知道外面是艳阳高照还是阴天下雨。今天一直很想哭。我现在在名古屋。

想快点儿回到东京。我已经厌倦了巡演。什么都不想说，什么都不想写，只是疲惫地活着。

我根本不明白性欲的本质是什么，只知道具体如何操作，真是羞耻，就像一条狗。

十二月二十七日　星期三

晴。结束了名古屋的公演，今天晚上七点半我终于抵达东京站。经历了大阪、名古屋，时隔两个月，再次回到东京已是阴历十二月，我也变了。哥哥来东京站接我，我看着哥哥的脸，一时之间，慌乱不知所措。哥哥沉稳平静地看着我笑。

我恍然明白，我和哥哥已然是两个世界的人了。我是一个被太阳晒得黝黑的只顾眼前利益的务实派，丧失了浪漫主义情怀，是个顽固的、坏心眼儿的现实主义者。我已经变了啊。

　　戴着黑色的呢子礼帽，穿着西装，怀里抱着散发着香粉气味的公文包的少年，走在东京站前的广场上。曾经那个在十六岁春天无止尽的痛苦中挣扎着活下来的少年，最终把自己化作了一粒珍珠。经历了永无止境的困苦过后，我成了现在的我，看上去小小的、很高冷的样子。没有任何一个从我身旁路过的人会知道我这两年间付出的诸多努力。自己竟然没有寻死，没有发狂，奋力前行走到了今天。人们大概只会皱着眉头说，那个浪子最终还是沦为了一个戏子。艺术家的命运，永远都是这样。

　　有没有人会在我的墓碑上为我刻上这样一句话：

　　"他此生最爱逗人开心！"

　　这就是我与生俱来的宿命，选择做一名演员，也是为了实现这个宿命。啊啊啊，我想成为日本第一，不，全世界第一的演员！

　　然后让全世界每一个人，特别是贫穷的人，都开心到忘却一切。

十二月二十九日　星期五

　　晴。春秋座的年会。我被选为企划部直属于部会的委员，除了要选定剧本，还要商讨剧团的发展方针，深感自己责任重大。

　　另外，剧团还定下来在明年正月初二的广播放送里，市川菊松要一个人朗读《小僧的神明》①。这应该是在那两个月的巡演中我的奋斗被认可的结果,但我现在一点儿也不沾沾自喜。

  想要独自成为圣贤的人反而最愚蠢。——拉罗什富科

  我要认真踏实地努力向前,从今往后要单纯、诚实地行事。对于不知道的事,就直说不知道。对于做不到的事,就坦言做不到。只要不弄虚作假,人生就会是一条平坦大道。我要在岩石上,构筑自己小小的家。

  正月里,我要去斋藤老师家拜访,去给他拜个年。我觉得,这一次他应该会见我的。

  明年,我就十八岁了。

  我不求前行之路,
    到处充满花香。

——赞美歌 第三百一十三首

---

① 《小僧的神明》:志贺直哉的小说。

追忆善藏

——你说明白点儿。毫无保留地说出来。别跟我开玩笑，也不要嘻嘻哈哈的，就算只有一次也好，说点儿真心话。

——我要是按你说的话去做，就必须重进一次监狱，重新跳河自杀，重新做一次疯子。到那时，你还会不逃避地留在我身边吗？我一生说尽谎言，却一次也不曾欺骗你。你不是每次都能轻易识破我的谎言吗？真正凶恶的说谎者，反而可能存在于你所尊敬的人之中。我很讨厌那种人。正因为太过讨厌那种人，我最终变得说真话的时候都听起来像是在撒谎。我这池水已经有点儿浑浊了，但即便如此，我也不会欺骗你。就算我无法清澈见底，就算今天我也在像说谎般和你说着真心话。

我要跟你说的是，朝霞是晚霞所生的孩子。没有晚霞，朝霞是不会诞生的。晚霞总是在想："我已经累了。你们不可以一直那样凝视着我，不可以爱我。我终究是将死之人。但请务必把明早自东升起的太阳当作你的朋友，那是我亲手养大的孩子，是个圆圆胖胖的好孩子。"晚霞这般向世人诉说，然后悲伤地微笑着。听完这些的各位，是否还能够指责晚霞是不健康的、颓废的呢？那个说自己能够指责它、像个壮士般挽起袖子站出来的男子，是这世上最蠢的笨蛋。就是有你这样的笨蛋，才让人们觉得这个世界变得越来越难生活。

请原谅，我的话说得有些过分。我既不是人生的检察官，也不是人生的法官，我没有责备别人的资格。我是个坏孩子，我罪孽深重，怕是做了甚于你五十倍、一百倍的恶事。事实上，我现在也在做着坏事。无论我多么小心谨慎，都无济于事。我没有一日不做坏事。就算我向神祈祷，用绳子捆上自己的双手跪拜在地，在当我回过神之时，我已经犯下不可饶恕的恶。我是必须受鞭打之刑的男子，就算被打到鲜血喷涌四溅，我也必须默默承受。

晚霞并非天生丑陋，出现在这世上时，它的脸上也没有挂着含羞的笑。它也曾胖嘟嘟地带着天真无邪的气势，也有过觉得只要自己意志坚定便无往不利，轰轰烈烈地燃烧着划过天空的时刻。但它现在是个弱者，它不是天生劣势，只因为它明白了自己的恶，所以才弱小。

"我也曾高居王座之上，如今却坐庭院赏蔷薇。"这是我的朋友山樫君自创的一句话。

我的庭院里也有蔷薇，总共有八枝。现在还没有开花，只有纤细弱小的叶子，在寒风中瑟瑟发抖。这蔷薇花是我被骗了才买下的。因为那欺骗方式实在是轻率浅薄，几乎是暴力性的，所以我那个时候不愉快到无话可说。我是九月初的时候，从甲府搬到这个位于三鹰的田野中的家来的。搬到这里的第四天，一位农妇打扮的女性突然出现在我家庭院里，用谄媚的音调低声下气地说了声"打扰一下"。我那时正在房间里写信，听到她的声音便停下笔，仔细观察起了这个妇人。她看上去三十五六岁的样子，是个身材臃肿的农妇。腮帮子很大，使得整张脸看上去像个栗子，脸色青黑。她的眼睛像针一样细长，正微笑着，眼里闪烁着令人厌恶的光芒。牙齿很白。因为她让我觉得很不舒服，所以我并没有应声作答。但这个女人朝着我恭敬地鞠躬，一边小心打量着我的脸色，一边再次说了声"打扰一下"。

"我们是耕作这片农田的农户，过阵子要在农田上面建房子。我们在这里种了很多蔷薇，但是因为建房子，这些可怜的蔷薇就要被拔起丢掉了，实在是太可惜了，所以想请您允许我把它种在您的庭院里。我们已经种了这些蔷薇六年，您看，它的根都长得这么大了，每年都会开很漂亮的花哟。我们就是在这片农田上耕作的农户，可以时常过来照料这些蔷薇。先生，我们的农田里有大丽花，有郁金香，还有很多花花草草。下次我再来的时候，可以给您带些您喜欢的花种到院子里。我们也不是随便哪家都求他们种的。因为您的家很漂亮，我喜欢您家，才这样拜托您的。"她轻声恳求我允许她种下这些蔷薇。我知道这些都是谎话，这附近的农田都归我的房东所有，我在租这套房子的时候从房东那里知道了这些。就连房东家都有哪些人我也是知道的。除了房东老爷子，还有他的儿子、儿媳妇和一个孙子，应该没有这样一个肮脏的、世故圆滑的女人才对。她或许是觉得我搬来三鹰这里连四天都不到，肯定什么都不知道，所以才会小瞧我，跟我说这些谎话。从她的着装也可以看出来她是很随意的。她穿着干净的短袖上衣，淡紫色的和服腰带也系得板板正正，用手巾左右折角包住了头，藏蓝色的袖套搭藏蓝色的绑腿，脚上是崭新的草鞋，身上穿着厚布制的内衣，怎么看都太过完美了，像是要在戏剧演出中登场的那种。非常符合刻板印象的百姓穿着。这人肯定不是个农妇，她这种行为是性质极其恶劣的推销。她的态度、声音，再加上她让人感受到的那种略带傻气的谄媚，实在是让我觉得很恶心。但我做不到呵斥她并将她赶出去。

"真是辛苦你了，让我看看你的蔷薇吧。"连我自己也没想到，我说出来的话竟然这么有礼貌。被她盯上是我不走运，我发觉自己已经无可奈何地自暴自弃了。没办法，我只好站起来，脸上挤出一个微笑，走到了廊下。我是个让人讨厌的老好人，没法苛责别人。蔷薇被粗草席包裹着，已经长到一尺二三寸左右，总共有八枝，并没有开花。

"种下之后会开花吗？"它上面甚至连花苞都没有。

"会开花的，会开花的。"我话音刚落，她便抢着回话，努力睁大了她那被眼泪滋润的细长眼睛。毫无疑问，那是骗子的眼睛。我所见过这种骗子的眼睛，无一例外，都是被眼泪细微滋润着的眼睛。"它们会散发很好闻的香气哟，嘿嘿。这个是奶白色，这个是淡红色，这个是白色。"她自顾自地说了起来，一刻也没法闭口不言，这是骗子的习性。

"这附近的田地都是你的吗？"反倒是我，像是触碰到发炎的皮肤一样，提心吊胆地问道。

"对对。"她用略带尖锐的声音回答道，接二连三地点头。

"你是要建房子，对吧。什么时候建呢？"

"啊，马上就要建了，听说是要建个很漂亮的房子呢。哈哈哈。"她像个男人一样厚脸皮地笑了。

"那这么说，这不是你的房子啊。或者说，你把这里的田都卖了，是吧。"

"对，是这样的，我把这片田都卖了。"

"这边大概有多少坪啊？应该卖了个好价钱吧？"

"一坪需要二三十日元吧，嘿嘿。"她低声笑着，但在我看向她的脸的时候，发现她额头出了很多细微的汗。她是在拼命地圆谎。

我输了，我不想再欺负她了。因为我也曾经撒过这种显而易见的谎，明知道对方心知肚明，却还是拼尽全力想要撑住。我还记得那个时候我也曾因为那不可思议的眼泪而眼眶发烫。

"请种在院子里吧。要多少钱呢？"我想让这个人早点儿回去。

"瞧您说的这是什么话呢，我不是来卖花的，是因为蔷薇太可怜了，才来恳求您的。"她满面笑容地说完，悄悄凑近我的脸庞，压低声音说，"一枝请给我五十钱吧。"

"喂，"我喊了声正在里面的小房间缝衣服的内子，"给这个人付钱，我买了些蔷薇。"

这个假农妇冷静了下来，种下了八枝蔷薇，虚情假意地讲了几句客套话就离开了。我站在廊下呆呆地望着那八枝种下的蔷薇，告诉内子说："喂，刚刚那人是个骗子。"我意识到自己的脸变得通红，连耳垂都发起烧来。

"我知道。"内子很平静，"我本来想出来拒绝她的，结果你走出来说要看看人家的花。我讨厌只有你一个人看上去很温柔，而我看上去像个母夜叉，就假装不知道了。"

"这钱花得真是心疼，竟然要四日元，也太过分了，我感觉像是被耍了。这是诈骗，我快要吐了。"

"这样不挺好的吗？她不是把蔷薇留下来了嘛。"

蔷薇被留下来了。这种理所应当的想法，给了我别样的勇气。自那日起的四五日里，我满脑子都是那几枝蔷薇，给它们浇淘米水，用茅草给它们做支架，给它们取下一枚枚枯叶，给它们修枝剪叶。每枝蔷薇上都有类似浮尘一般的绿色小虫爬来爬去，我将它们一只不剩都去除了。"你们不要枯萎，不要枯萎，扎下根来。"我忐忑不安地期盼着，好不容易才把这些蔷薇养活了。

我每日每夜从早到晚，都恋恋不舍地站在廊下，望着墙根对面的那片农田。如果那个中年妇女不是个骗子，再一次出现在那片农田里，我该有多高兴啊。我肯定会满心欢喜地向她道歉："对不起，我竟然以为你是个骗子，我真是不该怀疑别人。"可能还会流下感谢神明的眼泪。郁金香也好，大丽花也罢，统统都不需要，我不想要那种东西。你只要稍微出现一下，让我看到你在田间耕作的身影，我就已经很满足了。只要你能出现，我的心就能获得救赎。出现吧！出现吧！快来露个脸。我久久地站在走廊上默默祈祷，不停地环视整片农田，却只能看到田野里秋风吹动着红薯叶整齐地摇摆。有时还能看见房东老爷爷双手背后，来回巡视农田。

我被骗了，这是毫无疑问的。这些现在看上去寒酸的蔷薇会开出怎样的花来呢？我只能寄所有的希望在此之上了。这便是"应检验不抵抗主义①的成果"。我已经泄了一半的气，想着它不会开出什么太美的花来。然而，大约过了十来天，一位并不是很有名的西洋画家朋友造访了我位于三鹰的寒舍，告诉了我一个出人意料的事实。

那天，我收到来自故乡一个小有名气的报社的东京分社寄来的邀

---

① 不抵抗主义：指面对社会上的不正当行为，特别是当权者的不正当行为，在不使用暴力的基础上实现自己的主张。通过和蔼、谦让的行为从道德上感化对方。是一种非暴力性的抵抗。

请函：

想必您一直身体健康，生活幸福。近日入秋，乡里稻田金黄，苹果通红，有幸连续四年作物丰收。值此之际，我们诚邀本县出生的从事艺术相关工作的各位欢聚一堂，请各位聊聊东京和故乡津轻、南方的故事。在百忙之中打扰实属惶恐，还望您能出席此次聚会。

寄来的明信片上印着这些客气的邀请词，还注明了聚会的日期和地点。我回复说自己会出席。早先那么害怕回家乡的我，为什么这次会痛快地答应出席呢？对此我的理由有三个：第一个理由是，我从小就不愿意到人多的地方去，这个坏毛病并没有随着我年龄的增长而消失，反而变得更加明显，就连无论如何都必须出席的聚会也非常不愿意去，借口说自己有事不能出席，导致欠了很多人情。最终被人误解为性格傲慢，让自己吃了不少亏。所以我在心里悄悄决定从今往后要多在人前露脸，老老实实地和大家打招呼，履行我作为一个市民应尽的义务；第二个理由是，这个报社总公司里有位叫河内的主管，我五年前生病的时候害他为我担了不少的心。与河内先生结识是我高中时的事，就算我的小说被其他人给了差评，他还是支持我。六年前我生病的时候，到处找人借钱，自那之后我虽然在一点点地还钱，但直到现在都没能还清。当时我像疯了一样给河内先生写信，请他借钱给我。河内先生给我回了信，虽然那是一封拒绝的信，但我依然觉得即使被拒绝了，我还是应该感谢河内先生。因为他竟然向我这个一介穷书生一五一十地讲述了他家中的情况。"正是因为家中情况如此,我实在是无力回应你的请求。我不想顾左右而言他,因为那并非我的本意,所以借此机会请允许我拒绝你的请求。"在他这些话语的背后,我感受到了一种作为男人的尊严,让我在困苦的日子里依旧对他心怀感激。我始终没有忘记这件事。这次收到报社的邀请,肯定是河内先生他们的企划。虽然我觉得他不会那么想,但是万一他觉得我是借口有事不去,或者是觉得我是因为他之前没有借钱给我而故意不出席,就算他只有一丝丝这种疑虑,都会让我比死还难受。我绝对没有那个意思。那时的那件事,反而让我觉得他很真诚、很难得,所以我现在无论如何都得去。这便是理由之一;第三个理由嘛,是这封邀请函上写着"稻田金黄,苹果通红,有幸连续四年作物丰收",我果然还是来自津轻的孩子,手不由自主地写下了"出席"两个字。我的眼前已经浮现出了一幅画面,那是故乡的山河。我已经十年没有见过故乡的样子了。现在回想起八年前的那个冬天,那时我活得很痛苦。我被青森的检察院叫过去,一个人悄悄地从上野坐上前往青森的快速列车。列车快抵达浅虫温泉附近的时候天亮了,雪簌簌地下起来,浅虫附近深灰色的海面蜿蜒曲折,海浪像是凝固成的三角形玻璃碎片四处飞散,仿佛是被墨汁染成深黑色的云低低地垂着,几乎要压碎大海。当时,我下定决心:"我绝不会再来这里了!"到达青森之后,我立刻赶去了检察院,被仔细盘问了半天。他们放我出来的时候已经是深夜了。我刚迈出检察院后门,那风雪便像成百上千支利箭朝我脸上飞射而来。披风的下摆被猛地吹起,冷气一下子袭击了我的全身。在这条被冻住的无人的街道上,我虽身在故乡,却仿佛一位孤独的旅人,像卖火柴的小姑娘一样无依无靠地站在那里。这就是故乡吗?这就是那个故乡吗?我有些气愤地反反复复地自问自答。深夜里狂风夹着暴雪轰隆隆地席卷着四下无人的街,我抱紧双臂微微斜着身子朝停车场快步走去。我在青森站前的路边摊吃光了一大碗荞麦面,吃完就坐上了去上野的汽车,在故乡未见一位故人,就那样径直回了东京。这十年间,我只短暂地回过一次故乡,可这仅有的一次却让我如此难过。现在我渐渐对痛苦不再那么敏感,开始变得柔软,被"稻田金黄,苹果通红"这样的甜美语言诱惑,完全忘却了过往对故乡的憎恨,不小心在恍惚间写下了"出席"两个字。这便是我的第三个理由。

自从我回复了"出席"之后,我便一天比一天不安起来。这种不安源于"出人头地"这个念头。以"来自家乡的艺术家"的身份收到了故乡报社的邀请,这是不是一种"衣锦还乡"呢?这不是件很值得骄傲的事吗?或许这就是说,我成了所谓的"名士"吧。我一想到这里,就抑制不住地觉得狼狈。他们没有用嘲笑戏弄的心来对待我这种有着许多污名的人,反而郑重其事地把我当作名士来对待。与此同时,我又隐隐觉得有人躲在阴暗处相互挤眉弄眼地嘲笑我,让我颇有些惶恐。故乡的那些人是不会读我的作品的,就算有人读了,也只会脸上挂着怜悯的笑,把那些描写主人公丑行的部分挑拣出来,对着目瞪口呆的旁人大讲特讲,骂我是家乡的耻辱,对我大加嘲笑罢了。四年前,在东京与长兄碰面时他也说:"千万不要把你写的书寄给亲戚们,连我都不想读你的书,谁晓得亲戚们读了之后会说些什么。"虽然他话说到一半时突然住口不言,把头低了下去,但我已经明白了一切。所以我到死那天,也不会把我的书送给乡里人。就连来自家乡的那些文学家们，除了甲野嘉一君，都在背后偷偷笑我。甚至和文学不沾边的画家、雕刻家们也都轻信了那些不时出现在报纸上的关于我的批判。对此，我只能假装无所谓地苦笑罢了。我并不是有被迫害妄想症，绝不是故意把事情往歪处想，真实状况或许要比我想的更加残酷。连和我一样的艺术家同伴们也都是这样。我觉得他应该是围坐在炉边，说辻马家（D是我的笔名，辻马是我们家的姓氏）的小儿子在东京混得很丢脸之类的，只有这种内容会被当成话题，然后下一秒就不再继续。他们往炉子里添了新柴，再加满杯中的茶水，便把话题转移到有关秋日祭的准备上。大概是这样的吧。这位愚蠢而又贫穷的作家都没有搞清楚自己的悲惨处境，就在收到了来自故乡报社的邀请之后便爽快地答复出席，与人交谈笑着说自己也出人头地了的场面不是很可悲吗？说什么出人头地啊，没有衣锦还乡，也不是一事无成。我就是徒有其表，他人眼中的笑料罢了。当我意识到这一切的时候，实在是过于羞耻，忍不住张皇失措起来，心里想着"完蛋了！"我果然还是应该回答不出席的。不对不对，无论出席与否，我只要答复了，就已经是个卑劣的登徒子了。就算收到邀请，也应当装作不知道的样子不做回应，悄悄地、面红耳赤地缩紧默默颤抖的身体，才是与我现在的状态相匹配的做法。

我自身的弱小——随随便便就给了答复的我自身的软弱无能，让我痛彻心扉地怨恨起了自己。后悔也无济于事，这一切都是因为我自身的愚蠢。要不然我干脆大胆一点儿，大摇大摆地穿着裤裙出席吧？不管别人是笑我还是怎样，一定要怡然自得地摆出一副名人志士的样子，甚至还要在大家面前来一段演讲。我能在脑海里想象出那种自暴自弃疯疯癫癫的场景。果然世人只看谁的力量强大，只要我自己坚定地这样做了，他们最后也只能不再笑我。唉，我真是浅薄！要知羞耻！把对他们的态度翻转一百八十度，给予他们赞赏，装出一副敬畏他们的姿态，将那谄媚的眼神暗赠于人。就我而言，是没法一下子做到坦坦荡荡地穿着裤裙出席、在众人面前发表演讲的。我会给别人添麻烦的。我没写出什么好作品，都是些敷衍了事的内容，我是不诚恳的、卑微的、充满谎言的、好色的、弱小的。我没有踏上过神明的审判台，我一直都是语无伦次的。说句实话，我还是想穿裤裙。要是我愤怒地站到大家面前，用那动摇天地般的空想震荡自己的胸膛，进行一番演讲的话，一旦我清醒过来就会发现自己是无人知晓的宵小之辈，肯定会想要缩紧身体找个地缝钻进去，但我还是想要站到大家面前，至少要穿一次裤裙才行。可是我依旧无法斩断对于世俗的依恋。反正都说了要出席，我肯定要穿戴整齐。因为我少了颗牙齿，所以我尽量不笑，像往常一样闭紧嘴巴，这样用言语来和许久不见的人们清楚地说声抱歉吧。这样的话，说不准故乡的人们也会觉得辻马家的小儿子要比听闻的那个样子好上不少嘛。我就这么去吧，按照自己的心愿，穿着裤裙去，神采奕奕地和大家打招呼，再彬彬有礼地落座在末席。这样一来，大家肯定会给我一个好的评价，然后这些评价再一传十十传百，最后连住在二百多里外的故乡的人们都会知道，这样我就能让身患疾病的母亲也为我笑一笑。这不是个上好的机会吗？我要去，我要穿着裤裙去，我又像是胸口要撕裂开一般猛地起了身。我还是放不下那个嘲弄我的故乡，曾经那样嘲弄我的故乡，我还是放不下它。当初生的病已经痊愈，四年之后的今天，我的想法只有一个，它终于愈演愈烈。在我的心底，还是藏着衣锦还乡的愿望的。我是爱着自己的故乡的，我是爱着故乡的所有人的！

聚会的日子到了。那天从早上开始下大雨，但即便如此，我还是准备出席的。我有裤裙，还是一件相当不错的裤裙，是捻线绸质地的。这件裤裙我只在结婚的时候穿过，之后便被妻子煞有介事地用油纸包裹起来，收进了柳条箱的最深处。妻子觉得这件裤裙是仙台平①质地的，她固执地觉得因为我结婚的时候穿了它，所以它肯定是仙台平质地的。但其实我当时非常贫困，并没有购买仙台平质地的裤裙的能力，所以我结婚的时候只能用捻线绸质地的裤裙凑合了一下。但不知怎么就让妻子误会它是仙台平质地的，事到如今我去打破她的幻想未免有些太过残忍，所以我到现在还是没能对她说出实话。我想要穿这件裤裙出席，至少在我看来，我还是穿了件锦衣的。

"喂，把那个好裤裙拿给我。"我实在没法将仙台平三个字说出口。

"那件仙台平？你还是算了吧，藏青色白点花布搭配仙台平太奇怪了。"妻子不同意。她知道我在正式场合穿的外套只有一件藏青色白点花布制的单衣。我应该还有一件夏天穿的短外套，但不知道什么时候就不见了。

"没什么奇怪的，给我拿出来吧。"我压下想要跟她说那不是仙台平的冲动。

---

① 仙台平：由日本官城县仙台市生产的丝织品。在江户时代到明治时代间，仙台平以生产最高级的裤裙布料而闻名，但随着裤裙销售数量的减少，现在制造这种布料的公司只剩下了合资会社仙台平一家。

"看上去会不会很滑稽啊？"

"没关系，我想穿这件去。"

"那可不行。"妻子很是固执。她想把与那件仙台平有关的回忆珍藏起来，有些自私地不希望我随便地把它穿出去弄脏了，"还有件精纺呢绒布料的。"

"那件不行。如果我穿那件出门，看上去就像某个活动的演说者。那件都已经脏得不能再穿了。"

"今天早上我才熨过挂起来了呢。配藏青色白点花布的话，还是那件更配一点儿。"

妻子不懂我那时的想法和决心。我本来想要不要跟她解释清楚，但还是算了，太麻烦。

"给我仙台平，"我最终还是撒了谎，"我觉得那件仙台平比较好。现在外面下着这么大的雨，如果我穿那件精纺呢绒外套出门，它马上就会变形。"无论如何，我都想穿那件裤裙出门。

"我还是觉得精纺呢绒的比较好。"妻子的语气变成了恳求。"你把它包严实一点儿，不让它淋雨不就行了？等你到了那边再换上嘛。"

"那好吧。"我无可奈何地放弃了。

妻子用包袱皮把布袜和精纺呢绒质地的裤裙包了起来，我把和服的衣摆撩上来用腰带夹住，撑着伞出门走进了雨中，总有种不祥的预感。

宴会厅位于日比谷公园里的一个有名的西餐厅。虽然主办方要求下午五点半到场，但因为途中的公交误点，所以我六点多才赶到那里。我悄声拜托负责的工作人员带我去玄关旁的小房间，在那里换了衣服。房间里有一位穿着高级洋装、脸色青白的十岁左右的小男孩，非常随便地坐在那里，边大口吃着零食，边听家教老师给他讲算数。他可能是这个餐厅老板宠爱的儿子吧。家教老师是位看上去二十七八岁白白胖胖的文静女性，脸上戴着粗框的圆眼镜。我在房间角落里重新系好腰带，打开衣服包裹，穿上布袜，然后缓慢费力地穿精纺呢绒质地的裤裙。不知道她是不是看到了这一幕觉得我很可怜，默默地站起身来走到我身边，帮我穿起了裤裙。她帮我把裤裙的绳子在正面系成了漂亮的蝴蝶形状。我向她简单地道了谢，小跑着出了屋门，然后特地慢慢地从正面的楼梯走上去，在这个过程中蝴蝶结松了。脏兮兮的变形的绳子系成的蝴蝶结，让人难为情，凄惨得无话可说。

我往会场里迈出第一步时，内心紧张到怯懦。就是现在，如果要洗刷我这十年来在故乡的污名，那就是现在。我要摆出一副名人志士的样子，对，名人志士。这时有人拍了一下我的肩膀，回头一看，是甲野嘉一君。我连我的豁牙都忘了，朝他笑了起来。甲野嘉一君是我这十年来的好朋友。我们并非因为是同乡才开始往来，是因为甲野君是位诚实的艺术家，是我求他做我的朋友的。甲野嘉一君也笑了。我笑得更开心了，本来想着的要显得彬彬有礼也给忘了。

我知道自己要坐在哪里，没想到真的是字面意义上的末席。在一片忙乱、互相推让说着"您坐您坐"的过程中，我的座位就变成了末席，但其实有三成是我自己有意识地选择坐在这里的。倒不是因为对于这场聚会的尊敬，反而是因为对那种情绪的排斥选择了末席。岂止是排斥，我甚至开始有种不逊地蔑视这里的想法。我自己也说不清楚真正的原因。总之，我现在坐在末席，而且还坐得挺舒服。这样就挺好的，我单纯地开心，觉得从今往后大概能够挽回自己的名誉。但是，从那之后就不太好了。我的态度实在是很差，差到完全不行。

　　我最终还是一个差劲儿的男人，一点儿优点都没有。我还是太过依赖故乡。我一接触到故乡的氛围，仿佛整个人的身体就变得慵懒起来，忍不住开始任性，几乎丧失了自我控制的能力。连我自己都奇怪，我怎么一下子就丧失了斗志？那根一直绷在我脑子里的弦突然间像是融化掉了一般，只留下胸口的不愉快还在嗡嗡作响，全身的零件都已经松弛下来，我没法再装腔作势。山珍海味一道接一道地端上来，但我已经被情绪填满，吃不下东西了。我一口菜也没动，只是喝酒，一口又一口地把酒吞下。因为外面下雨，窗子都被关上，导致房间里闷热得透不过气，我身体的每一处都充斥着酒精，呼呼地喘气。大概此刻我的脸看上去就像是煮熟的章鱼吧。不行，再这样下去我在故乡的口碑只会变得更差。要是母亲和兄长看了我这副德行，该有多么失望，应该会捶胸顿足、惋惜不已吧。可就算我一次又一次地悲伤慨叹，也无法振作起来。果不其然，我脑海中的那根弦已经不见了踪影，现在我只能大口大口地喝酒，我的态度幼稚又拙劣。就算我的年龄已经三十又一，不再有丝毫过去年少时的可爱模样，我却依旧懒散如小孩儿，丑怪至极。随着我越来越醉，我开始沉浸在自己的悲伤里，想要试着去否定这场聚会，装模作样地企图展示自己与众不同的骄傲。又或是推翻自己的想法，觉得今天出席的这些人，大家都是在各自领域取得了一定成就的人物，都是温和谦逊的艺术家，都是生性真诚、吃过很多苦才走到今天的人，卑劣之人只有我自己。唉，我真是个胆小鬼，像个阴险的女人。我训斥自己：如果我要是真的那样讨厌这种场合，何必要特地穿着裤裙前来出席？我已经看透了你卑鄙的焦躁。总之，那时候我的心境左右摇摆，根本没个定数，就只会坐立不安无法冷静，忍不住地来回摇晃身体，猛给自己灌酒。我喝了很多酒，全身上下因为酒精而变得炙热，已经到了会从脑门上冒出白色水气的地步。

  大家开始做自我介绍了。大家都是名人，日本绘画家、西洋画家、雕刻家、戏曲家、舞蹈家、评论家、流行歌手、作曲家、漫画家，都是一流的人物。大家落落大方地简单介绍了自己的名字，再加上几句轻松的玩笑话。我自暴自弃地或是突然大声鼓掌叫好，或是根本没仔细听就随口称赞附和，没话找话地当捧哏。大家肯定都会皱紧眉头，打心眼儿里对我感到不快、厌恶，觉得这个坐在角落里的醉鬼真是讨厌。我虽然知道他们是怎么想的，但脑海里的那根不让我胡作非为的弦就是无论如何也不起作用。兜兜转转，慢慢就轮到我坐的末席这边的人来做自我介绍。现在如果真的轮到我了，我在这种状态下究竟该说些什么才好呢？现在我这么混乱的状态，肯定没有人会想到我要进行演讲吧。如果我发表一番演讲的话，他们肯定也会把我说的话当成是醉汉的胡言乱语，将我嘲笑一番吧。我的眼前突然浮现出冰雪融化成的一条小溪，岸上长着郁郁青青的水芹。啊啊，我是有话要说的呀，有成百上千句话要说啊。但我突然又不想说了。为什么我会突然不想说呢？但是没关系，我就算永远不能被故乡理解，也没关系。因为我放弃了，我放弃我衣锦还乡的梦想了。醉意在我的大脑里不受控制地跑来跑去，即便如此，我还是思考了很多事。我决定向报社的负责人们道谢，多谢他们今天请我吃饭，以此来结束我的自我介绍。那个时候的我能说出来的发自内心的、不掺任何谎言的话，就只有道谢了。但我又开始思考，如果我只说一句多谢款待就结束我的发言，是不是暴露了我平时连给自己买酒的钱都没有的事实，让他们觉得我很穷酸？我开始劝自己还是别说为好，结果搞得我又不知道该怎么讲了。轮到我了，我软绵绵的——以一种让人看到想要揍我一顿的、比不洁的丑女的媚态还要过分的样子站了起来，在那一瞬间我思考了该怎样去说。我不想说我是D，如果我说我是D，他们肯定会像是听到耳旁风一样，轻蔑嘲笑我说了些什么鬼东西。那样一来，我的作品就太可怜了，我会对不起我的读者们。如果我说我是出身于K町的辻马家的小儿子的话，就会丢母亲和兄长的脸，并且我知道兄长正因为故乡的某件事而面临着巨大的危机。这五六年来，我们家除了我的不孝，还因为其他的一些事情处在不幸当中。母亲和兄长，请原谅我吧。

"我是K町的辻马……"我本来想这么说的，却不知怎的声音卡在了喉咙里发不出来，大概在座的各位谁也没能听清我说的是什么。

"再说一遍！"从首席那边传来了一声浑厚的声音，这让我心中不知该怎样抒发的情绪一下子都朝着那个来自首席的浑厚声音爆发开来。

"烦死了，你给我闭嘴！"我本来以为自己说得很小声，结果坐下来环顾四周以后才发现整个场子都冷了下来。我已经无能为力了。我实在是没救了，他们肯定会在故乡讲我是个地痞流氓。

关于在那之后我那些不检点的行为，也没必要说了。在这里恬不知耻地坦白那些事情，反而是我对读者们装可怜的证据，也可能是我想要减轻自己过错的卑劣想法。我要沉默着承受这一切，我必须要等待来自神明的严厉惩罚才行。是我不好，我把自己身上所有的不良德行都暴露了出来。在回家的路上，我在下着暴雨的吉祥寺站换乘人力车往家去。车夫是位步履蹒跚的老爷子，老爷子浑身湿透，摇摇晃晃地跑着，嘴里发出呜呜的痛苦的呻吟，而我却只是呵斥他。

"够了！分明没那么痛苦，你却发出夸张的声音来，真是没有毅力！给我快点儿跑！"我暴露出自己恶魔的本性。

我在那一晚终于明白，我并不是那种能够出人头地的人，我必须放弃才行。我必须彻底丢掉自己想要衣锦还乡的幻想。我必须放松下来，告诉自己何处青山不为家。我这一生，最终可能会以路旁的辻音乐师的身份结束，让这愚蠢的、顽固的音乐能够被想听的人听到就足够了。艺术不能够命令别人，艺术会在你获得权利的同时死去。

第二天，我的一位学习西洋画的朋友到访了我位于三鹰的寒舍。过了没一会儿，我便跟他讲了前一晚的那番失态，也同他表明了我的觉悟。这位友人同我一样，被濑户内海的故乡小岛流放了。

"所谓的故乡，就像泪痣一样啊。如果你开始关注它，就没有了尽头。就算做手术清除，也会留下痕迹。"这位朋友的右眼下方，有一颗红豆大小的大泪痣。

我没能被这随随便便的言语安慰到，有些闷闷不乐地抬起头，沉默地吸着烟。

就在那时，这位友人看到了我庭院中种着的八枝蔷薇，告诉了我一个出人意料的事实。他说，这是少见的好蔷薇。

"不会吧。"

"看上去是的。这个已经长了大概六年,如果是新苗的话,一枝要一日元以上呢。"友人是位精通蔷薇的人,在他位于大久保的家里的小庭院里,就种有四五十枝蔷薇。

"但是之前来卖蔷薇的农妇是个骗子啊。"我赶忙跟他解释起了自己被骗的经过。

"商人就是连这种没用的谎也要撒,看来是无论如何也想让你买下这些花吧。夫人,借用一下剪刀。"友人走到了院子里,开始热心肠地帮我修剪起了蔷薇不必要的枝叶。"那个女人是我们的同乡吗?"不知为何,我的脸颊开始发烫。"那岂不是算不上撒谎了?"

我在廊下坐下,抽起了烟,感到非常满足,神明果然还是存在的。何处青山不为家,是应该让大家看看,不抵抗主义者的成果。我开始觉得自己是个幸福的男人,有句话叫"就算花钱也要买悲伤",还有什么"从牢房的窗子里看见的蓝天最美"之类的,我很感激。我在这一瞬觉得,只要这些蔷薇还活着,我就是心的王者。

维庸之妻

一

　　深夜，从玄关处传来的急促开门声吵醒了我。不用想也知道，那是我喝得烂醉的丈夫回家了。我蜷在被子里没有说话。

　　丈夫开了隔壁房间的灯，一边"哈哈"地大口喘着粗气，一边翻箱倒柜地不知道在找些什么。过了一会儿，我好像听到他"扑通"一声瘫坐在地，后来就只能听到他大口喘气的"哈哈"声。我依旧窝在被子里，开口说道："您回来了。吃过晚饭了吗？柜子上有做好的饭团。"

　　"嗯，谢谢。"他的回答不同于以往，变得很温柔，"儿子怎么样？还发烧吗？"他问道。

　　这也是很少见的事。儿子明年就四岁了，不知道是因为营养不良还是因为丈夫酗酒，他看上去要比别人家两岁的孩子还要小，连路都走不稳，只会说些"呜啊呜啊""咿呀咿呀"之类意味不明的话，我觉得他的智力有些问题。有一次我带他去钱汤，抱起他的时候，看着他过分瘦小的身躯，非常难过，忍不住当众号啕大哭起来。他经常生病，一会儿闹痢疾，一会儿发烧。而我的丈夫却不常待在家中，不知道他对孩子的事情是怎么想的，就算我说孩子生病了，他也只是让我带孩子去看医生，随后便急忙套上外套出门，不知道去了哪里。可就算我想带孩子去看医生，也得有钱才行啊。最后我只能躺在孩子身边，无能为力地抚摸孩子的头。

但是那天夜里不知何故,他突然变得很温柔,问了些儿子的病怎么样了之类的问题,这可是从未有过的关心。与其说我感到高兴,不如说有种不祥的预感,我只觉得背后一阵发凉。我沉默着,不知如何回答才恰当。彼时,只能听见丈夫剧烈的喘息声。

"打扰一下。"玄关处传来女性细微的声音。我仿佛被兜头浇了一盆冷水,不禁打了个寒战。

"打扰一下,大谷先生。"这次的声音变得有些尖锐,同时还伴有玄关门被打开的声音。

"大谷先生!您在家对吧?"我清楚地听到她怒气冲冲的声音。

丈夫这才走到玄关:"干什么?"他好像非常害怕,一不留神说了句很失礼的话。

"不干什么。"女人压低了声音,"你明明有这么大一所房子,怎么还偷别人的东西呢?请不要开这种不着调的玩笑,把那个还给我。不然的话,我就去报警了。"

"你胡说些什么,真是无礼!这不是你们能来的地方,赶紧给我滚!要是敢赖着不走,我反倒要去告你们。"

就在这时,我听到了一个男人的声音。

"作家,你还真是胆大包天啊。竟然说'这不是你们能来的地方'这种话。我真是目瞪口呆,不知说什么才好。这可不是什么小事。拿别人家的钱,你开玩笑也要有个限度啊。而且一直以来,我们夫妻俩因为你吃了多少苦头,你心里没个数吗?我们对你仁至义尽,你却给我搞今晚这一出。作家,我真是看错你了。"

"你这是敲诈!"尽管丈夫摆出一副义正辞严的样子来,但他的声音止不住地颤抖,"你们这是恐吓我,给我滚!你们有什么不满,明天再说!"

"您还真敢拿不是当理说啊,作家,您这副德性就是个地地道道的无赖。看来我只能到警察局走一趟了!"

从这句话里能听出他满满的憎恶感,令我全身汗毛倒竖。

"随你的便!"丈夫色厉内荏地大吼道,声音里透着心虚。

我起身在睡衣外面披了件衣服,走到玄关,跟两位客人打招呼:"欢迎你们来。"

"呀,是大谷夫人吗?"

男子看上去年过五旬,穿着短款及过膝外套,长着一张圆脸,此刻正面无笑意地朝我微微点头致意。

女人看上去四十岁出头,身材瘦小,打扮得很利落。

"大半夜的,打扰您了。"女人不带一丝笑意地摘下围巾,朝我行了个礼。

就在这时,丈夫突然穿上木屐,冲了出去。

"哎呀,别跑!"

男人抓住我丈夫的一只手腕,两个人瞬间便扭作一团。

"放手!不然我就捅了你!"

丈夫亮出右手紧握着的折叠刀。那把刀是丈夫的心爱之物,我记得收在他桌子的抽屉里,刚刚他一回家就忙着翻找东西,肯定是事先预料到了会发生这种事,所以他把刀翻了出来,提前藏在怀里。

男人见状抽身便退。丈夫瞅准间隙,像巨大的乌鸦展翅一样,把袖子翻了一圈卷在手臂上,头也不回地冲了出去。

"抓小偷！"男子大喊了一声，想追着我丈夫冲出去。我急忙走到门口，从后面紧紧地抱住他："请放他一马吧。你们两个人谁受伤都不好。他做了什么错事，您跟我说说吧。"

听我这样说，一旁的女人也帮腔道："是啊，老公，那可是刀啊，谁知道他会做些什么。"

"畜生！咱们去报警吧，顾不了那么多了。"

他望着黑暗的远处，自言自语般地轻声说道。他看上去非常疲惫，已然没了刚才那股气势。

"实在是对不起。两位请进吧，请跟我说说到底发生了什么事。"我迈步走到玄关的台阶上，放低身体，说道，"或许我能收拾残局也说不定。虽然家里很寒酸，但两位还是请进吧。"

两个人互相看了一眼，轻轻地互相点头示意。男人重新调整好情绪说道："无论您说什么，我都已经下定决心不会改变。但我还是要把这件事从头到尾跟夫人您讲一讲。"

"好，您请进。请放轻松些。"

"哎呀，我现在可是轻松不了。"说完，男人便要脱下外套。

"没关系，请穿着外套进来吧。这屋子里冷，一点儿取暖的东西都没有。"

"那我就恭敬不如从命了。"

"好的，女士您也请进，外套穿着就可以。"

男人走在前面，女人走在后面，两个人走进丈夫那间六张榻榻米大的屋子。地上的榻榻米破烂不堪，拉门上的纸到处都是被戳破的痕迹，墙纸眼看着就要剥落下来，隔扇外面包裹的纸斑斑驳驳的，露出里面的筋骨，角落里摆放着书桌和书箱，书箱里空空如也。看到房间里一片破败，两人不禁倒吸了一口凉气。

我请他们坐到坐垫上，破烂的坐垫棉花都露了出来。"榻榻米太脏了，虽然坐垫也不太好，但还是请坐在这儿吧。"说完，我朝两个人重新做了自我介绍。

"初次见面，我家那位好像一直以来给两位添了不少麻烦。而且，今天晚上他似乎闯了祸，还做出那种可怕的举动。我在这里向两位道歉了，实在是不好意思。他那个人脾气有些古怪。"

"夫人，抱歉问一句，您今年多大了？"男人很没形象地盘腿坐在坐垫上，手肘杵在腿上，手撑着头，上半身拼命前倾。

"您是问我吗？"

"对对，我记得您丈夫是三十岁，对吗？"

"对的，我，那个……我比他小四岁。"

"也就是说，才二十六岁，哎呀这可是有些过分。小小年纪就要吃这份苦？不过话说回来，丈夫三十岁，妻子也应该是这个年纪，只是你们太让我吃惊了。"

"我刚刚也吃了一惊，"女人把脸从男人背后的阴影中探出来，"明明有这么好的妻子，大谷先生怎么会……对吧。"

"这是病，他生病了。他以前并不这样，是一点儿一点儿严重起来的。"男人说完深深地叹了一口气。"其实吧，夫人，"他重新调整了语气，继续说道："我们夫妻俩在中野车站附近开了家小饭馆，我和妻子两人出生在上州，一直以来都是老实的生意人。是该说自己很有梦想吗？我厌倦了在乡下和小老百姓做小生意，所以二十年前带着妻子来到东京，在浅草的一间小饭馆里当驻店伙计。同别人一样，我们吃尽了苦头，终于攒下一小笔钱，到中野站附近租了一间单间二十平方米附带客厅的脏兮兮的小房子。那是昭和十一年的事了。我们担惊受怕地开了个小饭馆，招待的都是些消费一次不过一两日元的客人。幸亏我们夫妻俩生活节俭，勤劳肯干，店里存下了好些烧酒、杜松子酒。就算在后来酒水供货不足的年月，我们也没像其他饭店那样转行做别的生意，想方设法把生意坚持了下来。后来，支持我们的客人们也真诚地给我们加油鼓劲儿，照顾我们的生意，帮我们搞到军官们喝的酒。对美英战争的时候，空袭逐渐变得频繁，我们没有孩子，也就少了累赘，没有离开城市躲回故乡的打算。只要房子不被烧，就好好地待在这里，一门心思地做生意。幸好没遇到大灾大难熬到了停战，我们忍不住松了一口气，接着开始从黑市进些酒来卖。简单来说，这就是我们的经历。不过，我这样三言两语地带过，你怕是会误会我们一直以来都是一帆风顺的幸运儿。其实，人这一生都是活在地狱里，所谓的'寸善尺魔'真的是一点儿也没说错。一寸的幸福必定伴随着一尺的磨难。一年三百六十五日，高枕无忧的日子能有一日，不，能有半日便已足够幸福了。你丈夫大谷先生第一次来我们店，是昭和十九年的春天吧？总之，那时对美英的战争还没有露出败迹，不，也可能是马上就要战败的时候。我们不懂什么本质、什么真相，大概就是想着坚持个两三年就能够拥有和那些国家对等的资格，能和平地过日子了。大谷先生第一次出现在我们店里时，我记得他穿的应该是久留藏青碎白花纹①便装,上面披着一件外套。不只是大谷先生,东京没有多少人穿防空服在外面走动,大家都穿普通衣服上街,所以我们并没觉得大谷先生的着装特别邋遢。他不是一个人来的。虽然在夫人面前说有些不太合适,算了,我就不藏着掖着了,一五一十照实说吧。您丈夫是被一位年纪略大的女性从后门带进我们店里来的。那时我们店从不开正门,当时有种流行的说法叫'闭店营业',我们就是那样,只有少数常客会从后门悄悄进来。我们不会让客人坐在客厅的椅子上喝酒,而是把里面那间有六张榻榻米大的屋子的灯光调暗,让客人们放低声音说话,悄悄地喝酒。那个女人之前在新宿的酒吧当女招待,会把有本事的客人带到我的店里喝酒,让他们成为这里的常客,也是所谓的拉客吧。我们之间就是这种互惠互利的关系。那个女人住的公寓在我们店旁边,新宿的酒吧被迫关门后,她时不时会带认识的男人来我们店里。但是我们在那种情况下根本弄不到货,存酒越来越少,就算客人再好,喝酒的人数不断增多,对我们来说不再像以前那样值得高兴,反而有些觉得她是在给我们添麻烦。但是在那之前的四五年里,她带来的客人都是花销很多的大客户,因为有这份交情在,但凡她介绍来的客人,我们都会送上酒水,不会流露出丝毫的不情愿。所以您丈夫被那个女人——她叫阿秋——从后门带进来的时候我们并没觉得奇怪,照旧领他们进了里间,送上烧酒。大谷先生那晚喝得很安分,阿秋也爽快地付了酒钱,之后两人便一同从后门

---

① 久留藏青碎白花纹:日本福冈县留米市以及其周边的旧久留米藩地制造的一种藏青碎白花纹布料。

离开了。但我们至今仍无法忘记那一晚大谷先生不同寻常、安静优雅地喝酒的情形。魔鬼第一次出现在人们家里的时候,也是那样静悄悄的、一副羞涩怕人的模样吗?从那晚开始,我们的店就被大谷先生盯上了。过了十天左右,他一个人从后门进来,一进来就给了我们一张一百日元的纸币,当时的一百日元可是一大笔钱呢,大概值现在的两三千日元吧,甚至更多!他说,拜托你收下吧,把钱硬塞到我手里,小心地陪笑着。尽管他看上去已经喝了不少,但夫人你应该知道,没人比他更能喝。当别人以为他已经喝醉了的时候,他就突然正儿八经、有条不紊地说起话来。无论他喝多少,我一次都没见过他走路不稳的样子。都说三十岁前后的人最血气方刚,酒量也最好,但像他那样能喝的实在是少见。那天晚上他看上去已经在别处喝了很多,但在我家店里还是连喝了十杯烧酒,他也不说话,只一味地闷头喝。无论我们夫妇两个如何跟他搭话,他都只是腼腆地笑,暧昧地'嗯嗯'点头。后来,他突然起身问道:'现在几点了?'问完便转身要走。我忙着要给他找钱,他说不用。这多不好,我硬要塞给他的时候,他一下子笑了,说,就当是下次的酒钱吧,他还会再来的。说完便走了。但是夫人啊,你要知道,我们从他手里仅仅收到过这一次酒钱,在那之后,在那之前,都不曾收到过,只此一次啊!他用各种理由搪塞,三年来一分钱都没再付过,一个人几乎喝光了我们店里的酒,我们真是有苦说不出啊。"

听到这里,我没忍住,一下子笑了出来。那没来由的可笑之感,突然涌上心头。我慌忙捂住嘴,眼睛瞟向老板娘那边,结果老板娘也莫名地笑了起来。随后,老板无可奈何地苦笑道:"真是的,这不是什么好笑的事,实在是过于让人吃惊,忍不住想要发笑。事实上,如果他能把这么厉害的本事用在其他正经事上,无论是政府官员还是博士,他想当什么当不成?不光我们夫妻两个,应该还有很多人因为被他盯上,而变得身无分文,只能在寒风中默默哭泣。那个阿秋,听说她认识大谷先生的时候刚被大佬金主抛弃,钱与和服都没了,只能住在大杂院的一间脏兮兮的小屋里过着乞丐一般的生活。事实上阿秋在认识大谷先生的时候,非常迷恋他,还向我们吹嘘过他。先是说他身份高贵,是四国地区某位殿下家的旁系的大谷男爵的次子,因为品行不端被逐出家门,但只要他的男爵父亲去世,他就可以和长男两个人分家产了,还说他头脑聪明,是个天才。他二十一岁时写的书,比那个大天才石川啄木写得还要精彩。他先后写了十几本书,虽然年纪轻轻,却已经是日本排得上号的诗人了。除此之外他还是大学问家,从学习院升入一高、帝国大学,会德语和法语,厉害得不得了。无论什么事,阿秋都能把他说得跟个神仙似的。而且,这些事好像不都是谎言。大谷男爵的次子、有名的诗人这都是真的,就连我家妻子都说,年纪不小了却能把阿秋迷得五迷三道的,不愧是出身高贵的人,肯定有哪里和我们不一样。她还一直期待大谷先生的光临。

"好像在战争结束前,男人要想追求女人,除了说自己是贵族家里被逐的儿子没有别的手段了,而且女人还很奇怪地都吃这一套。果然用近来流行的那个词来形容,就是所谓的'奴隶劣根'吧?我也是一个男人,明白男人的那些手段,不过就是个贵族,虽然当着夫人您的面这样讲不太好,但是四国的某位殿下,还是旁系,还是个次子,我觉得和我们这些普通人的身份也没什么区别嘛,并不会昏了头一般地迷恋他。虽说如此,但我不知为何,很不擅长和他打交道。就算我下定决心下次无论他说什么我都不会再给他酒喝了,但他就像一个正在逃避追捕的犯人一样,在某个时刻出人意料地突然到访,看到他那副大松一口气的样子,忍不住心一软还是给他端上了酒。毕竟他就算是喝醉了也不会撒酒疯,如果他能够支付酒钱,其实还是个挺好的顾客的。他不会吹嘘自己的身份,也不会自大地说些自己是天才之类的蠢话。如果阿秋正坐在他旁边,就会跟我们宣扬他有多厉害。而他听了之后,就会和阿秋讲些'我想要钱来结这里的账'那种完全不相干的话题,使得聊天氛围一下子冷下去。虽然他至今为止除了那次再没有给我们付过酒钱,但是阿秋有时候会替他付。除了阿秋,还有让阿秋知道了不太好的其他女人也会来,那个女人好像是某家的夫人,偶尔会和大谷先生一起悄悄地来到我们店里。和阿秋一样,她也会替大谷先生多付一些钱给我们。我们就是个小生意人,如果没有这种情况,无论是大谷先生还是皇亲国戚,都不可能一直让他白喝。但归根结底,那种偶尔一两次支付的钱,根本不够他的酒钱,我们吃了大亏。之前我们听说他在小金井有个家,住着他的夫人,就想去他家里商量一下欠款的事。我们试着问了问住址,但马上就被他发觉了,说一些'没钱就是没钱,干吗要计较这点儿小事,闹掰了就得不偿失'等让人生气的话。即便如此,我们还是想尽各种办法想要知道他家的地址,曾经三次跟踪他,但都被他巧妙逃脱。在那之后的一段时间里,东京经受着接连不断的空袭,大谷先生不管不顾地戴着战斗帽跑进我们店里,未经允许就把我们的白兰地的酒瓶从抽屉中拿出来,大口大口地站在那里喝了起来,喝完又像一阵风似的走了,根本不提付钱结账的事。好不容易熬到了停战,我们开始大批量地进些私人酿的酒,在店门口挂上新的门帘。虽然我们是家没钱的小店,但为了讨客人欢心就雇了个年轻的女孩。结果没想到那个魔鬼作家又一次出现了。这次他没有带女人来,而是带了两三个报社记者、杂志社记者。我听说从今往后军人会不再受人待见,反而是那些穷诗人会被世人追捧。大谷作家同那些记者们说些外国人的名字啊、英语啊、哲学啊等不明所以的、听上去奇奇怪怪的事,然后在不经意间起身走出店门,便不再回来。记者们有些扫兴,嘟囔着那家伙去哪儿了,咱们也是时候回去了吧,就收拾东西准备离开。我便上前同他们说:'请等一下,那位作家总是用这种手段逃避付钱,不好意思,我只能向你们收酒钱了。'听我这样说,有的人老老实实地凑钱结账,也有人生气地跟我说:'你让大谷来付,我的生活费可只有五百日元。'就算他们朝我发火,我也只能和他们说:'不行,你们知道大谷先生迄今为止欠了我多少钱吗?无论你们能从大谷先生那里讨来多少欠款,我都可以分一半跟你们。'听了我这番话,记者们都惊呆了,其中一个人说:'什么?原来大谷那家伙这么过分吗?真没想到!以后再也不和他喝酒了。我们今天晚上只带了不到一百日元,明天我们会拿钱过来,我先把这个押在这里。'说完他便爽快地脱下外套。世人都说记者的品行不端,但是和大谷先生比起来,为什么……为什么他们却更加正直爽快?如果大谷先生是男爵的次子的话,那记者们就称得上是公爵们的总统领袖了。大谷先生的酒量在停战后变得更大了,人也变得比以前油腻,会说些从前不曾说过的下流笑话,还会冷不防地殴打和他一起来的记者,最终打作一团。不知道是什么时候,他还把在我们店打工的不到二十岁的女孩给骗到了手。我们吓得不知所措,事已至此,只能忍气吞声地求他放过那个女孩,并悄悄地把她送回到父母身边。就算我和他说:'大谷先生,我什么也不奢求,只求你不要再来了。'他也只是像威胁自己的手下一样威胁我,说我在背地里赚了很多黑钱,他对此一清二楚,让我最好别说这种装可怜的话。接着第二天晚上,他仿佛什么都没发生过似的照常到访。大概是我们在战争中做了些见不得人的买卖,所以才被这样惩罚,必须要忍耐这个魔鬼。但是今天晚上,他太过分了!管他是诗人、作家也好,是个废柴也罢,他现在就是个小偷!他偷了我们五千日元逃跑了。我们现在因为进货需要一笔不小的钱,平时家中最多就放五百、一千日元左右,你可别不信,我们赚来的钱一分都不停留就从右手倒到左手去进货。今天晚上家里之所以会有五千日元,是因为快过年了,我挨个拜访常客们的家收来的钱,好不容易才凑到这些,今晚就指望着拿这笔钱去进货,好让我们明年在正月里能够接着做生意。就是这么重要的一笔钱,我妻子把它收在了那个有六张榻榻米的房间的收银台抽屉里,却被坐在客厅门口椅子上喝酒的大谷看见了。他猛地起身走了进来,一言不发地推开我妻子,打开抽屉,一下子就把那沓钱抓起来,放进外套口袋,趁我们没缓过神来,他就跑了。我一边追一边大声地喊,想要叫住他,我妻子也跟我一起在后面追他。事情到了这步田地,我很想大声叫'抓小偷',好让过往的人停住脚步帮我们抓住他。可毕竟大谷先生是我们的熟人,我没能狠下心来,只好跟在他身后,想着今夜无论如何都不能跟丢他,要和他好好说说,把钱还给我们,毕竟我们只是没权没势的小生意人。我们夫妻俩齐心协力,总算是在今晚找到了这里,忍着一肚子怒火,和颜悦色地请他把钱还给我们。后面您也知道了,他竟然要拿刀刺我,唉,这算是怎么回事呢?"

我心里又涌上一股没由来的好笑,忍不住笑出声来。老板娘脸上也泛起了红晕,微微地笑了起来。我笑得停不下来,虽然这样对老板实在是有些过意不去,但不知怎么心里就是莫名觉得好笑,眼泪都流了出来。我突然想到丈夫诗中描绘的宛如"文明终结般的大笑",原来就是这般心情啊。

二

说来说去,这并不是可以一笑而过的事情。经过一番考量,那天晚上我同老板和老板娘说,这件事无论如何我都会负责到底的,还请他们缓一缓,晚一天再去报警。"我明天会去您店里拜访。"我详细询问了中野那家店铺的位置,终于得到了他们的同意。那天晚上他们无功而返,我一个人坐在寒冷的屋子里左思右想,实在是想不出什么好办法,我索性站起身来脱下披着的外套,钻进儿子睡着的被窝里,轻轻地抚摸着儿子的头。心想,要是今夜永远不会结束该有多好啊。

我父亲以前是在浅草公园的湖畔摆摊卖关东煮的。我母亲去世得早,我和父亲居住在大杂院里,两人共同经营着小吃摊。那时,他常常光顾我们的关东煮摊子,慢慢地,我开始瞒着父亲在外面和他单独见面。后来我的肚子里有了他的孩子,经历各种争吵之后,我最终成了他的妻子。其实,我们并没有登记,儿子只能算是个私生子。他一出门就三四个晚上不回来,有时甚至一个月都见不到他的人影。他人在哪里,正做些什么,我对此一无所知。他每次回来都喝得烂醉,脸色苍白,呼吸困难,"哈哈"地大口喘气,似乎下一秒就要窒息了。他有时沉默地看着我的脸,眼泪一颗接一颗地滚下来;或是一下子钻进我睡着的被窝,紧紧地抱住我,身体瑟瑟发抖,嘴里胡言乱语:"啊啊,不行!太可怕了!我好害怕啊。好可怕!救救我!"他睡着以后会说梦话,在梦里不断地呻吟。第二天早上起来,整个人没精打采地呆愣着,像丢了魂一样。然后,不知何时他又突然不见了,一连三四个晚上都不回来。有两三位丈夫的老朋友、出版社的人会来看望我和儿子,偶尔还会给我们拿一些钱,我们才能够活到今天,不至于被饿死。

我感觉迷迷糊糊的,快要睡着了,不经意间睁开眼,就看到阳光透过百叶窗照了进来。我起床洗漱穿衣,背着儿子出了门。我实在是无法平心静气地待在家里。

我不知道该去往何处,走到家附近的车站之后,我在车站前的摊铺买了颗糖,让儿子拿着舔。之后突然想到要去吉祥寺,便买了车票上了电车。我握着车里的吊环,目光漫无目的地四处游走,不经意间看到了电车上方贴着的海报,似乎是丈夫在那个杂志上发表了一篇名为《弗朗索瓦·维庸》的论文。在我盯着《弗朗索瓦·维庸》的标题和丈夫的名字时,不知道为什么虽然我什么都不懂,但眼眶里涌上来一股难过的眼泪,模糊了视线,眼前的海报也朦胧起来。

我在吉祥寺下了车,走到井之头公园,不知道隔了多少年再来这里散步。池塘旁边的杉树大多被砍伐了,看起来以后这里会建些什么,这里有种奇妙的凄凉之感,和从前完全不一样了。

我把儿子从后背上放下来，两个人一起坐在池塘边朽得快要坏掉的长椅上，给他吃了些从家里带过来的芋头。

"儿子啊，池塘漂亮吧？以前呀，这个池塘里有好多小鲤鱼、小金鱼呢，现在什么都没有了，真是无趣呢。"

儿子不知道在想些什么，嘴里塞满了芋头，脸颊涨得鼓鼓的，发出"呵呵"的奇怪笑声。我的孩子，几乎就是一个傻子。

在池塘边的长椅上一直坐下去也不是个办法，我又背起孩子，晃晃悠悠地朝吉祥寺车站走去，在热闹的街边摊转了转，买了去中野的车票。我什么计划也没有，不知该去往何处，似乎被一股力量牵引着，机械地往前走。我坐上电车，在中野站下了车，照着昨天那两位告诉我的路一直走，找到了那家小饭店。

这家饭店没有大门，我绕到后面从后门走了进去。老板不在，老板娘一个人正在打扫卫生。在与老板娘对视的那一瞬间，我竟说起了连自己都没有想到的谎话："那个，老板娘，钱我应该都能还给您。要么是今晚，要么是明天，总之我有办法还钱给你们的。请不必担心。"

"啊，那，能还自然是好的。"虽然老板娘表现出开心的样子，但她的神色中还是藏着一抹挥之不去的不安。

"老板娘，是真的，会有人把钱送到这里来的。在那个人来之前，我就在这里给您当人质。这样您就能安心了吧？在钱送来之前，我会在这里给您帮忙的。"

我把儿子从后背上放下来，让他在里面那间六张榻榻米的房间里自己玩，他就开始一个人在那里转圈圈。儿子本来就习惯一个人玩，一点儿都不会给我捣乱。也不知道是不是他笨的原因,并不认生,会朝着老板娘笑。就算我替老板娘去领分配到的物资,放他一个人在那里,他也可以老老实实地在房间的角落里,把从老板娘那里得到的美国罐头的空壳当成玩具敲着玩。

中午,老板进货回来,带回了蔬菜和鱼。我一见到他,就急忙把对老板娘说过的谎话对他又说了一遍。

老板看上去有些不可置信:"哦?可是夫人您要知道,这钱啊,不拿到自己手里那都当不得真啊。"他的声音意外地平静,仿佛是真的在教我做事一般。

"不不,这是真的。还麻烦您相信我这一次,请先不要张扬,再多等今天一天。在钱送来以前,我会一直在您店里帮忙干活的。"

"只要钱能拿来,一切好说。"老板像是一个人自言自语一般,"不管怎么说,今年只剩下五六天了啊。"

"是啊,所以说,就是因为这样,我才……哎?来客人了。快请进。"三位看上去像是手艺人的客人走进店里,我笑着朝他们打招呼,然后小声地说:"阿姨,麻烦借我条围裙。"

"哎呀,你们雇了个美人啊。这可真是厉害了。"一位客人说道。

"可不要勾引她啊。"老板半开玩笑半认真地说,"这可关乎着我们的钱呢。"

"莫非是价值百万美元的名马?"一位客人开了个下流的玩笑。

"听说就算是名马,雌马的价格也要打对折呢。"我一边给他斟酒,一边不肯吃亏地回了他一句。

"不要谦虚嘛。从今往后的日本不管是马是狗，都是男女平等的。"最年轻的那位客人听了我的话，像是大吼般地说道："小姐，老子看上你了，是一见钟情。但，你是不是有孩子了？"

"不是。"这时，老板娘抱着我儿子从里间走了出来，"这是我们从亲戚家抱来的孩子，这样我们也算是后继有人了。"

"你们这是人财两得呀。"有位客人打趣道。

老板听了，轻声说了句："不仅如此，我还头上泛绿，身上背债。"紧接着他话锋一转，朝客人问道，"要吃点儿什么？要不要来个什锦火锅？"我突然确定了一件事，果然如此！我悄悄地点了点头，脸上装作什么事都不知道的样子，淡定地给客人上酒。

可能是因为圣诞节前夜，那天店里的客人络绎不绝，接踵而至。虽然我从早上开始就没吃什么东西，但不知是不是因为心中充满了各种思绪，老板娘几次劝我别忙了，休息休息，我都推辞说，没事，不用。我只觉一身轻松，仿佛只剩下裹在身上的一件外衣，脚步轻快地走动忙碌。不知道是不是我自恋，我觉得那天店里格外活跃，问我叫什么名字、请我和他握手的客人可不止两三位呢。

但即便如此，又能怎么样呢，我还是没能想出办法来解决问题。只能赔着笑，听客人们讲些下流的笑话，再回以更粗俗的笑话，穿梭游走于客人之间，给他们斟酒布菜。来来回回的周旋中，我想，如果我的身体能像冰激凌一样融化掉就好了。

果然，这世间偶尔还是会有奇迹发生的。

差不多是刚过九点的时候，一位头上戴着纸折的圣诞三角帽、脸上像鲁邦①一样戴着遮住眉眼的黑色假面的男子，同一位看上去三十四五岁、身材苗条的夫人一起走进店里。男人背对着我们坐在客厅角落的椅子上，他一进门，我立刻就认了出来，正是我那个小偷丈夫。

他好像并没注意到我在这里，我也装作不认识他，照常和别的客人有说有笑。然后我看到那位夫人在我丈夫对面坐下，冲我叫了一声："小姐，过来一下。"

"哎，这就来了。"我应声答道，走去两人的桌旁，"欢迎光临。要上些酒吗？"我话音刚落，假面下丈夫的双眼立刻看了过来，四目相对，他看起来很是惊讶。我轻轻拍了拍他的肩膀，说道："是该说圣诞快乐呢，还是说些别的呢？你看起来好像还能再喝一升酒呢。"

那位夫人不明就里，她表情严肃地说："小姐，不好意思啊，我有些话要和这里的老板单独谈，能不能把你们老板叫来？"

我走到在后厨炸东西的老板旁边，说道："大谷来了，麻烦您去见他一面。但是拜托您别跟和他一起来的那个女人提起我，我不能让大谷难堪。"

"他总算来了。"

老板虽然对我之前的谎话半信半疑，但即便如此他看上去还是相当信任我的，他似乎觉得我丈夫能来这里，是因为我再三恳求了他。

---

① 鲁邦：法国侦探小说家莫里斯·勒布朗（1864—1941）笔下的著名侠盗、冒险家、侦探，与柯南·道尔的福尔摩斯齐名。

"请帮我保密吧。"我叮嘱他道。

"如果您希望我那样做的话，那我就那么做。"他爽快地答应下来，朝客厅走去。

老板轻扫了一眼客厅里的客人们，径直走向我丈夫桌子那一桌，接着三人一起出了店门。

这样就好。我不知为何，莫名地相信已经万事大吉了，心里高兴得不行，冷不防地紧紧握住坐在我前面的一位穿藏青色白点花布和服、看上去不到二十岁的年轻客人的手腕："喝吧喝吧！来，我们喝酒！今天可是圣诞节呀。"

三

大概只过了短短三十分钟，不，应该更短，短到让人吃惊，老板一个人回到店里，来到我身边，说："夫人，谢谢您。他刚刚把钱还给我了。"

"是吗？太好了。全都还了吗？"

老板笑得有些别扭，说："对，昨天他拿走的钱全还了。"

"他迄今为止一共欠了您多少钱呢？说个大概的数吧，再尽量给打个最低折。"

"两万日元。"

"这么多吗？"

"这可是折上折了。"

"我明白了。老板，从明天起能不能让我在这里帮忙干活呢？行不行？让我在这里干活还钱吧！"

"哦？夫人，没想到您这么随性啊。"

我们都咯咯地笑了起来。

那天晚上十点多，我离开中野的店，背着儿子回到位于小金井的家。丈夫果然还是没有回来，但没关系，只要我还去店里干活，就可能会见到丈夫。为什么我一直以来都不知道还有这么好的事呢？到昨日为止的我吃过的苦，归根结底都是因为我愚笨，没想到这种好办法。毕竟我以前一直在浅草的父亲的小摊上帮忙，待人接物算得上得心应手，今后肯定能在中野的店里受到大家的欢迎。单单今天晚上，我就拿到了五百日元的小费呢。

照老板的话说，丈夫昨晚走后，去某位熟人的家里住了一夜。今天一早，他就跑去那位漂亮夫人在京桥经营的酒吧，一大早就开始喝威士忌，硬是把钱塞到在那家店里工作的五位年轻女孩子的手里，说是给她们的圣诞礼物。到了中午，他叫了辆出租车不知道去了哪里。过了一阵子，他拿了一堆圣诞三角帽、面具、裱花蛋糕，甚至还有烤火鸡回来，让店里的人打电话把认识的人都叫来，说要开个大型宴会。那位开酒吧的夫人感到有些不对劲儿，明明他一直是个一文不名的人，就不露痕迹地悄悄试探了他一下，结果我丈夫就把昨晚发生的事一五一十地和她讲了。那位夫人向来和大谷交情不错，很是替他着想，说如果这件事最后闹到警察局那就不好办了，完全没必要嘛，你必须得把钱还回去，随后她便带着我丈夫来到中野的店里。老板对我说："大体上就是这个情况，但是夫人您可真厉害，能预料到这些。难道您去拜托大谷先生的朋友们帮忙了吗？"他误以为我早已经预料到这一切，所以才预先来到店里等他。我笑着回答说："当然了，意料之中的。"并不多做解释。

从第二天起，我的生活一下子变了一副模样，变得快乐又充满期待。我第一时间去了趟理发店保养头发，买齐了化妆品，重新缝补了和服，还从老板娘那里得到了两双新的白色短布袜。一直以来堆积在心中的苦闷思绪消失得一干二净。

早上起床后我和儿子一起吃了早饭，然后做好便当背起儿子，来到中野的店里上班。在店里我被叫作"椿屋的阿莎"。年三十和正月里是店里生意最红火的时候，那一阵子阿莎每天忙到晕头转向，而我的丈夫基本上每隔一天就会来店里喝酒，然后让我结账。之后他又不知道去哪里了，等到夜深了，他会悄悄地来露个脸，问我"要不要回家"，我点点头收拾好东西，和他一起高兴地往家走。最近常常会有这种幸福的时光。

"为什么我没有一开始就这么做呢？我现在觉得非常幸福。"

"女人无所谓幸福，也无所谓不幸。"

"是吗？你这么一说，我也觉得有些道理。那男人呢？"

"男人只有不幸，总是在和恐惧做斗争。"

"我不明白，我想永远过现在这种日子。椿屋的老板和老板娘都是很好的人。"

"那就是两个蠢人罢了。乡巴佬，还贪心。他们让我喝酒，结果是想从我身上赚钱。"

"这就是做生意啊，这不是理所应当的事吗？其实不止这些吧？你是不是和老板娘有一腿？"

"都是以前的事了。那个老板知道了？"

"他好像一直都知道。他唉声叹气地说自己'头上泛绿，身上背债'。"

"我啊，虽然装模作样地令人讨厌，但我其实非常想死，想死想到无药可治。我自出生起就光想着死亡这件事了。就算是为了大家好，我也应该去死，这是句实在话。话虽如此，死却不是那么容易做到的事。有一个奇怪又可怕的像神明一样的人，在阻止我赴死。"

"你最近还在写作吗？"

"谈不上什么写作。杰作没有，拙作也没有。别人说你写得好，你就好，别人说你写得不好，你就不好，就像是一呼一吸。可怕之处在于，虽然我不知道它在何处，但这世间是有神明的。你也觉得有吧？"

"嗯？"

"是有的吧？"

"我搞不明白那种事。"

"好吧。"

在店里工作的这十几二十天的时间里，我逐渐意识到来椿屋喝酒的这些客人无一例外都是犯人。我丈夫这种人都算是好的了。不光如此，就连外面路过的行人，我都觉得他们暗地里肯定也犯过什么罪。一位看上去是正经人家出身的五十多岁的夫人从椿屋的后门进来卖酒，清清楚楚地说一升酒三百日元，这个价格要比市场上便宜，老板娘立马就付钱买了，结果到手一看，却是掺了水的酒。如今这世道，就连贵夫人都必须做这种勾当来讨生活，我们又怎么可能一点儿罪过都没有呢？像纸牌游戏那样，集齐负分就会变成正分，如今这个世道怎么会有这种事情发生呢？

如果神明真的存在，就请现身吧！正月快过去的时候，我被店里的客人玷污了。

那天夜里下着大雨。丈夫没有出现在店里，但是丈夫的熟人，在出版社工作的时常会到我家里送生活费的矢岛先生，和一位与他年龄相仿的四十多岁的同行，一起来店里喝酒。他们边喝酒边半开玩笑地高声谈论，要是大谷的妻子在椿屋这种地方干活，好还是不好呢。我笑着问他们："那位夫人现在在哪里呀？"矢岛先生回我道："我虽然不知道她人在何处，但肯定要比椿屋的阿莎更有气质更漂亮。"

"真是令人嫉妒啊。我也想和大谷先生共度春宵呢，哪怕一次也好次。我呀，就喜欢那种狡猾的人。"

"就是因为这样啊。"矢岛先生听了撇了撇嘴，转头朝着和他一同来的那位先生说道。

其实那个时候和丈夫一起来过的记者们都知道，我是诗人大谷的妻子，只不过他们喜欢捉弄我，但是店里的气氛因此而变得活跃，老板的心情也越来越好了。

那天晚上，矢岛先生他们私下进行了纸张的交易，离开时已经十点多了。雨一直下，我丈夫估计不会来了，虽然店内还有一位客人没有离开，我还是收拾好东西，背起在房间角落睡觉的儿子，小声和老板娘说："再和您借一次雨伞。"

"我有伞，我送你回家。"那位还没走的客人起身说道。他二十五六的年纪，瘦瘦小小的，穿着打扮像个老实巴交的工人。那天晚上,是我第一次见到他。

"不劳您费心了,我习惯了一个人走。"

"不行,你家太远了,我是知道的。我也住在小金井那边,请让我送你回去吧。老板娘,结账。"

他在店里只喝了三杯酒,看上去没怎么喝醉。

我们一同坐上电车,在小金井下了车,合撑着一把伞,并肩在下着雨的昏暗街道往我家走去。年轻人之前一直没有开口说话,此时他开始断断续续地讲了起来。

"我知道您。我是大谷作家的粉丝,我喜欢他写的诗。我自己也在写诗,希望以后有机会能让大谷作家看看我的诗。不知为何,我有些畏惧大谷作家。"

到家了。

"谢谢您了。有机会在店里再见吧。"

"好,再见。"

年轻人转身消失在雨中。

深夜,我听到大门被打开的嘎啦嘎啦的声音,我睁开眼睛,以为又是喝醉的丈夫回来了,本打算不出声接着睡,就听到一个男人的声音说道:"打扰一下,大谷夫人,打扰一下。"

我起身开灯,走到玄关,结果发现是刚刚那个年轻人。他身体摇摇晃晃的,几乎站立不稳。

"夫人,不好意思。我在回去的路上在街边摊又喝了一杯,其实我家不在这边,在立川。我走到车站时,已经错过了末班车。夫人,请您帮帮忙,收留我一晚吧。我不需要被褥,睡在玄关就行,明天早上有了始发车我就走,请让我睡在这里吧。如果不是下雨,我睡在别人家檐下都可以,可这雨让我没办法。求求您了。"

"我丈夫不在家,如果您觉得睡在这里也可以,就请自便吧。"说完,我拿了两个破旧的坐垫放到玄关入口处。

"真是不好意思,我醉得不行了。"他小声说道。他的样子看上去很难受,倒在地板上就睡着了,等到我回到寝室的时候,他已经鼾声如雷。

次日清晨,我就那么轻易地落入了他的手中。

那天,我若无其事地背上儿子,照常去店里上班。

店里,丈夫正一个人坐在椅子上看报,装满酒的杯子放在桌上,上午时分的阳光照射在杯子上,闪闪发亮。

"其他人都没在吗?"

丈夫闻声抬起头来看向我:"嗯。老板去进货了还没回来,阿姨刚刚一直在后门那里,现在不在那儿吗?"

"昨天晚上你没来啊?"

"来了。最近我看不到椿屋的阿莎的脸就睡不着觉,十点刚过时我来这里看了一眼,你好像刚走。"

"然后呢?"

"我就留宿在这里了。外面的雨太大了。"

"要不干脆我以后就住在店里好了。"

"那也可以啊。"

"那就这么定了,毕竟一直租着那个房子,也没有必要。"

丈夫不说话,又看起了报纸:"哼,又在写我的坏话,说我是享乐主义的假贵族。这家伙说话太不靠谱了，要说我是畏惧神明的享乐主义者还过得去。阿莎，你看，他们把我写成了衣冠禽兽，简直大错特错。事到如今我说实话吧，去年年末我从这里拿走五千日元，是为了用那笔钱让阿莎你跟儿子能过个好年。就因为我不是衣冠禽兽，所以才会做出那样的事。"

我并没有喜出望外，只是回答道："衣冠禽兽又如何呢？只要我们还活着就好了。"